博士文库

徐传东 —— 著

置身现代性的风景：中国现代诗歌研究二十题

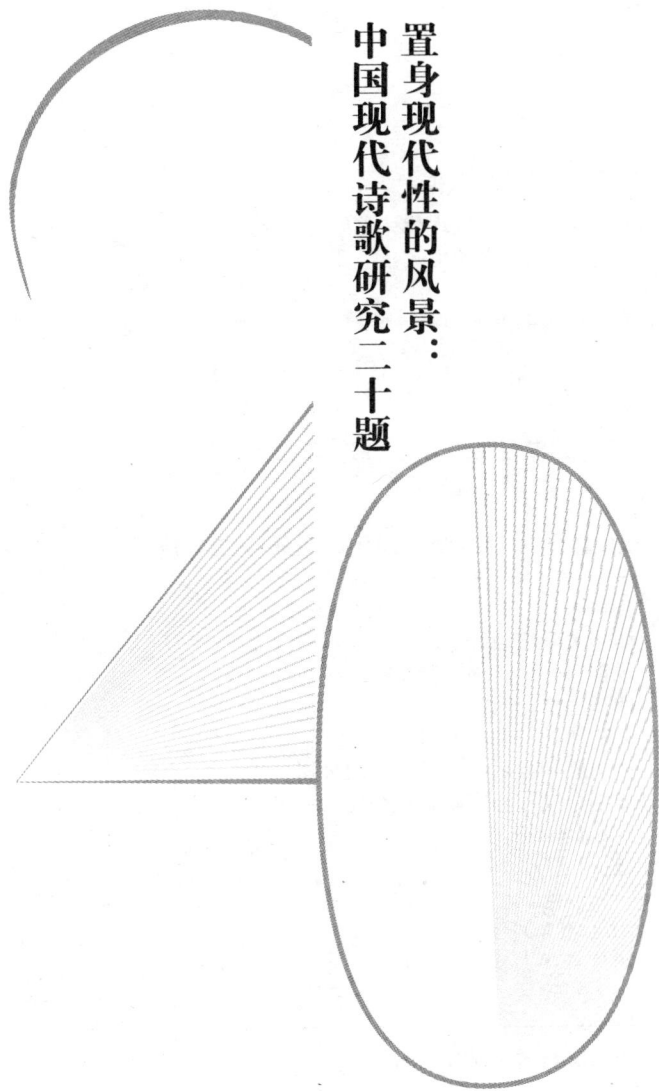

四川大学出版社
SICHUAN UNIVERSITY PRESS

项目策划：徐　凯
责任编辑：徐　凯
责任校对：毛张琳
封面设计：墨创文化
责任印制：王　炜

图书在版编目（CIP）数据

置身现代性的风景 ：中国现代诗歌研究二十题 ／ 徐
传东著 ． 一 成都 ：四川大学出版社，2021.8
（博士文库）
ISBN 978-7-5690-4148-4

Ⅰ．①置… Ⅱ．①徐… Ⅲ．①诗歌研究－中国－现代
Ⅳ．① I207.22

中国版本图书馆 CIP 数据核字（2021）第 003818 号

书名	置身现代性的风景：中国现代诗歌研究二十题
著　　者	徐传东
出　　版	四川大学出版社
地　　址	成都市一环路南一段 24 号（610065）
发　　行	四川大学出版社
书　　号	ISBN 978-7-5690-4148-4
印前制作	四川胜翔数码印务设计有限公司
印　　刷	成都金龙印务有限责任公司
成品尺寸	170mm×240mm
印　　张	15
字　　数	245 千字
版　　次	2021 年 8 月第 1 版
印　　次	2021 年 8 月第 1 次印刷
定　　价	68.00 元

◆ 读者邮购本书，请与本社发行科联系。
　 电话：(028)85408408/(028)85401670/
　 (028)86408023　邮政编码：610065
◆ 本社图书如有印装质量问题，请寄回出版社调换。
◆ 网址：http://press.scu.edu.cn

四川大学出版社
微信公众号

目　录

1

第三辑

第四辑

第 一 辑

共时的春风，瞬时的针剂

——张枣《祖母》诗中的同心圆结构

对张枣《祖母》的解读和阐释已有不少评家妙论。比如颜炼军眼光精到地以"仙鹤拳"为诗眼入手，将中西视角贯穿其中，他认为："诗人在呈现'看见者'和'一切不可见的'时，则融会了现代科学世界感和中国古典思维，来呈现这种隐秀。"① 李海鹏则独辟蹊径地由"小偷"引出"经济人"的神话，他认为，"在'经济人'成为新的时代英雄的情景下，'小偷'俨然以反英雄的面目出现"，"在《祖母》中，'经济人'是作为'小偷'的背景和影子出现的……"② 这些都是非常富有启发性的论说。本文立意有所不同，主要从诗人和"祖母"在全球化时空的共时性位置来剖析其诗所折射出的同心圆结构。

一、同构的地理：全球化的时空划分

《祖母》是组诗，由三首相对独立的诗组成。三首诗第一首写祖母晨练打仙鹤拳，第二首写"我"使用显微镜，第三首写小偷偷桃木匣子，从结构上来说呈现出一个清晰的三角。三个"角"在"清晨—午夜"的时差空间中，突出的是地理性的彼此独立。换言之，"清晨—午夜"虽是一组对立的时间，但从地理性的视角去看则是处于共时性的关系中，直言之，则是远东的"北京时间"相对于欧陆的"柏林时间"。

---

① 颜炼军：《"仙鹤拳"——读张枣诗作〈祖母〉》，载于《名作欣赏》，2010 年第 4 期。

② 李海鹏：《意外的身体与语言"当下性"维度——重读张枣〈祖母〉》，李海鹏豆瓣：https://site. douban. com/292602/widget/notes/193204477/note/630352485/。

诗的第一句："她的清晨，我在西边正憋着午夜"①，是客观的表述，东一区的柏林要比东八区的北京晚 7 个小时。当在祖国的祖母晨起练拳之时，身在德国的诗人按理应处于熟睡状态，但是他醒着，或许还很忙，熬夜的状态让他"憋着午夜"。他和故土亲人同处"正常"的时间段是柏林时间的 6 时至 18 时（夏令时），对应于北京时间的 12 时至 24 时（非夏令时）。这样的时差其实从物理性的即时通信（如电话）来说是相对便利的，但是对处于柏林时间的诗人来说却很难熬。当中国的夜幕落下，国内的亲人已然熟睡，进入梦乡，而他却必须要忍受几个小时才能赶上梦中的宴会，而此时梦宴已然在故园收尾。

这里还有一个小问题是，德国分为夏令时和冬令时。每年 3 月的最后一个星期日是从冬令时切换到夏令时的窗口，在诗人写作此诗的 1996 年，这一天是 3 月的最后一天。中国于 1992 年废止夏令时时制，这意味着当德国等国进入夏令时，时钟向前拨快一小时后，其与中国的时差减少了一个小时，换言之，夜晚少了一小时。这对张枣等旅德游子来说，时间上与祖国家乡又靠近了一步。在这首诗里，没有明确的线索来证明当时是否在夏令时，从诗中的"冰封""春风""星期三"来看，大致时间应在当年时制变更日前后，此间诗人与亲人微妙的时空距离感当亦微澜兴焉。

身处全球化的当代社会，飞来飞去的张枣应熟稔于时区时差所形成的标准化时间管理制度。"时间的标准化，既是全球化进程的产物，同时也是推动全球化向纵深发展的重要因素。人类的时间是社会文化时间，时间的社会性必然导致人类在全球交往层面上所使用的时间趋同。"② 地球自转一周为"一天"，人类无法改变，但是一天从何时开始却是人为规定的。世界标准时间与中国传统计时法十二时辰有一个小时的差距，当中国的子时开始之时，世界标准时间还处在前一日 24 小时的最后一个小时。在世界标准时间形成之前，"时间的社会性受到人类社会交往空间的限制"，古罗马、古希腊、东亚、美洲等文明"各不相同的时间体系，其适用范围与这些文明存在的空间范围大体上是一致

---

① 张枣：《张枣的诗》，人民文学出版社，2010 年版，第 245 页。
② 俞金尧、洪庆明：《全球化进程中的时间标准化》，载于《中国社会科学》，2016 年第 7 期。

的"①。关于时间标准化的历史兹不赘述，只需要指出的一点是随着世界标准时间的确立，世界各地之间的时间呈现出一种秩序化。之前以日出、正午、夜半等不同时刻作为一日之始的混乱局面结束了，由于经度的递增递减，各地分布在不同的时区，从而形成早晚远近的时间制度。

与现代时钟发明后工人在同一时间段、同一地点进行集体大生产类似，如此刻度化的时空分配也确认了不同地域时间的先后与协调。资本的全球化与世界时间标准化的结合使得赛事、演出等即时性的活动要在时间上尽量达成妥协，处于最大人群的正常"生物钟时间"；机器生产、设计服务等能用空间换时间的方式，利用服务外包、跨国生产等规避法律上的劳动时间而达到 24 小时不停不休的连续运转；为了达成合作，不同时区的一方需要迁就另一方的劳动时间；对于国际航运业、通信业等领域，24 小时是且仅是一种时间的刻度，而不再具有属地性和生物性。

这种具有坐标般精准的时空维度在《我们的心要这样向世界打开》一诗中亦有表现。置身于现代的时空体验，张枣将模糊的地理空间建立在由经纬度构成的时间—地理坐标体系里，从而被精准捕捉的情形戏剧化地揭示出来。他写道：

> 那看不见的海上看不见的船舰，正被
> 那更看不见的但准时的一架飞机救援②

这样的现代时间体验随着全球化的深入（对中国大陆而言是改革开放的扩大），随着个人走出国门而大大加强了。当张枣身处德国的午夜，他在家乡的祖母已经起床晨练。她不会此时给她的孙儿打电话，要等到约 6 个小时后的中午才可以，所以，我们假设第三首诗里小偷的事情是真的，她也绝不会立刻电话告知。

那么，全球化与世界标准时间的这对关系在《祖母》里除了是一个理解的背景外，是否还生成一种诗意呢？接下来将分析另外两个（隐含）时间：一是"星期三"，一是"春风"。

---

① 俞金尧、洪庆明：《全球化进程中的时间标准化》，载于《中国社会科学》，2016 年第 7 期。
② 张枣：《张枣的诗》，人民文学出版社，2010 年版，第 157 页。

二、同心圆：数、几何的美学

在《祖母》一诗中，"星期三"如此现身：

> 室内满是星期三。
> 眼睛，脱离幻境，掠过桌面的金鱼缸
> 和灯影下暴君模样的套层玩偶，嵌入
> 夜之阑珊。

"星期三"实体化地连接起"脱离幻境"前后的切换。前面是诗人之"我""眼睛凑近/显微镜"，在微观的细胞世界里经历追根溯源的探寻以及陷入迷思，后面则是回到现实的室内环境，看到的是"金鱼缸""套层玩偶""灯""夜"。作为一个时间名词，它可能指"憋着午夜"的诗人从星期三进入星期四，也可能指诗人从星期二滞留到星期三。但无论是哪种情况，它都代表了诗人工作的紧张，不得不带着工作日的事务进入这种切换。

以七天为一个星期的工作日制度是世界时间标准化的一个成果。早期，这一制度的宗教色彩较为明显，中文世界里称之为"礼拜"，到第七天正好是"礼拜日"。但是，现代中国引入这一制度主要是为了与世界接轨，更准确地说，是为了引入工业资本主义的劳动制度。"礼拜"淡去，"星期"走来。天文意义的命名，背后体现的却是现代劳动制度的深入和影响。无论是 20 世纪 90 年代之前的六日工作制，还是其后的五日工作制，星期三在工作日中都居于深水区，它的象征意义不言而喻。在另一首《第二个回合》中，张枣提笔便写"这个星期有八天"，"星期"所代表的劳动时间的紧张压力直露无遗。

这也并非张枣第一次使用"星期三"。组诗《在夜莺婉转的英格兰一个德国间谍的爱与死》第五首写道：

> 星期三在换哨。醉汉从窗下走过
> 歌唱着。"主啊。是时候了！"

换哨的脸无聊地重复着。主啊，你看看①

另一首《合唱队》在第四节写道：

她们牵着我在宇宙边

吃灰，呵，虚幻的牧场

星期三更换着指挥棒②

可以看出这几首诗歌意趣迥异，但"星期三"却隐约蕴含着一个较为一致的意旨和情感趋向。第一首组诗从题目和引文的"主啊。是时候了！"可以看出这是一首向里尔克致敬的诗。"星期三"的"换哨"对应"是时候了"的季节转换，表明是一个时间上的转换。《合唱队》一诗中，"星期三"的角色更为清楚，它"更换着指挥棒"。联系到题目所指的合唱队，这是一个极其贴合整体意境的暗喻，同样展现的是一种主题或风格的切换。在这首诗的最后一节，"将坠落的五月狠狠叼起"则确认了这一事件的发生。

拟人化地看，"星期三"的岗哨角色、音乐指挥角色、工作督工角色都暗示了某种流程的进行。岗哨是责任的转移，音乐指挥是曲调的变换，而工作督工则是劳闲的承递。这三首诗歌中"星期三"的现身及意义功能的相似性是一种"纯属巧合"吗？实指与虚化之间，诗人想要告诉我们的是什么？

"三"这个数字在汉语中是元音一般的存在，"三生万物"，它是一阴一阳之外的"第三者"，意味着多的开始。我们说生命不息"三生三世"；说天人感应"三才一体"；说山河锦绣"三山五岳"；说吉祥如意"三羊开泰"。"三"代表"有"、丰富、周全。作为虚指之数，它是最小的"大"，最少的"多"。

张枣也是偏爱以数字入诗的，在《星辰般的时刻》里，他说，"我们第一次，多么洁白/数学般的漂亮"。数、几何、数量关系在他那里都有着神秘而精确的诗意，比如《第六种方法》对可能性的数学的把握、《第二个回合》对事物数量的确认、《三只蝴蝶》对量的伦理追问，而让

---

① 张枣：《张枣的诗》，人民文学出版社，2010年版，第124页。
② 张枣：《张枣的诗》，人民文学出版社，2010年版，第169页。

数字在语言的迷宫中恣意狂欢的当数《德国士兵雪曼斯基的死刑》，"四十八小时"内，"用二十四小时潜逃／被揪回；又用十四小时求恩赦"，"他们再给我十个小时／八个小时，六个小时，五个小时"，"我还有十分钟，／黎明还有十分钟秋天还有五分钟个／我们还有两分钟，／一分钟，半分钟，／十秒，八秒，五秒，／二秒"[1]，当生命被逼至死亡的墙角，数量关系的变化带来的紧张与舒缓也有着秒针刻度般的精准，尤其是"五分钟个"[2]秋天对人世的眷恋与对死亡冬天的恐惧加速到了令人窒息的地步。

也是在《三只蝴蝶》中，张枣以不速之客的姿态硬性地闯入诗的戏剧，旁白道："'三'总是总是倒霉"，这可以为我们把握"星期三"的情感指向提供线索。诚如前文所析，"星期"表示的是工作日的紧张，"星期三"亦代表一种切换，在本诗中，诗人之"我"从微观世界的探寻与迷思中抽身进入现实，而从全诗来看，则是将"祖母"和"我"两个独立场景切换到最后对称成"圆"的大画面之中。我们可以看到，第一首诗中"祖母"的场景是一幅中国写意画，"迷雾的翅膀激荡，河像一根傲骨"，"'空'，她冲天一喷，'而不止是／肉身，贯满了这些姿势'"；第二首诗中"我"的场景同样是写意，却更多地显示了超现实主义的元素，在显微镜下，"那里面，谁正头戴矿灯／一层层挖向莫名的尽头。星星，太空的胎儿，汇聚在耳鸣中"，"这一幕本身／也演变成一个细胞，地球似的细胞，／搏动在那冥冥浩渺者的显微镜下"。然后是"星期三"，转入现实风："我"的此处，夜色中的室内场景；"祖母"的彼处，练拳回来，市场买菜，小偷翻窗而入。

> 去偷她的桃木匣子；他闯祸，以便与我们
> 对称成三个点，协调在某个突破之中。
> 圆。

"突破"点出对称的"三个点"将"我"与"祖母"之间点对点的关系协调成"圆"，这个反转改变了"三"的面貌，改变了"星期三"

---

[1] 张枣：《张枣的诗》，人民文学出版社，2010年版，第129页。

[2] 此处诗句在人民文学出版社2017年版《张枣的诗》里已将"秋天还有五分钟个"的"个"删去，个人感觉初版的"个"字所传达出的诗歌张力要大得多。

的紧张，改变了"三"之于诗人的情绪压力。在室内的"我"有三件实物：显微镜、金鱼缸、套层玩偶。这已让人"憋""倦""满"，显微镜里一层层的空间与套层玩偶的一层层单调的面目亦令人处于一种暴躁中。在室外的"祖母"也有三件实物：练功服、菜篮和桃木匣子。这是祖母经久的日常，有着居家的安稳和幸福。正是第三件"桃木匣子"引来了第三者小偷，他闯祸却成全了"我"和"祖母"关系的变化。嬉皮笑脸的小偷是倒霉的，他为能够成功翻窗而窃喜，但他只偷到桃木匣子。而比起桃木匣子，"祖母"对后来"协调"的"圆"要更满意。因为诗人说小偷看起来不是偷窃而是为了"圆"，而这个"圆"对小偷本是无意义的，他不知道桃木匣子的主人是诗人的"祖母"，也不知道地球的另一面住着她的孙儿，更不知道还有一场春风猝起，从东吹到西。

三、春风猝起：呼应针剂的悬疑

"春风"是全诗第二处季节性的词语，它以明亮与肯定一扫开篇处河流"冰封"的寒意与模糊。春风意味着冰即将解封，"春风又绿江南岸""春风不度玉门关""随风潜入夜，润物细无声"，在中国的诗歌传统中，春风是值得信任的，它总是以地理的次第顺序层层递进，遍及南北。

"清晨—午夜"是经度的关系，"冰封""春风"却与纬度相关。德国全境的纬度都较高，与中国哈尔滨的纬度相近。但由于受大西洋、地中海等海洋气流的影响，德国的冬季并没有中国东北那样酷寒。德国的冬季持续的时间较长，一般为11月至次年3月，1月、2月容易下雪，气象资料显示，这段时间也是诗人故乡湖南容易遭遇冰冻的时候，但冰封河流的情况极为罕见。考虑到诗人的经验、虚构、记忆、现实等多方面的因素，"冰封""春风"暗示的是一个乍暖还寒的时候，但其用意并不止于此，诗人更多地在进行一种状态的模拟。"冰封"与前面的"迷雾"形成一种呼应，它增加了"祖母"练拳形象的清奇和"不可见的仪典"的威严与神秘。"春风"与"中午"一起确立了第三首诗的明朗、喜剧，色彩上也与后面的"青菜"之"青"、"蛋"之"黄"、"桃木匣子"之"红"形成一个亮色的色谱。

但这"春风"是"猝起"，它改变了前面的冬晨景象，也改变了"午"与"夜"的关系，并且把六七个小时之后（相对于柏林时间）的日间景象从故土传送到仍处于午夜的德国。那么"春风"是什么？能够实现如此大的乾坤大挪移，仿佛左手倒右手？仿佛友好地要透露一个信息给诗人，仿佛一心要越过玉门关，又绿莱茵岸？在第二首"我"的场景中，诗人切入了一个上帝视角：

> 以便这一幕本身
> 也演变成一个细胞，地球似的细胞，
> 搏动在那冥冥浩渺者的显微镜下：一个
> 母性的，湿腻的，被分泌的"O"；以便

在这个上帝视角里，"细胞"是承接前面显微镜所观之物，是相，是壳，关键的是"地球"和"母性"。这是"头戴矿灯"的人类在观察时容易迷陷观察本身而忽视的地方。因为微观的世界也是一个宇宙，里面有星星，星星的星星，随着观察倍数的提高，"物，膨胀，排他，又被眼睛切分成/原子，夸克和无穷尽？"但"地球"则让我们无法自外，我们每一个人都来源于此、存在于此，于是包括"我"和这世界的一切都是一个"细胞"分裂所生。"母性的"指向一种血缘，"玄牝之门"，"分泌的'O'"。"O"在这里象形、意义、声音俱在，互文于"祖母"鹤唳的"空"。"空"是鹤唳之声，也是相对于后文的"肉身"而言，这是"不可见的仪典"，诗人虽然借"迷雾""河""傲骨""冰封"等对之有形象的渲染，却并未有实际的指向。"祖母"收功的姿势露出了端倪："原型般凝定于一点，一个被发明的中心。"

"空——"鹤唳的一声，一切鹤拳的姿势回到起始的一点；"O——"嘴巴自然成型的元音，惊讶陡然而生，原来象形的"O"背后也有一个空无的零，万有由此而来。令人产生遐想的是，由于"空"与"O"的互文，"O"的抽象意义得到了加强。在"空"那里，起始往复，练拳、收功，都是在一个点展开：从这一点开始，到这一点结束。"发明的中心"发明了一切又什么都没有发明，你不会在河岸找到这一点，但这一点对"祖母"是磁石般的存在，这"不可见之物"其实是一种赋予，赋予一个事物以形体和意义；在"O"这里，所有的事物都是可以

溯源的，细胞里有一个宇宙，"螺旋体"象征着终极的生命奥秘，同时在汉语中它也视觉化地呈现了巴别塔之雄奇，这"不可见之物"其实是一种究极之终端，诗人追到"莫名的尽头"和"无穷尽"，只能看见"太空的胎儿"和无限的诞生，他以人类的理性无法回答这样的终极命题，他没有找到他的感叹号，找到的是一个问号。

如此，春风猝起才是粗暴而权威可信的，它将两个处于共时状态但是不同空间的场景联系到了一起，它跨越东西，吹拂着祖母室外的景致，也吹动了诗人室内的窗户。它有意唤醒黑夜，更意欲唤醒诗人。这里，我们稍微回溯一下此刻诗人在"室内"的活动。

> 给那一切不可见的，注射一针共鸣剂
> 以便地球上的窗户一齐敞开

在这首诗中，5 个"以便"之外只有注射"共鸣剂"是一个核心意象，其他诸如观察显微镜、观察室内、上帝视角都是"以便"衍生的，如同头戴矿灯挖矿或手剥套层玩偶，是剥开和发现，其意义和价值早已被赋予。"共鸣剂"看上去是一个实验室的药剂，却是虚构的、不存在的。在这一刻，命名的意义本身比其所赋形的物质形态更重要，也就是说，"共鸣"产生了，它打开了地球上所有的窗户，同时它让诗人试图去追溯这背后的奥秘：是 DNA 还是上帝给我们创造的"不可见之物"？这"共鸣"也打破了诗人的现实与迷醉，掠过室内的环境，进入到夜、中午和春风，最后穿越到故土祖母所在的场景。

把全诗的核心意象依线性时间顺序排列，我们可以发现："我在西边正憋着午夜""注射一针共鸣剂""春风猝起""祖母走在回居民点的路上""小偷翻窗而入"构成了一个事件的完整链条，"共鸣剂""春风"则成为驱动事件的原动力。"春风"是上帝创造的"可见物"（实际上它更是人类命名之物），它可以明确地为我们所感知。"共鸣剂"呢？这人间非有之物，这窥视"不可见之物"的试剂也是上帝创造的吗？细考此处，我们发现这一句并没有主语，谁注射"共鸣剂"？没明指。不过，这个动作的受动者之一却是"我"——"以便我端坐不倦，眼睛凑近/显微镜"。上帝要让这"共鸣"发生在"我"身上，可见可感的是"春风"。"春风猝起"，它牵起了"我"的手，交到了"祖母"的手心。

四、共时时空：他们只是帮助我们

前面对"共鸣剂"和"春风"的剖析，让我们知道相隔万里的诗人与"祖母"之间产生了神奇的"共鸣"，一场猝起的"春风"让他们交换了时空的经验。我们分析过，在正常的时空状态下，德国的午夜时分并不太可能是诗人与"祖母"通信联系的时间。诗人知晓这一切只能是他利用"共鸣剂"的效力，在"地球上的窗户一齐敞开"的情况下，他才能在"夜里的中午"遥感到故土可能要在"白天的中午"才能知晓的事情。我们可以推断，正是在"共鸣"遥感之后，"我"与"祖母"可能有一个直接或间接的通信，由此引起了"清晨—午夜"两个时空一系列事件的证实与赋形。"夜里的中午，春风猝起"，从时间上来说与诗篇开头的"憋着午夜"指称的同是柏林时间的同一段时间，但是颠倒之后，画风大变，黑夜的暗被"中午"和"春风"吹散得无影无踪。

"小偷"的进入在由"不可见"转换为"可见"的意义澄清过程中尤其具有喜剧性。"吊车鹤立"，高于建筑物的高回顾了鹤拳场景的水墨黑白，它立于"居民点"的周围，也是一种姿势，一套拳法，"一个被发明的中心"。"小偷"并没有直接进入"我"和"祖母"的关系之中，但猝起的"春风"与随后的"突破"让他成为一个意义的助产士。他是祖母的"空"，经由"祖母"之口，成为一些无意义话头的意义赋形者；他是"我"的"O"，经由追踪的"耳鸣"，完成了对"不可见之物"的一次寻找。为什么春风猝起，"我"的窗户打开？"冥冥浩渺者"的共鸣试剂在"我"身上起了作用，以便用血脉之亲证实其有？以便透过"我们的"不可见之物让上帝显形？

关于"不可见之物"，张枣在前面提到的《我们的心要这样向世界打开》一诗中也有形象的解说，这里可以引来作为补充。在他看来，我们"身触"的世界如"黑夜"一般有待照见，它遮蔽了事物之间本来的联系和生动，如此一来，事物的"恶的一面"便因黑夜本身的"恶"而有了原罪般的出身——

> 黑夜的世界有些恶心，因它裹着
> 凶恶的金和雾，它让自己装扮成一副

> 恐龙骸骨的模样
>
> 是一座危耸的旋梯
>
> 所有形体都有恶心的一面……①

在这首诗的后半部分他针对事物呈现的"恶"以及我们如何去除"恶见"的方法，指出唯有回到动态联系的上一个渡口、回到事物本身才能做到。他写道：

> 想想尸体做成的食品
>
> 而食品昨天还在飞
>
> 在月映万川的水里游
>
> 在疼得要命的木上灯一样成熟
>
> 因此我们的心要这样对待世界：
>
> 记下飞的，飞的不甜却是蜜
>
> 记下世界，好像它跃跃欲飞

在他的笔下，这个世界看得见的面貌更多地被看不见的事物所塑形。我们的眼里只看见食品，却看不见背后的生命及其所经历的一切。他希望自己认识到的世界是更为完全的样子，"甜"与"舌"的感官相关，它传达的可能只是一个浅近的世界，而他要抵达的是"不甜却是蜜"。"蜜"是"虫"的生动和完整。"甜"只让他感受到身触的事物，而远非存在物的法相。"跃跃欲飞"的世界不是静止的，它有着来去的路径。与"祖母"不可能联系的德国午夜就是一个静止的有待照见和塑形的状态，"共鸣"之后，"某个突破"出现了，原先的面貌随之改变。如果说点石成金已经改变了事物的本质构成，那么点线成圆则成了张枣新的魔法棒。

这是一个奇迹。张枣在共时的不同空间里搭建了一个同心圆，这是他的观物之枢，世界借此敞开。而他同时学习了仙鹤拳与显微镜，一个是"被发明的中心"，一个是不可见之物的窗口。然而，共时的时空也必然会生出愧疚，毕竟"吾身而有涯"，正如他与"祖母"一个在东一区，一个在东八区，各自的生活在平行地进行，虽时不时也能相交却隔

---

① 张枣：《张枣的诗》，人民文学出版社，2010 年版，第 157 页。

着更多的山水。"小偷"和"桃木匣子"是带有喜感而能被分享或虚构的，但随之亦消失于"我"和"祖母"的世界。点线成圆是奇迹，同时又何尝不是一个遗憾？因为圆上的每一个点与点之间就是一个无垠的无穷大啊！圆亦是一个"空"，一个"O"。

　　不过，基于最后一节诗人所透露的自信，笔者还是愿意相信，他对"空"和"有"、"可见"与"不可见"、"发明"与"发现"以及"奇迹"和"愧疚"都有更为积极的入世态度：上帝和小偷只是帮助了我们，就像猝起的"春风"，虚虚实实，远远近近，大大小小，都只是"以便"，他们只是帮助了我们。

追光者的漫游及其声音

——杨子诗歌的一种气质

在新诗集《唯有清澈的孩子可以教育我们》的后记里，杨子自陈并不是一个渐变的或陡变的诗人，他的常与变寓于己身，只跟自己有关。这种自清的姿态在其诗作里也直陈无遗："我还在读，还在漫步，/挖空心思，/想要变成一个/不能被判决的东西"（《蛇形道路》）。不能被他人归类、也无法明确地自我分期，这固执的姿态如果不是一般意义上的离经叛道，那么也是相当程度上的自我持成。柏桦引布尔迪厄的话推测杨子定会为他的"孤独"付出更多的代价，展开来看，杨子在这"孤独"中又是如何自我赋形的呢？艾略特认为诗人有三种说话的声音：对自己说话的声音、对听者的声音、戏中人表演的声音。杨子诗歌中的这三个声部所组成的合金配方是怎样的？如果他是当代诗歌的独行侠，他预设的听者是谁？他愿意扮演和演绎的又是谁？

一、追光者：漫游及其诗歌哲学

在《江南诗人的隐逸与漫游》一文中，柏桦指认出江南诗人"隐"与"游"的传统："隐"偏于思考与阅读，"游"重在观看与感受，二者互为表里，为诗人提供源源不断的精神动力。① 照此说来，"隐"是隐于修，有苦功的一面；"游"是游于艺，富于自由的境地。而作为生于江南的诗人，杨子的漫游性却在轻逸之外多了几分沉重的意味。正如柏桦所注意到的，在诗歌场域，杨子既不属于某个团体，也没有文学"接

---

① 柏桦：《江南诗人的隐逸与漫游》，载于《扬子江评论》，2008 年第 3 期。

引人"，这样的游离性使得他的"孤军行动"有了某种英雄主义的意味，也保留了更多原初性的品质。

对杨子来说，漫游本身并不如其字面所显示的那样浪漫随性，早年在西北地区的游历和短寓更多的是肉体流浪与精神朝圣，他把自己放出去，与路途所遭遇的一切握手。在《藏北》，蓝花"挥舞可爱的小手，摇响神奇的铃铎"，它们对待暴风雨的乐观姿态启示着旅行者；在《乡村之夜》，"无须言辞奉承的大地上/一切是那么安详"；在新疆塔哈其（紧邻焉耆的和硕县下辖的一个公社），"土墙会抽出蓝色的叶片，/杏花，就像女孩的眼睛，/在蓝天里闪烁，笑盈盈"（《在那个名叫塔哈其的乡村》），但这些都不能慰留他。对深受阿克梅派影响的杨子来说，民族风情、地理特征、都市霓虹并不具有足够的诱惑力让他开口说话，朴素的"大地"只需要诗人恢复本来的名誉而无须言辞奉承，甚至语言的任何企图都会适得其反，就像他笔下的"白杨"，当有人扶住树身酝酿实际上根本不存在的情思，得到的却是白杨的憎恶与反感——"我听见年轻的白杨说，/把你的手/拿开！"（《白杨说》）

另外，杨子的漫游性并不限于他走过许多地方，在每一个地方他又以强大的自我介入，将其吸纳在那个高度体系化并不断提纯的诗人主体里。他打量每一座山、每一条河、每一棵树和每一栋房屋，他观察每一个人、每一件事，这些就在他周围，就在他行走的路上，他并不需要从中获取新的知识或讯息，他已了然世界万物的关系法则，"万籁俱寂的夜里，/一切有情之物的鼾声/都是一样的"（《一切有情之物的鼾声》）。他并不为新异所惊奇，相反却以老顽童式的惊诧正经而天真地对日常化的将就苟且报以尖叫。他刻画现代人的分裂与虚伪："他们在死河钓鱼，/钓别人放生的鱼"（《在文明的细雨中养成了好脾气》）；嘲讽先发展后治理的经济逻辑："他们和早年痛恨的魔王签了协议。/现在要发明一个新的天空已经太晚，/要发明至高的蔚蓝已经太晚"（《太晚》）；带着正经的自嘲："作为孩子，/我们已经太老，/作为长者，/心中尽是与威严不相称的/猥琐与狡黠"（《太阳尚未震怒》）。正是从发达资本主义的都市生活里，本雅明发现了波特莱尔身上的"漫游性"，以震惊和错愕的方式打量着嘈杂喧嚣的物质世界急剧的变化，而杨子亦以硬朗的语调和修士般的警敏叨念着周遭的物事，"在俗世'观不净'"，做的正是

"修罗场中的见证者"（李建春语）。的确，他像一个追光者，心中有光，便受不得这世间的晦暗未明。

在杨子诗歌中，关于"光"的意象繁复多样，风云过处，皆霞皆霁。从早期《乡村之夜》中"清凉的月光"、《祈祷星光》中"磷火般燃烧"的目光、《冰山》中"大冰反射天空恶意的光芒"、《烟气弥漫》中"一地碎冰闪着幽幽蓝光"，到后来"蓝得骇人的大海"衬托的"珍珠色的黎明"（《珍珠色的黎明我已很久没有看见》）、贪杯的水手"一个人在铁锈般的夜色中/畅饮美酒"（《在铁锈般的夜色中畅饮美酒》），光影晃动间，各种斑斓色彩纷自析出，有如追光者用水晶球集成的光谱。他嗜光，知晓光的脾气与美德，他断言："月光不会照耀心中只有阴暗的人"（《月光不会照耀》）；同时，光也带来拯救："伏在书桌上读啊写啊，/直到把原本光明的生活/涂得一团漆黑，/直到这一团漆黑中重又升起/红色的光线/和激动的鸟鸣"（《重又升起红色的光线》）。与"光"一同出场的是黑暗、夜与荒凉，如在《药》一诗中，随着伤者的怯退，"夜色从窗口涌入"，不确定的事物终被黑暗的力量控制。光明/黑暗的对立是诗歌永恒的主题之一，在夸父神话里，"光"是世界得以运转的终极秘密；在《圣经》文学中，"光"是神的启示与恩荣；在《神曲》里，"光"意味着拯救、理性和完美，杨子诗歌似乎也再次作了承接与呼应，将"光"树立为时代脉象里值得信赖的最后的事物。

杨子开始写诗的 20 世纪 80 年代正值"第三代诗人"初领风骚之时，当一些人把原初的理想主义打包成更具卖相的先锋性货品，贴上时髦的标签时，杨子选择固守其最为朴素的一面，甚至是不堪的一面。按照巴什拉物质想象说的说法，光明的火聚焦了诗人内心的觉醒意识，"意识的明—暗的意识拥有这样一种在场——绵延着的在场——存在在其中期待着苏醒——存在的苏醒"[①]。在"光明/黑暗"这样的二元结构中，诗人杨子确认了一种"时代病"：这是一个被各种"大神"宰制的世界，其中作为主角的是"金钱"和"市场"。他惊叹："金钱啊金钱/你是今天的大神也是过去和未来的大神"（《用大地之盐清洗》）。同时，金钱与"市场"的结合，又成为消费社会体制化的原驱力，这个世界变

---

① ［法］巴什拉：《烛与火》，杜小真译，商务印书馆，2019 年版，第 5 页。

得越来越像饕餮大兽，我们不是为了自身的需要而生产和创造，而是被动地要供养这"大神"："每天都有新订单/每天都有新人入伙，/每天，我们在一万架飞机起降的轰鸣中/制造我们不认识的东西，/在市场大神的指令下/麻木地敲打、编织、拆毁⋯⋯"（《在市场大神的指令下》）除去人类文化史上鞭挞金钱原罪的传统、法兰克福学派对晚期资本主义扁平化体制的批评，以及加缪意义上对西西弗斯式无聊的意义反省，杨子用"大神"这样一个鲜活的口语标本精练地概括出在狂飙般推进的城市化进程中埋藏最深的一处病灶，即作为身处其中的个体看客般的无助感，"眼见他起高楼，眼见他宴宾客，眼见他楼塌了"，在巨型规模的社会变迁面前，个人的获得总是显得微不足道。

二、简朴美学：以朴胜巧的文体意识

以诗人兼翻译家的身份，杨子游走于惯习与新鲜之间、内地与西部之间、语言与声音之间。在接受美国诗人 Melissa Tuckey 的访谈时，他坦陈受到许多西方诗人的影响，在中西诗歌的漫游中发现了"大量的甚至密集的诗意"，同时也"听到了越来越自然，越来越朴素的声音"。这恰恰是他面临此种影响的最大挑战，即作为诗人的杨子要在语言信任的前提之下，最大可能地避免汉语意象系统整体性的挑衅和压力，而尽可能地保持诗——无论是自己的还是他人的——在创造性发生的一瞬所保有的现时语态。杨子是信任语言的，这种信任不是机会主义的，并不以修辞的"惊险化惊奇"为功夫，他散打式的语言自信、真诚，充满烟火味。他一定同意江南诗人张岱的话："余少而学诗，迨壮迨老，三十以前，下笔千言，集如风雨；逾数年，而才气无所用之；逾数年，而学问无所用之；再逾数年，而性情无所用之；目下意色沮丧，终日不成一字。"[1]（《雁字诗小序》）不过，跟张岱做减法的路径不同，杨子从一开始就没有为天才、学问等因素所困，他稳持着一种文体意识，着意要用最简洁明亮的语言来表达。这种语言将顶住强势西方语言文化植入的压力，同时也防范着日常口语自动化生成的浅薄，而他最重要的品质在于

---

① ［明］张岱：《张岱诗文集》，上海古籍出版社，2014 年版，第 211 页。

他并没有像张岱一样萌生出语言虚无主义，相反，在遴选后锁定的几种质素中发展出了一种简朴主义的诗歌美学。

《壁橱里还有一瓶威士忌你喝吗亨利？》一诗虽是截取布考斯基的一篇短篇小说的细节写成，但其精神颇合杨子本人的诗歌观。诗以对话和独白组成，在对话中作为主体的"亨利"几乎卖空了自己所有的物品，"他们全走了，/给我留下车子、冰箱、火炉/和一卷卫生纸"，亨利对生活必需品个人化的定义勾勒出一个爱兜风、好食贪饮的硬汉形象。全诗没有任何关于人与物本身的着墨，但是从对话、独白的语调语态中我们依然可以为这一落魄的、有故事也有酒的大叔级人物塑形。在杨子那里，修辞、技巧、知识、文化风格等并未占有太重要的地位，他的力量源自简朴的语言、正直的人格以及富有人情味的人间气息。

清代江南才子袁枚曾在《随园诗话》中谈到他对"巧朴"的看法：

> 诗宜朴不宜巧，然必须大巧之朴；诗宜淡不宜浓，然必须浓后之淡。譬如大贵人，功成宦就，散发解簪，便是名士风流。若少年纨绔，遽为此态，便当笞责。富家雕金琢玉，别有规模；然后竹几藤床，非村夫贫相。①

袁枚认为，诗歌以朴胜巧，但是这种"朴"并非只是生活的"搬运工"，不做任何剪裁，相反，这种"朴"是"大巧之朴"。袁枚反对为技巧而技巧，但是却鼓励为朴而巧，二者的差别在于前者的主要目的是表达效果，而后者却是呈现物情的需要；前者的法则局限于语法句法，而后者的运用更强调诗人主体的意志。照此说来，"大巧之朴"就是诗人的一种拣选剪裁的能力，它是一种自为的文体意识。在新诗里，因为口语的问题，巧朴问题变得略微复杂，背后纠缠着不同的诗学资源，口语的天然性也似乎在巧朴问题上作了区分。但从袁枚的观点来看，这里并没有所谓天然的划分，巧朴也并不是从语言来源来判断的。所谓"浓后之淡"，柏桦亦有类似的说法："朴素全因有了香艳做底子，才引人侧目。"② 在笔者看来，"浓后之淡"与东方美学"过犹不及"的中庸主义有着根本的差别，跟寂然内敛的禅宗思想亦保有相当的距离，在"非浓

---

① 袁枚：《随园诗话》卷五，人民文学出版社，1982年版，第150页。
② 柏桦：《白小集》，安徽教育出版社，2018年版，第26页。

非非浓"之外，"浓后之淡"突出了一种彼处的视野，即以"浓"的立场反照"淡"的融合之域，它是从丰有中的取舍，以及包含中的虚掩。

不过，这个关键性的程序被诗作本身"屏蔽"了，读者不易察知。在同一性高度一致的古典时期，简朴、朴素还与整体的文化氛围相呼应，转化成一种亲切的风格力量；而在现代社会，由于同一性被结构性的中心与各种差异性的边缘势力耗损和利用，简朴、朴素的气质反而被视为沉默和平而被忽视，甚至被符号化地简约为一种死气沉沉的象征体系。在后现代主义去中心化的场域里，简朴、朴素作为参与其间的美学成员，没有了结构中心功利主义的压力，其身份的觉醒和认同也获得了一个开放自由的空间，但是它还得面对一个高度质子化、平面化的美学观念场。这并不完全是坏事，它促使简朴主义的践行者进化着他们的技艺，补其"大巧"。

韩东的《有关大雁塔》是简朴主义者在后现代话语语境中获得的第一次胜利。用解构主义、互文性等来阐释韩东的简朴主义是最常见的批评路径，以至其已经被范式化，但是，当我们抽掉"解构—结构"的对峙性张力，尤其是抽掉第三代诗人与朦胧一代之间占位的诗歌政治，回到这首诗本身的简朴主义美学，仍会发现它不失为一首好诗。新的美学总是打破旧有固化的形态而以崭新鲜活的感受力示人，韩东的不落窠臼本就是个人感受力的苏醒与召唤。韩东自陈："简朴不是可以追求的风格，但的确是最高最完美的语言境界"，他把"简朴"视为一种语言观，"简朴是诚实、集中注意力、自由开阔的语言反映"，"换言之，信任你的语言，别再在这上面做花样文章了"。在他看来，"文学语言应是示意性语言，传达意思即可，此外的要求就是舒服活泛，准确性、逻辑性之类的则是误会"[①]。杨子秉持着类似的观念，在《语言的巫师》一诗里，他如此为自己画像："我刚刚写下几行漂亮的诗——/没有邪恶，没有寒冷，没有荒凉。/为了它们的诞生，/我使用了大炮、香水/和看不见的兴奋剂。"作为语言巫师，杨子喜欢一种实证主义的阳刚品格和意兴盎然的情调语态。诚然，他的诗里并不缺少隐喻，如"我们是男人必须用

---

① 韩东：《关于文学、诗歌、小说、写作》，见《诗与思》（1），重庆大学出版社，2013 年版，第 14 页、7 页。

不存在的斧头/劈开冰封的大海/必须用我们没有的本领/驱赶屋顶上的魔鬼/我们会在大海深处/看到自己的骸骨/我们会在岸上……"（《爱必须长存》），"斧头""冰封的大海""魔鬼""骸骨"等意象的层次性和蕴藉性都堪称丰富，但是我们同时可以观察到，杨子对声音的掌控——以短句子、男人嗓音和英雄主义情结所合成的混音——主导了整首诗的音色和质地。

另一方面，与韩东小说化叙事的镜头式语言不同，杨子的简朴并不太借重日常的叙事性，叙事在他那里多少有一层"现代性风景"的意味，无论是《南京西路》里在街头碰见的皮条客和吃面女孩，还是《楼顶》里跟着女人一起对夜嘶吼，诗人主体与人物之间邂逅式的疏离性都使得所有的一切都像是"在路上"，叙事在杨子那里被消解了，事件如风消散，唯剩下诗人"看"的余温。杨子自述，"我和时代有一种暧昧的关系，/我和人群有一种古怪的牵连，/我知道他们听不懂我说什么——/我要在炎热的气候里/布置迷人的冰天雪地。/像一头狡黠的狐狸，/一眨眼我就从人群中退出，/躲在远处打量他们的世界"（《人群中的陌生人》）。"陌生人"代表各种利益、交易及其规则的集合，现代人依赖"陌生人"却又无法消除心中潜伏的不安全感，杨子敏锐地抓住了这一时代症候，同时也抓住了自己与所观察的现代性隐疾保持距离的位置。

三、诗歌声音：隐逸、戏仿与同期声

杨子的简朴诗歌美学不仅表现在一种精练、克制的语言策略和漫游性的叙事抒情姿态上，同时也表现在他常中有变、丰富立体的声音上。如果说漫游的地域性曾塑造了杨子的西北声音和都市声音，那么回到杨子自身，我们还可以发现一个隐逸的自省、思考的声音，展开折叠之后，除了自我持成的声音，还有戏仿他人的声音，以及场景画面中的同期声。

先说隐逸之声。在《幽暗之地》一诗中，杨子冷静地剖析了复杂多重的主体："从前的我裂成碎片，/新的我在幽暗之地/闪烁不定"，而在新诗史上，自我之歌从不缺少沉着、冷静的逼真拷问，三十而立的穆旦

疾呼："一个没有年岁的人站入青春的影子/重新发现自己，在毁灭的火焰之中"（《三十诞辰有感》）；现实困顿而向往精神自由的朱湘哀叹："我有一颗心，她受不惯幽闭，/屡次逃了出来"（《十四行意体·第九首》）；戴望舒以画家的眼光为自己速写："辽远的国土的怀念者，/我，我是寂寞的生物"（《我的素描》）。自我的幻象是浪漫主义带来的遗产之一，柯勒律治、雪莱等人对想象力的考察揭示了一条通过浪漫主义的个人化想象进入超经验界和潜意识领域的幽径，诗人主体作为一个自足小宇宙的全部秘密都敞开了。在吉登斯看来，现代人对自我的塑造与认同是一系列反身性过程（reflexive project）的结果，这意味着"我"并不是一次性诞生的，杨子同样观察到现代社会中被蒙蔽的都市人格沦陷为"不生不死"的中阴状态："太多生灵处于中阴状态，/……没有什么可以惊醒他们"（《中阴》），他又在"死者"那里作了一次里尔克式的洞察："李太白，/伽亚谟，/密茨凯维支，/唯有你们遗留的花朵/才像镜子一样/映现我真正的面容"（《死者遗留的花朵》）。

再看戏仿，作为一种互文性写作，其在后现代主义批评话语中具有特别的地位，艾略特也有"小诗人偷，大诗人抢"的说法。实际上，"偷""抢"之说在中国也是古已有之。唐代皎然曾对"偷语""偷意""偷势"作了鞭辟入里的阐释，他认为偷语露骨而愚钝，不应提倡；偷意事虽可罔，情不可原；只有偷势"才巧意精，若无朕迹，盖诗人偷狐白裘于阛阓之手"①（《诗式》）。偷势与戏仿可说是中西诗学可以对举的诗歌方法论，偷势强调的是个人创造力，借势而为，不露痕迹，轻语言字句重语气语态，轻立意章法重结构精神；戏仿则注明原创互文的关系，文外有文，话外有话，在戏剧化效果中达致类似曲艺帮唱的效果，独立亦从属。偷势的长处是内化自成，仍然用自己的声音表现出来；戏仿的长处是文本获得多重性阐释的可能，同时亦引入他人的声音，使文本成为一个游戏的舞台，诗人以面具亮相，能跳出格局展示自身的丰富性。

《尘世的快乐花园》一诗从题目、场景到结构都是对查尔斯·西密克一首诗的挪用和仿写。不同的是，在西密克那里，当"我"穿过巴

---

① ［清］何文焕：《历代诗话》（上），中华书局，2004 年版，第 34 页。

克、托尼、西尔维亚、加里等众人的事件走廊之后，随即成为他们中的一员，在池子里撒尿并感受到一种永恒；在杨子那里，当"我"穿过类似的贝贝、尼克、阿斌、张等众人的日常风景之后，"……从情欲的车间出来，/嗅到快乐花园的热烈香气，/感觉到持续的震颤，/从树冠，到天空"，并发出热爱的赞叹："向今天的太阳致敬！"从诗歌形式来看，杨子诗中"他人—我—赞叹"三个诗节，不仅突出了他人与"我"平行而独立的关系，提醒了"情欲的车间"与"快乐花园"两个空间，而且也从三段式的推进中将并列性的场景对比置换为更大时空维度的抒情——由"天空"转换的"今天""太阳"脱离了此刻此地的窒息性而呈现出开放的品质。在西密克那里，"尘世花园"只是一种隐喻性的说法，更多地带有基督教文学中伊甸园充满诱惑、背叛和永恒救赎的因素，而杨子赋予"尘世花园"以"香气""树冠""天空"等所代表的感官实在，其空间化呈现的笔法令人联想到博尔赫斯小径交叉的迷宫式花园，但杨子的语调是肯定的，"致敬"一语充满了智慧的和解与内心的热情。

杨子诗歌里还有一种特殊的类似影视制作同期声的声音。在影视摄制的过程中，将与画面实时同步的现场声音同时录入的声音就是同期声。在杨子诗歌中，这种声音便是随同叙事画面一起出现的，《缓缓流淌着，我的生活》一诗中，诗人以声音带入街头的速写："'但是我没有办法！'/在冷风中，/在十字路口，/我听见一个女人对一个男人哭诉"，生活的痛感在女性声音中多了同情的温度，也触碰了诗人心灵中柔软的部分；在《楼顶》一诗中，诗人同样循声寻人，以纪录片的写实画面捕捉那神秘而永恒的时刻——"我"听见一个女人在楼顶喊"走开！走开！""我想靠近她，哄她，/让她平静下来。/出人意料的是，/我和她一起在楼顶上喊：/'走开！走开！走开！'"同期声强化了杨子诗歌的画面感和空间感，在一种冷静的断片式的呈现中爆发出克制的能量，这不是"踏破铁鞋无觅处，得来全不费工夫"的灵感一现，它的偶然性恰恰说明了在诗人体内潜藏的深层文本——诗人已积累了足够多的情绪和体悟，只缺少现实中一个火头的点燃或声音的唤醒。同期声连同叙事画面同样也不是简单的材料的呈现，杨子并不是将它们用作寓言的准备，在杨子那里，事物是澄明的，并不以寓言式的意义让渡作为前提，就像

《楼顶》的女人拒绝被劝慰，"走开"这一命令本身便具有完满自足的意义性。

杨子诗歌中的同期声近于艾略特所说的戏中人物的声音，这是一种邀请。通过场景的戏剧化表达，诗人邀请他者出场，诗歌的景深与结构由此改变了：在诗人—读者的关系中加进了第三人，不仅使诗人多了一个对话者，也使得读者得以直接进入具体的场景，获取意义生成的第一现场，从而激活我们的感官机制与深层结构。那些似曾相识的场景如风飘散在意识与记忆的深处，正是源于我们缺少一个具体语境化的意义结构，诗人杨子搭建好意义的剧场，再次将同样的角色邀请上台，沉默的事物由此复苏而开口说话，我们体内的词汇也借此睁开眼睛。

（本文原载于《江南诗》2020 年第 4 期）

在地性与一种邀请的美学

——论柏桦诗歌中的经验

谈到柏桦诗歌，一种几乎被公认的观点是他前后期的写作非常不一样。的确，从风格和内容来说，柏桦的诗歌后来有了非常明显的改变，他的与芥川同游、与米勒对话、漫行在俄罗斯、安逸于水绘园形成了一个活色生香的诗歌世界。在这里，诗人的形象部分退隐了，"我注六经"的青年浪漫已然让位于"六经注我"的"互文性"写作。但，且慢，如果因为"互文性"三字，便认为柏桦改弦更辙在后现代主义的万花筒里过着中古笔记体的书斋文人生活，恐怕也失察于其诗心之微。

韩东说，弄笔十年之上写什么将再次成为重中之重。当柏桦在新世纪再次回到诗歌现场的时候，他握着的诗笔继续的是他前期众多诗歌面貌中的几个——量并不大但已非常惹人眼目，它们是《在清朝》《1966年夏天》《苏州记事一年》《演春与种梨》《现实》《以桦皮为衣的人》《未来》等。《望气的人》《李后主》与《在清朝》同写于1986年，它们却不是一类写作：前两首并不是一种"史记"的写作，诗人偾张的血液与激情唤醒的是冰与铁之歌，刺人心肠而难以释怀，而《在清朝》之后，诗人主动走进了寓者的世界，云霞雨露、楼馆池树不再因为"需要"而存在，却因它们"在"而"存在"。作为一个早年熟稔于"词与物"的象征主义秩序的诗人，这种变化所掀起的巨大风暴，过了若干年的沉寂才被诗人如大海一般识别出来，成为后期波澜壮阔般书写的源动力。那么问题是，从象征主义，从内心的隐秘与激扬，诗人如何完成这一转化，成为一个放任"物"、信任"物"，而将自己的浪漫主义情景置换为一种历史化情景的？它们之间有无一个内在逻辑或情理？换言之，当诗人体悟到"美"不再是里尔克声称的"恐惧的事物"（《生命》：空气依然公正。美早已失去恐惧。/记住：只要你不怕，就没有什么可怕），没有一边倒地站在日常生活叙事，他又如何自信地确认"美"存在于历史有情？历史不是已经流逝了吗？

"趣味无争辩"，特洛尔奇说。如果现代艺术真来源于个体主体的生存感的话，那么趣味便意味着对感性的重新发现和对此岸感的强化。[①]所谓的此岸感，是相对于中世纪宗教性精神依归的彼岸感来说的。此岸感是人世，是人生，是现实风景、未来想象与自我认同。20世纪80年代末至90年代的中国新诗场域，第三代诗人向仍处于宏大叙事语境的朦胧派诗人猛烈开火，他们要求一个质地更为纯净的"此岸感"——在那里，不再有遥远而不及物的类属抒情，他们急迫地要求身体性，要求一种去掉集体意识、潜意识以及语言控制的新诗歌。"美学清场"的状况并未再次出现，当代诗歌却由此转向，大多数诗人竭力握持着自己的"此岸感"，"趣味"渐渐成为诗歌政治的pH试纸，而其内部的美学结构却并未得到充分的观察——或许一种"钻石"风与大异其趣的"石墨"风，其要素正是一样的。

这样的情形在诗人个体那里也同样存在，比如柏桦。"为了这注定的死亡，她精心准备了一年/美，她早已忘却……"（《西藏书·临终书》）唯美主义的柏桦会把那一份义不容辞的"美"放置在一边吗？他记得云，"云，常常只是一丛丛白或黑宗教/夕阳红云，让中国人想到了离休/但大多数时间，云呈现佛教的蓝……"（《云》）对大多数人来说，云的聚散只是可有可无的风景或无常喟叹的提示物，然而柏桦记得"云"另外的身世："云，年轻其芳曾在万县山巅瞭望……/像急迫的波德莱尔偏起细细的颈子/那是他的学习年代，数如花的流云……"何其芳烦恼时期所看过的"云"，在诗人那里也是熟友："我扎根于1975年夏天，在重庆/巴县白市驿区龙凤公社公正大队/这根扎得不深亦不浅，幻觉中/我可能是飘在那片天空的停云，也可能是在那儿优游山林的看云人……"（《决裂与扎根》）诗人回溯自己的知青时代，那时他还在"优游山林"，所谓"优游"不过是为"漫游"正衣襟，作为一个有

---

① 参见刘小枫：《现代性社会理论绪论》，上海三联书店，1998年版，第300～307页。

"闲"的青年，他与云有着"相看两不厌"的对照，这"厌"既是看不够、不满足，也是看太多、心生厌倦。诗人有言："高贵来于厌倦，样板是波德莱尔。低贱来于无聊，样板是唐吉诃德。"① 在"厌倦"与"无聊"之间，唯一的区别在于你是像波德莱尔那样"一日看尽长安花"，还是像唐吉诃德一样认真得风声鹤唳四处树敌。"看尽"的温度里才有六朝荡子气，"赋到沧桑"原本也是要挥霍与浪费。

在早期的诗作中，柏桦也曾写到"看云人"，同样跟青年时代的躁动而无事有关："这年是盲目的/这年是疯狂的/披雪的羊群齐声高歌/当看风人不能下种/看云人不能收获"（《纪念》），看风看云的人是"看天吃饭的人"，他等待风，等待云，等待风生云起，等待风云际会，在"看"中他还发现青春的异象："看，那蛇成了舞蹈的领袖/看，它已吃掉自己/看，它已变成了龙"。从兴奋的口吻，"看云人"岂止是在"不能"中带着期待的前眺，他亦乐活于"看"的本身，像走马观花一样，动作仅且只是身体本身，而心中的"此岸感"已让他拥有呼风唤雨的能力，风景成为他的言辞。"九月九，郊外登高/望云、望树、望鸟/小贩漫游山下"（《苏州记事一年》），后来的柏桦将此命名为"小逸乐"，成为他"养小"美学的一个侧面："有一种乐，叫小逸乐——临风、听鸟、观鱼。"② 关于此点，已有许多论述阐发，笔者不必在此耽言，只需指出的是：从自然的风景（知青时代的漫游）到联想的风景（何其芳的学习），再到"互文"的风景（苏州之风），诗人其实已在自己的"此岸感"上完成了非常个性化的、暗度陈仓式的转化。

此岸性是容易得到的，汉语新诗甫一诞生，诗人们便在一种引入的"烟士披里纯"诗学里获取了它。"灵感"（inspiration）源自拉丁语 in（进入）与 spirare（呼吸），在神学著作中它们的组合原本是指神用泥土造人，将气息吹入而赋予其生命；在中文里，"灵感"同样最初使用于宗教。"灵感"不同于"诗言志"的地方在于它具有主动唤醒、激生的功能，而非情绪的自然饱满。"灵感"常被通约为中国语境里的"顿悟"方法，这使得一些诗人对"灵感"的学习常常止于蜻蜓点水式地做

---

① 柏桦：《白小集》，安徽教育出版社，2018 年版，第 19 页。
② 柏桦：《白小集》，安徽教育出版社，2018 年版，第 115 页。

意象的捕捉，这当然是获得此岸感的一个途径，却并不充分。

比如"对话"，在古典时代，"灵感"是诗人邀请诗神的祝福；在浪漫诗人那里，"灵感"是诗人对自己的独白；而对象征诗人来说则意味着要与世界感通。作为一个现代诗人，柏桦将这"对话"推及古今时空，古人的生活、他人的经验只是作为他者的实体吗？或者在诗人强大的"此岸感"的驾驭下变形为运力斧斤的原料？不，都不是，柏桦已经看透"此岸性"是所有现代诗人共有的宗教，他不想去推翻，但是他却试图更进一步，在一种超然的"此岸性"中斜逸出一种"此地性"来，以"在岸"的态度处理"在地"的情境。所谓"在地性"，首先是诗人用自己的经验与他者对话，不是他者成为自我的延伸，而是"我"成为他者的一部分。在这里，诗人"我"不再拥有自我的感情，感情是他者的，"我"用"经验"将它说出来。

在《英雄与叛徒》里，诗人摆脱围绕超级间谍金无怠的种种传奇话头，以"不急"的心理经验来写："我的一生岂有何事可急呢/像玩抖空竹，我在冲绳 1953 年/新年晚会上，悠悠忽忽地玩过……/老北平的艺术是急不得的呀"。我们知道，柏桦多次在诗文中表达过对"急"的敏感和对"慢"的青睐，在他那里，"急"的时间紧迫性并不突出，它更是一种意志，一种急切的主体介入性，"有一个人朝三暮四/无端端地着急/愤怒成为他毕生的事业"（《在清朝》），"不死的决心单纯而急躁/仿佛要让世界咽下这掬热泪"（《孤儿》），"足寒伤神，园庭荒凉/他的晚年急于种梨"（《演春与种梨》）。在《琼斯敦》里，诗人将"急"与"厌倦"哲学关联起来，再次展示了一种现代性下极度兴奋的神经官能症："摇撼的风暴的中心/已厌倦了那些不死者/正急着把我们带向那边"；而在《田的一生》里，时间之"急"与个体的生命冲动结合在一起，成为现代生活繁复而枯燥、诱惑而绝望的综合体："我可真是快呀，一秒钟就坐在了广州的银行；/下一秒，我就结婚，生下一个女儿；下一秒/我到底是先出现在洛杉矶还是旧金山？急呀/来不及了，我这一生……"田的"急"与金无怠的"不急"看起来是两种人格的写真，一个求变，一个唯稳，但在高度分工的现代社会，他们要书写个人传奇的"厌倦心"又何尝不是一致的呢？只不过一个是骑手，需要爆发力；一个是猎人，需要耐心和定力。在《多美美多，赠敌人》里柏桦如此挑明："急的人自有耐心/他什么都不去做/仅仅成为一个被/希望所累倒的人。"

在地性的另一个形态是,诗人用自己的"经验"进入了他者的"感情",这"感情"(部分已由他者命名)被诗人吸纳后再传导出来。《愿这光景常在》是柏桦与韩东的诗《在世的一天》发生的默契:"在世的一天,是韩东的一天/在世的一天,是令和的一天",韩东对"在世的一天"所做的带有光泽和温度的素描被柏桦以"令和"两字道出,放在另外某些场合,或许可以说柏桦抢救了这个此前遗落在古籍中如今被用作年号的词语,不过,放在韩东的语境里,这两个字亦的确得其风韵——对天气产生的所有赞美最终都流向我们自己的心田。与韩东不同的是,柏桦有意引入一种人生的严肃风——"人生/是这般苦闷,假如没有斗争",在一种强烈的对比中,从"享受令和的韩东"到"想当哲学家的少女",再到"《国土报》里的犹太性""许三观的小奢侈",看似遥远的时空和事物,在"光景"的瞬间性里都反射出一层"可爱"的余晖来——所谓"清辉玉臂寒",亦不过如此。

在《天》里,柏桦写了几种他人的"蓝":"天,蓝得肯定,张爱玲/天,蓝得信你,李亚伟//天,蓝过来了,顾城!'知了有棺材的味道'?"这里的典故涉及张爱玲《异乡记》:"一大早上路,天气好到极点,蓝天上浮着一层肥皂沫似的白云。沿路一个小山冈子背后也露出一块蓝天,蓝得那么肯定";李亚伟《秋天的红颜》:"这天空是一片云的叹气,蓝得姓李/风被年龄拖延成了我的姓名/一个女人在蓝马车中不爱我";顾城《致谢烨》(书信,1979 年 9 月 12 日):"知了是个奇怪的东西,它从地下爬出来,用假眼睛看你,总有些棺材的味道。"典故是古典诗歌常用的手段,皎然《诗式》将之与"取象曰比,取义曰兴"的比兴联系在一起,用典的"取象"手段与"比"近似,许多人常常于此混淆。可以看出,与传统用典的"取象取义"不同,柏桦的援引背后总有一个强大的"经验",这"经验"借由诗人极具趣味化的感受力显现出来,它并不是"取",而是进入一种意义的"狂欢",它们不是"象"的联想,而是"义"的受邀,诗人进入一场"义"的宴会,却是一种"义不容辞"。

在地性还有一种地方性知识,它意味着诗人用个人的身体所测绘的私密地理以及每一个作为"特殊"而存在的年代学。作为政治学、经济学与历史学的地理空间被解构了，每一处地方都是以一种亲身性进入诗人的诗歌方志中，而年代学则强化了每一个人的惯习，在场域中的象征符号最终被定型。看诗人作为重庆人而写的《棒棒》："他不是《山城棒棒军》的棒棒/他是一位 20 世纪 70 年代的棒棒"，有何不同？"这棒棒看上去有一些浪漫——/他热爱自己的仪表/他暗读政治经济学/他正值青春，洋溢着理想……"从诗人"理想化"的描述中，他或许意识到对"浪漫""理想"的刻画也正是一种宽泛的、被"理解"的、传播学的"棒棒"，于是最后他以个人的直观进入："当我第一次遇见他时/这异人让我感觉到兴奋/但又说不出他身上哪点非同凡响/哦，原来他崇拜金日成/难怪他走起路来象金日成首相"。这种感受力的抓取，既是意象的浮影，同样也是一种此地的、在场的、在地的亲身性——它是如此妥帖地进入诗境，只因它来自情境本身。

《我是谁》《我俩》《重庆之冬》等诗都有诗人早年记忆的影子，"北碚新村""大田湾小学""向阳电影院""特园"等地名在与自己的对话中繁次出现，正如历史的叙事是为了当代的构建，一个人的回忆回味同样也是对自我的认同与想象："怎么说呢，这肯定是我的错，1956 年/我就在错的路上寻找着我一生的往昔——"（《我是谁》）"我天生有一种羞于说出口的恶行/我后来又生疏于随波逐流的小学"（《我俩》）。不过，柏桦并不是要发挥时间的反省，不同场域的轮回被他海绵般吸收到"我"的体验中来，在生生不息的生命现象里仿佛抵达了"真我"，原来"活着的我"亦是消亡的他人或虚构的人物。在禅宗式的猛力顿悟中，他亦曾以张枣的故事为人说法："张枣突然拿筷子敲了下桌边/这声响意味着什么？杜青钢，/我天天死，秒秒死，你怕不/怕？'再敲，又是一响马蹄'——/那顶着头找头的人难道不知/头一直都在呀！你往哪里找?!"（《禅宗论》）既然死亡是我们身体的一部分，我们又何必视而不见或别寻他求呢？

这里或许存在一个问题，记忆中的人事、阅读经验等到底是私人性的东西，读者在面对它们的时候也会面临一种压力，那么如何进入这样的诗歌？笔者认为，正像前面的"顶头找头"公案一样，如果我们要找寻一种美，不如回到我们自身。"在地性"可能嵌深了一种特殊的语境，但它毕竟不同于古诗的用事手段，在语气、氛围、符征等方面都有更多的传递，同时，能指与所指的分离也使得意义的部分隐藏成为一种可能，感受诗歌并不是一个一次性获取的过程，甚至它也不必需要第二次。另一方面，现代诗歌的"在岸性"不仅是诗人的诗心冲动和趣味，它同样也是一种邀请，一种时空的舞会，在这里它并不要求读者的人生阅历和知识结构一定要与诗人一致，相反，诗人在这里以其"经验"的专业性，像是一位资历丰富的老船长，带领着驶入人性海洋的巨轮，船艋破开的每一朵浪花里都有诗人捕捉过的闪电。我想，柏桦诗歌亦是如此，每一次阅读都以其"悠悠"、以其"厌倦"的余味启动了我身体内部的另一个"我"。

（本文原载于《汉诗》2019 年第 2 辑）

热带繁花与中国水墨

——评南洋诗人游以飘诗集《象形》

游以飘，本名游俊豪，祖籍中国广东，生于马来西亚而定居于新加坡。如果在中国国内，他应被称作"70后"诗人，这或许可以暗示其所承接的诗歌风尚不足以揭示其诗学观念与审美品格。2016年，游以飘在新加坡出版了第一部个人诗集《流线》。2020年，诗集《象形》由江苏凤凰文艺出版社出版发行，这是他在国内的首发诗集。

一、中文离散性的沉潜修辞

《草堂》诗刊在推介游以飘时，将其定位为"中文诗歌的跨地域表达"，"对中文诗歌文本意义的可能空间的有力拓展和尝试"。[①] 的确，作为活跃于南洋的诗人和中文学科学者，游以飘的中文环境特异而奇绝，一方面与大陆、台湾、东南亚等地有着密切而频繁的交流，在某种程度上深刻体悟到中文的国际性与跨地域性，这背后更与"想象的共同体"相连而颇具精神气质；另一方面，透过马来西亚、新加坡的历史与现实，他亦深刻感受到语言的"敌意"——之所以不称之为"竞争性"，是因为对个体来讲主观感受更具情绪化——英语、马来语、印度语等诸多语言构成南洋多样性的文化场域，而华语在其中并不是一种强势的语言，甚至从某种角度来说还是一个被压抑的语种，比如即使在华人占多数的新加坡，政府亦有心推进"国语运动"，最后却仍然造成大量的方言使用者放弃"国语普通话"转而使用英语。在游以飘那里，语言的现

---

① 参见《草堂》（诗刊）2018年第8期《实验经纬》栏目"编者语"。

实便是离散的历史，"小名悬挂如守候的宋词/离散如新诗"（《动物》），"十万八千里/语言，流离失所"（《假日》），可以说语言承载了南洋华人一份难以割舍的文化情结，亦伴随着他们所经历的磨难。

有时我猜想，游以飘对修辞的沉耽是不是亦来源于语言林立的话语生态？修辞的力度正是表现一种语言活力程度的一个最直观的截面，如此一种从中文离散性诞生的修辞便有了根的力量。在《两语》中，他以中英文对比，先是对中文的偏见表示质疑，"你说：感性用华语流露/理智，最好就以英文梳理/然若果五味杂陈呢，咋办/抑或九九归一，又如何果真"，在这里诗人以"若果""果真"两词嵌入，故意将视觉形象附着在其作为副词的语法功能之上。在"能指"的层面，当然是完成"如果怎么样，又怎么样成为怎么样"这样一个高度限制性与工具化的意义表达，但诗人立足中文性，在"所指"层面又将"果实""果味"等形象释放出来，实现了另一个意义空间的自足。借此，诗人对中文兼具"感性""理性"功能的自信与偏爱已经昭然。

在诗人看来，词的科学性有时只是一种缥缈的海市蜃楼。"你给玫瑰换上许多装扮/蔷薇她也在挑选一瓣瓣的衣裳/问题是，移动的事物总不安份/狐狸，投入另一辞林成了精灵/刺猬，转一词海就变为龙卷风"[①]，对"玫瑰"与"蔷薇"的区别今天已经是最常见的科普内容之一，不过要是从知识考古学的视野做一番词源考察，则未必那么泾渭分明。在英文中，一般将蔷薇称作 Rose，而把玫瑰称作 Japanese Rose，月季称作 Chinese Rose。在文学作品的翻译中，将 Rose 翻译为蔷薇与玫瑰的都不少见，如罗塞蒂的名诗《歌：当我死时》最早由 C. F. 女士（张近芬）于 20 世纪 20 年代译介时便将其中的 Rose 译作"玫瑰花"，徐志摩则译为"蔷薇"。在游以飘那里，玫瑰、蔷薇之间的所谓混淆，实际上根源于不同语言在命名之初"归纳法"的相异，"九九归一"，真要通过语言的"能指"层面是无法直抵"果真"的原貌的。因此，诗人在"物"的层面反思语言何为，所谓的诗心萌动不正是一种命名的冲动吗？或者说，诗歌本身便是用母语赋予事物以光泽，不管东西方的思维方式如何相异，不管感性或理性把握世界的路径如何不同，母语本身即

---

① ［新］游以飘：《流线》，新加坡 Firstfruits Publications，2016 年版，第 62 页。

意味着温度与视野的观照，这是原初的身体性——"于是，你的小情绪大命题无异/那便是，窗外的雨丝与光线/如何修剪，以及修辞为一首诗/上升成一母语"。

关于修辞与世界的关系，中国传统诗学曾有一个形式论的阐释源头，《周易》中即以"风行水上，涣"[①]来解说水纹之"文"，苏洵直接应用到文章之道，将"风行水上"中的风水关系比拟为道/文、理/物、语言/修辞、内容/形式这样的范畴，称"涣，此天下之至文"，又说"雷电合而成章"[②]，从形式论来说，风行水上之成纹与雷电行空都是自然界的修辞学，所谓文章与此正是同构。清人沈祥龙在《乐志簃笔记》卷三《论文随笔》中进一步发挥道："涣则散，合则聚。文章之道，不外聚散二者。风水相激，波澜迭兴，此文之畅其言论者也，故散为万殊。雷电相并，声光自显，此文之明其意旨者也，故合为一本。"[③] 命名与修辞，一面是归纳与演绎的科学方法，一面又是世界同一结构的隐喻扩散。在另一首《里面》，游以飘如此描述词与世界的不对称关系："有人说——词语像金字塔/一座向下修建的尖峰/往地里钻，压黑暗于一点"，"要我说，不如就倒转向上/竖立一顶斗笠/旋转穹苍的无穷，云霞的无尽"。在一般人看来，语言与世界、名与物之间的对应总是不平衡的：人类希望通过语言来重构模拟这个世界，词语正如向下修建的金字塔，我们将未知未名的部分一点点地实现为塔身，而意义的实现又需要考古般的挖掘。诗人的想法是，不如倒转过来，像是玩转斗笠一般，任由词语自身的秉性自由地旋转于天地之间，让词语与词语之间的关系亦能释放出风云光霞。

游以飘打定主意要做这颠倒金字塔的工作，修辞有如修磨砖块，其手法变幻有如魔法师，变星辰，舞云霞，在在令人称异。细读之下，诗人在诗中的这些语言戏法，其用法之活泛奇巧，不仅表现在剑走偏锋、多好偏僻，亦示显于其运用之间颇多破格，并不能以现成的修辞法框定。比如在《假寐》一诗中，诗人在几个同字根词缀的词之间创造了

---

① 参见周振甫：《周易译注》，中华书局，1991 年版，第 209 页。
② ［清］刘熙载：《艺概》卷一，见《刘熙载文集》，江苏古籍出版社，2001 年版，第 77 页。
③ ［清］沈祥龙：《乐志簃笔记》卷三，见《清代诗文集汇编》（七三一），上海古籍出版社，2010 年版，第 145 页。

"同异格"结构，产生了一种连击连爆的修辞效果，不仅声音上泠然作响，意义形象上也有了增殖扩展："打盹儿，红花，还有金花/与银花，半岛总是慢半拍"①。三种花将半岛的热带气质从视觉上传递出来，花下之寐是美的，但半岛之花也正是氤氲的，何况这"红花"还是马来西亚的国花，对诗人来说另有一番家国滋味。在《流逝》一诗中此种手法又有了某种自我创格："伤逝的故事/总是开始于幽微的巷弄/无所独立的广场/无以投寄的地址/无法结束于光明的金顶"，几个"无"字头的词将"逝"之结果展露无遗，但是回头来看"总是开始于"与"无法结束于"却又构成一个修辞上的"拈比"，如此诗人心中的余绪得以在一种彻底干净的明荡中有了隐微的呈现。《活物》又是另外一种连击下的暗度陈仓，诗写华人播迁南洋，来自珠江流域的先人像注入南海的水一样，在马来，经过人海词海的翻滚、蒸发，继而"净化"后再度成雨而下，"活物"当然要"活"下去，只是这"水"的"舌头"如何论说呢？在诗的结尾，诗人写道："离别与相聚的寓言/负面与正面的论述/沧海一粟/阳光一米/撑开一线生机"，"沧海一粟"将诗中的强抑情绪推至顶点，个体生命的藐微着实令人心寒，但诗人在这里用"阳光一米"这样一个出于同类构词法的词语极速地完成了反转——"阳光一米/撑开一线生机"。换言之，"阳光一米"正是那个一体两面的词语魔法石，虽然普普通通，却于不动声色间挪移了乾坤。

又比如"藏词"，诗人将词语隐去一半，或者读者可以从中填补为另一个词，从而在增补之间实现意义的浮现。《后裔》一诗第一节写离散："花了三十二年思考一朵蒲公英/尔后，不想/美丽的羽绒，抽丝那样/给天地补针脚，在海底捞注脚/搅动，黑汤药的一勺子"，蒲公英的比喻形象虽略普通，但"给天地补针脚，在海底捞注脚"一句却宛如神来之笔，巧妙地在蒲公英、天地、海这样一个自然的环境里连带出南洋华人的历史，"天地"与"海底"两词相联系，让人联想到天地会及其秘密文献《江湖海底》。《江湖海底》记录了天地会的历史、组织、规章及其隐语，而天地会在南洋不仅承袭了反清复明的宗旨，更成为华人社会某种无政府状态下的自治机构与联通中枢。通过《江湖海底》里的隐

① ［新］游以飘：《假寐》，载于新加坡《联合早报》"文艺城"栏目，2017 年 11 月 7 日。

语，一个华人能在陌生的环境里找到依靠，身在异乡而回归到一种熟悉的文化场景。翻看南洋华人的历史，不管是巨商大贾还是英雄志士，背后折射的都是一部华人帮会风起云涌的斗争史。诗人在使用这样的词汇时，有意采用一种半隐半显的方法，模拟了一种类似"切口"的隐语。再比如《红花》，诗人特意将"大红花"改为"红花"，大红花是马来西亚的国花，在《书剑恩仇录》里亦有秘密会社红花会，诗人如此半隐半显地反思马来西亚华人的历史："或者，就摘花瓣/红花落，数数谁家老大/从南海来，又回折南海去/江湖热了//赤道一线/束缚红花一朵/书剑，五十七那年的雪/一经，难谋"，结尾的"难谋"一词照应了诗的首起句"肥硕，却握不成一拳头"，诗人借"红花"与"红花会"之间的关联，将马来西亚历史上族群的冲突、华人的分裂以及破镜难圆的政治现实都不露声色地——道出，应该说，正是复杂的历史处境让诗人在书写此类政治诗的时候有意采用一种较为隐蔽的方式，这倒不一定是出于政治隐晦，更多的是一种一言难尽的文化策略。

此外，诗人把一些惯习的成语、词语做一些小整容，或拆分，或反用，在对字象、词象的调整、拿捏中重立了"所指"，另塑了情绪色彩。比如《流逝》："宛如熄灭的朝日/褪色的落霞/摘下丢掉的街灯与交通灯/遁入小道/再无消息"，"小道消息"一词被拆分为二，读者需要用一种类似"互文"的读法才能读出"没有消息，连小道消息也没有"这样更进一层的意思，从而体会抒情主体那种守望的焦灼情绪。再如《两语》："横竖，这回事就两磁场/但两语，非三言能说清楚"，"三言两语"亦被拆分，但这里诗人的用意又有所不同，在诗中"两语"明确指称的是中文和英文，而"三言"则可能是加上马来语，也可能是以"三"言多，用来指代马来半岛多种语言混用的实际状况。

《心乱》的用法又有差异，"一不留神迎来虎豹/心小了，就小心//又痛又痒的灰尘/随着车轮与手表转动"，这里"小心"的倒用和"不痛不痒"的反用似乎只是不太惹眼的小改动，不过回到诗中，我们可以发现其所表达的是一种文化身份的困惑。学者朱立立指出，研究马来西亚华文文学需要注意到独特的"马华经验"，它"不仅仅指涉地方色彩和南洋特色，也不单是抒写传统意义上的乡愁，而是倾向于做多向度的文化探寻，以及个体与族群复杂缠绕命运的沉潜书写"①。在游以飘的笔下，他亦低回于一种复杂的文化心态——对南洋华人来说，华夏究竟意味着什么？在现代国家体制与东亚地缘政治格局中，"天下"何为？他写道："如麻，木的纤维化/五月一朵不能赋别的芙蓉"（《心乱》），以芙蓉为花为木作喻，他将一种"心"的两属状态含蓄点出，"心小了，就小心"则在一种劝谕的口吻中暗带对华人政治的批评与讽谏——"心胸"既意味着视野胸怀，也包含了器度智慧。"灰尘"在"车轮"代表的地理空间和"手表"代表的时间空间中颠沛流离，却并不是"不痛不痒"的存在，个体与族群的纠葛切切无法厘清。在《假寐》中，诗人更是将此指认为一种"月是故乡圆"的内心创痛："异床，同梦/你与国家隔了一个床位"。

除了上述几种手法，游以飘的诗中还有一些基于汉语特性的修辞手法，比如"析字"，如《字》："有时仿佛'國'没有了围墙/有时仿佛'或'加上了心"；再如"联边"，如《手语》："拎起潮湿的日光/挑一些香椿，然后秋葵/捏来花椒细盐/挪来酱油，或陈醋/拍拍手，翻炒家常/掣上，放下……"每一行起字皆是"手/扌"旁。"半睡的语法，为了难得糊涂"（《假寐》），这些机巧的心思出自一个以英文为第一工作语言的南洋华人诗人笔下，也确实反照出一种国际视野中的"中文性"，诗人首先是从中文这一语言本身的修辞可能性出发，这种修辞的可能性恰恰是无法翻译为其他语言的，这或许正是他为什么用中文写诗的一个理由：用华语呈现其他语言无法表达的心中沉潜的幽微的"象"。

二、大焉有象的索隐花园

前面用了很大的篇幅来讨论游以飘诗歌中的语言修辞，这虽然是他的诗歌非常重要的特质，但亦是最容易令人浮光掠影就此止步的地方，以为他是一个以技术和后现代主义的种种花招见长的发达资本主义时代的华语诗人。实际上，游以飘诗歌中还呈现出一个曹雪芹式的索隐花园——笔者将之命名为"热带繁花与中国水墨"。

---

① 朱立立：《身份认同与华文文学研究》，上海三联书店，2008年版，第122～123页。

游以飘自述其对"意"与"象"的理解："诗应该进行提纯，再现文字当中的张力、语言背后更大的系统。意象无处不在，却也无所不藏，诗必须召唤、钩沉，对它们进行二度抽象化，一度是符征，二度是符旨。"①"抽象化"意味着诗人决意要反叛文字，但他在诗中却是以长久的勾勒与赋形来实现的。比如黑色意象。在《那瓶墨水》中，诗人开始了他最初的描画："我们用一瓶新买的墨水/写成一小册的篇页/后来剪贴成车窗上的画面/才满意的贴上，下一秒/它就开始褪色了"。这首诗，据诗人回忆，当时他的老师、马来西亚著名华人诗人温任平曾经说写得比较怪，而诗人却看到了一条充满可能性的诗歌之路。②

在诗中，诗人将"快乐"具象化为"墨水"，为什么快乐是墨水？诗人没有明示，墨水却开始了它自身的诗歌之旅。在《想你》一诗中，"墨水"成了思念的海洋，"写一封未写完给你的信/……/打翻一瓶墨水，我便不写了/蓝蓝的一滩水在纸上慢慢/展开，展开一片海洋/你在彼岸，我在此岸/引颈等待，风吹雨降/谁人引我渡岸，还是/我始终缺少了一艘船"③；在诗歌《字》里，"黑色的海水"亦成为诗人笔下文字的源头，"风和雨和海水翻涌着深深浅浅的/黑色，渗进笔杆入侵手臂/最后蔓延至我的心"（《字》）。如果说，这样的"墨水"和"黑色"还只是一种情思象征物的话，那么在后来的写作中诗人则有意识地将其追溯至一种文化原型——"中国水墨"，在一种黑白的质朴中，诗人试图找到自己的色彩谱系与宇宙拓扑。在《活物》中，"黑水"是天地创生万物初始的来源："黑水玄蛇那样交尾/春风那样移花/红花那样接枝"；在《夜行》里，"黑木崖"是族群播迁最初的节点："从黑木崖下来，火速走霹雳，往首府奔去/要不经新山，转麻坡，出芙蓉/一路煞有其事地相安无事"；在《耳语》里，"黑水"与"黄土"一起成为海洋与大陆的代称："颗粒化那些年月日/相生的桃木与流火/相克的黄土与黑水"，而在《后裔》里，"黑汤药"则成为一个文化惯习的隐喻："给天地补针脚，在海底捞注脚/搅动，黑汤药的一勺子"。"黑"有时候是充满危险与惊疑的，"止于你/之后是无边的黑森林，萤火虫，与芒花"（《无涯》）；有

①　［新］游以飘：《象形》，江苏凤凰文艺出版社，2020年版，序第1页。
②　［新］游以飘：《流线》，新加坡 Firstfruits Publications，2016年版，第150页。
③　［新］游以飘：《流线》，新加坡 Firstfruits Publications，2016年版，第85页。

时候又是实在安稳的，"黑白，挽住了即将坍塌的悬崖/彩色，勾勒悬浮的阁楼"（《风景》）。这种于"黑白"中找到独立于"彩色"的精神依归最后又表白于《热带》："不知道在你的气场/我算什么//纠结的蕉叶与椰林/澄清于水墨"。

在诗人一系列对黑色意象的营建过程中，起初并没有一个十分明显的意图，不过在持续的书写中，无意识被激活了，意识转而成为无意识的延续。这样，诗人后来的赋形写意便引起了此前书写的蕴藉的丰富与变动。比如前面提到的"黑木崖"，地名的成分要大一些，与霹雳（州）、首府、新山、麻坡等构成一幅区域地图，不管读者是否知道马来西亚有个"黑木崖"的地方，或者它是否就是"黑木山"（Bukit Kayu Hitam）的另译都是无谓的，因为它在这里承担的就是一个地名的功能。但是在《疑鬼》中，它的含义被扩展了："兵分两路。一支闯入藏金库/遇到盆地的魔，华丽的伪装者//另一支溃败于黑木崖/再也没有生还者的音讯"，这里的"溃败""生还者"暗示了曾经的一场血腥，而与"藏金库"的并列也表明它是一个权力话语的中心。这些新的或者说更细微确切的含义显然容易将人带入金庸小说中"黑木崖"的刀光剑影，这样的偶合又赋予其一层神秘、隐幽的色彩。再比如黑白相间的"貘"的形象，在《野兽》中，它似乎成为某一族群的图腾，黑白是其外貌特征："越海的象，卷曲的穿山甲，黑白相间的貘/追捕的犬，河边倒逼的鼠鹿/季候风凝固以后，野兽们回到历史以前/虚构蛮荒，修辞着东北与西南的对角"；在《梦境》中，它又闯入现代都市，恢复了传说中食梦神兽的身份，黑白又成为世事、是非的暗喻："日有所思，夜有所梦/横冲直闯繁华的都市/那头貘/你必须小心调换/它的黑白"。这两种形象会彼此干涉在另一首诗里的符旨吗？或者说，能从中提取一个整体性的"貘"的形象吗？"貘"与诗人笔下的"魔""墨"又有何关联？诗人留下了一扇开放的门。

诗人反复在诗中回顾先人的离散与播迁，将之书写为族群的创世神话。在《假寐》里他指认"洪荒之力，来自饥荒之意"；在《活物》里他再次确认饥荒是一切离散的根源："再例如：许多人的逃荒/如何抵达金山/激活新大陆/重续昨日"；在《胡乱》里，先人的苦难虽被历史化，却仍无法释怀："皆与饥饱有关/总不成胡乱一番//野外回来的飞鸽/稍微梳理了音讯//城墙上读《寒食帖》/竟有行书起于灰黄"，从"饥荒"到"洪荒"，诗人书写的是一份起源的"史记"，而从"洪荒"到"炎荒"，一洪水一火龙，则于词的张力中支撑起现实的热带世界，"干瘪的土地/炎荒的稻草人/渴望清凉之道"（《雨水》）；"银狐预期而至，预支七个炎荒以后/夜，过度干燥为木柴/炕头满是梦的导火线/翻身撩起一床晃动的红星星"（《雪夜》）。"饥荒"—"洪荒"—"炎荒"，古人用"八荒"来指称世界的多维，在诗人那里他亦用"荒"来陈述他所看到的离散时空。这"荒"不是西方现代性话语中如"荒原"般历史的虚无、文明的颓废，但亦指向一种上不着天下不挨地，孤垂悬置的状态。在《尽头》一诗中，诗人来到历史河流的尽头，抚今追昔间他感叹道："源头远在天边/尽头近在眼前/燧人氏管不了/大禹治不了/仓颉到不了/临界点/与他者无关/只有你与你的族人/前扑后继/倒下的未必站起/堆积骨灰"。

与这"中国水墨"般写意的"黑色"意象系列对应的便是半岛的"热带繁花"。在《季候》里，诗人熟稔于这热烈的色彩："温习桃红柳绿/学习海那边的椰林与沙砾"；在《消磨》里，诗人将此归属于一种亲身性地理："花花绿绿，流入你的苍茫的指纹/回峰转路，拇指地图"；在《热带》里，他更是将"热带红花"的妖艳与自己的离散身份相对照："绽放一百种颜色/红花与浮萍形成诡异的对角"。对于"红花"，他亦有强烈的情感，一方面，作为在马来西亚出生的华人，诗人对于马来西亚立国之初的"马来西亚是马来西亚人的马来西亚"是认同的："那些年我们胸口佩戴的红花/消失在拥挤的街口/宛如熄灭的朝日/褪色的落霞"（《流逝》），与此同时，他亦深刻地认识到自己的文化来源，并自觉于其"红"的印记："一条街的买卖/一座城的居住/一家国的建构/每一朵红花皆有来头/犀鸟的归返/鼠鹿的回折/到故乡那里重获/今日的头面"（《源头》）；另一方面，随着政治风波的搅动和族群的分裂，和谐共生的愿景破灭，"马来人的马来西亚"对华人的排挤、压迫涂改毁损了历史，也碾碎了诗人的家国信念："我们备忘一切的真相与假面/以及许多的诺言与落空/如刺在背/如红花苍白于热带的日照下/如蕉风椰雨/惨绿于无数的记载与翻译"，"那转瞬即逝的曾经一次的/想象共同体"（《备忘》）。

　　除了红花，还有更多："鸢尾花的开屏/与群众的围观"（《对照》）；"剔透的有腰身的蓝瓶子/红玫瑰，五六朵"（《静物》）；"空气溶解，继而奔跃/一瓣想一个三百六十五日的年/从含苞，绽放，舒长成/另一个姿态，芬芳自喜"（《十六瓣的蔷薇》）。在诗人看来，半岛风物之盛繁花锦簇，但"大观园"虽好却怎么看也只是"镜花缘"："暗喻那么多，一花一世界，何况还有叶/城里的镜花缘，红花的妖娆，甚于原版的一百位"（《花园》）。

　　在《"浓得化不开"（星加坡）》一文里，徐志摩开头便写一种红色的花——红心蕉，"红得浓得好。要红，要热，要烈，就得浓，浓得化不开，树胶似的才有意思"①。在他看来，热带南洋有一种要凝结的热烈与浓艳，而在游以飘那里，这"浓"还意味着单一与沉闷。比如，在《解印》里，诗人写道："等待太漫长，不知道要结束/还是要继续；夏天以后还是夏天/换季，没有换一个行李箱那么简单"；而在另一首《流连》里，他先是陈述半岛气候："五月初五，读完《马来纪年》/春已荼靡，热浪卷赤道，炎黄"，五月初五是汉文化圈的端午节，这个以水、草本、缅怀为主题的节日透出的还是较为清凉的文化记忆，但身处热带半岛却早已是"热浪卷赤道"的酷暑，接下来他笔锋一转，把眷恋的那个山水中国呈于纸上："仔细于水的能力/在花岗石后面把风，那码事//连接，二十四节/气韵，流连大汉山脉，以及之外"，与一年中各月温度差异不大，没有明显的季节更替之感的南洋不同，山水中国四季分明，二十四节气将 365 天几乎等分，那是比月份更贴近农业生活的一套仪式流程。这映照出山水中国日常生活的时令，即使在今日中国的都市也已然隐退，从全球化的视野来看，新加坡、香港、北京、杭州、成都都已然被纳入同一个生产贸易的网络，一个产品经多地接力般流水生产，又经多地的海关与物流，最后再到消费者手中——这样的现代节奏对二十四节气、对自然的感受微乎其微，换句话说，山水中国在现代中国人那里亦成了遥远的事物。作为海外华人诗人，游以飘对"热浪/二十四节气韵"的体会显然也是一种象征性的寄寓，即"二十四节气"意味着更

---

　　① 徐志摩：《"浓得化不开"（星加坡）》，见《徐志摩全集》（第五册），天津人民出版社，2005年版，第 55 页。

多的层次性与丰富性，它代表了诗人心中对一种沉闷空气的抵制与对抗。

从修辞到意象，我们已经见识了游以飘低吟浅唱中那含蓄内敛的力。由字及象，由形及意，诗人像是一个语言的魔术师，从石榴里喷发出耀眼的烟花，他说："逐渐溢满的瓶中稿/字字泛红，拥挤如石榴籽/胀满肺腑与口腔/预备，一二三，发射/向高空"（《后裔》）。诗人的确以一片赤诚抒写了对华夏故土的热望与感动，在追述先人播迁历史时塑造了一个史诗般的创世时空，尔后又在历史现实中以其沉潜的隐喻对半岛生态颇多摹状，他像是一位"寓言诗人"，游走于大陆、家国、半岛、南洋、族群、语言、肤色、宗教之间，在"热带繁花"与"中国水墨"中间，他沉耽、迷茫，也思索、探寻。

寓言化抒情与当代诗歌的隐秘之路

——干天全诗歌论

很久以来，许多人都注意到诗人干天全的抒情气质，有些人也注意到他同时是一位寓言作者并对此展开评论，但很少有人注意到他的诗歌与寓言之间的勾连以及背后所折射出的幽微诗路。是的，在我看来，干天全诗歌中的寓言化已构成其诗学的整体性特征，更暗示了朦胧诗革命以来一条独立的、以寓言化与抒情相结合的另类蹊径——这主要是针对 20 世纪 80 年代以来的诗歌格局而言的，干天全的无门无派，以学院诗歌学者身份所从事的诗歌实践使他的探索极具孤军奋战的个人主义色彩，而这竟成为可能。

从诗歌源流来看，干天全的早期诗歌与朦胧派诸君秉承着同样的诗歌理念与写作策略，对自我的表现和试图打造的新的意象—象征系统，以及内容上对疯狂年代的反思与痛醒都使得二者在时代的棱镜中有着更多共同的色谱，甚至他们以宏大反宏大、以另一种革命浪漫主义为诗歌赋魅的声调和姿态也极其近似。但是，与朦胧派在 PASS 的呼声之后转而以更加"现代""先锋""全球化"的路径演绎并汇入浩荡的现代派诗歌大潮不同，干天全在 20 世纪 90 年代以来的诗歌创作中坚持并不断强化其寓言化抒情的品质，在一个不断以消费主义驱动的渐入平面化的金钱社会和后工业社会仍以一己之身书写他的时代寓言。

一、寓言、寓言诗与寓言化抒情

寓言和寓言诗都是文体，前者以散文形式出现，后者则是其诗体化。但从文学史的眼光来看，寓言或寓言诗作为独立的文学样式、拥有自觉的文体意识是晚近的事情。一般把柳宗元《三戒》认定为中国寓言单独成篇的开始，在漫长的历史岁月里，"寓言"是作为一种言语方式存在的。《庄子·寓言》中的"寓言"指的是假托别人的话以取得十言九信的效果；白居易《禽虫十二章并序》所言"庄列寓言，风骚比兴，多假虫鸟，以为荃蹄"已对作为修饰手法的"寓言"作了初步的描述。《中国文学大辞典》解释"寓言"为"短篇的讽喻故事"和"有所寄托、劝谕的简短故事"，含义仍不甚明确，只能在"故事性"和"讽喻性"上达成公约。目前所见中国最早的寓言专集《艾子杂说》托名苏轼，出现既晚，亦未以"寓言"为名。从知识考古学的角度，我们现在所称的"寓言"主要还是应对西方寓言文学（fable）的一种自我整理，1917年茅盾首次将中国古代"寓言"作品集结为《中国寓言（初编）》，1930年中国首部研究寓言的专著《中国寓言研究》才由诗人胡怀琛执笔完成。[①]

寓言诗在中国古代文学史上亦未有明确的范畴和指称，多混存于咏物诗、讽喻诗、禽言诗等类型之中。以一种后见之明的眼光视之，唐代是我国寓言诗创作的高峰，白居易、柳宗元、元稹等人都是个中高手，也显示了他们对这一诗歌路径的热情。新文学诞生之后，法国寓言诗大家拉封丹等人的作品一时风行，学人对作为"诗体的寓言"的特点和标准也渐渐达成共识。一般认为，寓言诗要有托物言志的隐喻性、形象生动的情节性和意象完整的诗体性。在新诗史上，臧克家、锡金、杭约赫、金克木、拾名、流沙河、顾城等人均创作过长短不一的寓言诗，粗略看来有两大类型可堪注意：一是以草木兽禽等为喻体的讽喻类，如拾名《孔雀与狐狸》《庄先生的幻想》、流沙河《草木篇》、顾城《狐狸讲演》《疯狂的海盗》等；一是以警句出奇、刺人清醒的警句类，如臧克家《自白》《有的人》、顾城《繁衍》《规避》等。因为寓言诗具有讽喻劝世的性质，所以它的锋芒亦为一些人所忌恨，诗歌的现实批判功能亦常常卷入政治漩涡，一桩桩诗案便成为特殊年代政治斗争的牺牲品。

干天全的寓言诗也是在一种紧张的、被柏桦称为"从白夜到雨夜"

---

① 张志烈、干天全：《寓言精华》，巴蜀书社，1997年版，前言第1～17页。

的"萨米兹达特抒情主义"氛围里以清醒者的身份书写出来的。在其早期代表作之一《古城》（1976）里，他形容自己身处一座封闭之城，"城门关了，/出不去。/夜晚，据说人们/只能按规定做一个/带围墙的梦"；在《禁果》（1976）一诗里，他继续质疑世俗法权僭越自然法则的合法性："熟透了，只准从枝头坠落，/化作腐烂的泥土也不能吃，/因为，这是上帝的禁果"。在诗人看来，只有一种权力是不可违逆和神圣有效的，即自然法则，上帝的"禁令"也必须服从。如果上帝发明果实是为了食用，而又发出"禁令"，那么上帝既存在对各方的欺骗，也违背了自己发明的规则，破坏完美世界的本身亦是对自身合法性的毁坏。诗人对"神圣"的警惕与鞭挞以《恶梦》（1975）一诗最为透彻，他以寓言吟唱者的口吻讲述了疯狂年代里对个体的戕害——

> 放我走吧　上帝/过去的蠢事我全都忏悔/包括那一次在心里嘲笑你/上帝慈祥地说/是的　好孩子/但还是上绞架吧/这能证明你/自始至终的忠诚/我的双脚高高离开了地面/天使们围拢过来说/感谢仁慈的上帝吧/他宽恕了你

在这里，"救赎"堂而皇之地成为对"信徒"和"子民"的屠戮，个体最大的牺牲（丧失生命）成为崇拜系统最低级的门槛（证明忠诚），其中所显示的张力结构正反映了系统性的荒谬。干天全的这类写作可以说是彼时"萨米兹达特抒情主义"的自然生发，身处这样的氛围和小传统，他的寓言诗当然植根于一条宽阔急深的源流之中，隐秘、孤胆而英雄主义。从寓言诗向寓言化抒情转变的发生离不开个人情感的真实感受，在《最初的偶像》一诗里他回忆偶像年代的初恋："你红着脸飞跑了，/在我的手心里放下，/一个神秘的纸包。/心跳着不敢将它拆开，/拆开了，/竟是最高统帅的像章。/从此，我的心里，/有了两个偶像……"以个人私密的情感记忆，干天全将个人生活撞入公共生活的截图保存下来，"从此，我的心里，/有了两个偶像……"这一心理图式表明遥远象征的偶像压根就没有成为一个实在的存在，反而是因为亲身性的爱情而成为寄托之物。柏桦曾对这种公与私之间的对立与转化有过精妙的点评："时代越消解个人生活，个人生活就越强大，个人生活的核心——爱情就更激烈、更动人、更秘密、更忘我、更大胆、更温情、更带个人苦难的倾诉性、更易把拥抱转变为真理。"① 巴塔耶也说："情人都有否定一个社会秩序的倾向，这个社会秩序通常否认自己没为他们提供生存的权力，而且从不在个人偏好这样无足轻重的琐事面前低头。"② 在《那年月 爱情》中，诗人直接刻画了一个挣扎在情欲边缘的男子，明明是自己的怯懦，反而阿Q式地认定为归顺社会的幸运事件。

对敏感的诗人来说，真正的秩序并非一种权力关系，也不是由契约来维系的，人与人真实的关系是个人主义的，从心而出。他如此描绘爱情关系中的现象与实质："誓言，你并非天才的仓颉发明，/你是黄鼠狼在鸡窝旁捡到的一个名词。/如果不是为了欺骗爱，/如果不是面临爱的危机，/那么，誓言，/你就别去将愚蠢而丑陋的情人打扮。"（《爱 不需要誓言》）如果说个人与社会/国家的张力折射出一种空间的挤压，那么在纯粹的私人领域，诗人也向相对平等主义表达了某种不信任。"仓颉的天才发明"和"黄鼠狼捡来的名词"在现象上固然是平等的，但欺骗的实质却无法掩盖。在干天全那里，詹明信（Fredric Jameson）意义上的"民族寓言"当然不只是一种时代记忆和集体无意识，若非如此，他便不会在往后发展出一种"寓言化抒情"，深刻而广泛地介入日常生活。

所谓"寓言化抒情"，是指一种吸收、融汇了寓言诗诸多特征和手法（比如情节化、故事性、讽喻性、哲理性等）的诗歌抒情方式。与寓言诗不同的是，它在诗中的"寓言"是局部性的呈现，亦不追求故事或情节的完整，弱化叙事而更多地追求抒情性和语言效果；在精神气质上它强调的是否定和怀疑，一方面拒绝自然主义的中立态度，另一方面也对语言奇袭式的超现实主义色彩保持一定的距离。顾城的《一代人》可以说是"寓言化抒情"的代表性示例，"黑夜给了我黑色的眼睛/我却用来寻找光明"，一个"却"字既是否定和怀疑精神的奇点爆炸，也是诗人自身情感倾向的溢出和扩散。

在干天全那里，"寓言化抒情"并非只是寓言诗写作的遗存和变异，它实际上是以一种诗歌思维的方式而得到培育的。在《木鱼》一诗里，

① 柏桦：《从〈白夜〉到〈雨夜〉：一种"萨米兹达特"（Samizdat）式的新抒情主义》，载于《东吴学术》，2012年第6期。
② ［法］乔治·巴塔耶：《色情史》，刘晖译，商务印书馆，2003年版，第135页。

他将这种寓言化抒情融入咏物诗："离开水/游进空门/天生的自由/被香火薰得直挺//高悬的身躯/显示超脱/每年的放生节/你再也游不进江河"，咏物诗的托物寄兴与寓言化的反思怀疑相得益彰；在《女娲》一诗里，他写碧峰峡峡谷中的女娲庙："补天的尽头留着一条缝/把盘古的雨一直下到今天/被遗弃的彩石生满苔藓/覆盖着你来历不明的身世"，以一种个人化的历史想象力，诗人把游历诗中常见的吊古模式处理为一种祛魅的冲动——在"来历不明"的身世里可以确定的是作为一支普通的母系祖先的血缘；在《红豆》一诗里，他的寓言化抒情带有某种解构主义的成分："愿君多采撷/这句话一流行/红豆就一天天稀少/深藏茂叶背后/躲过许多采撷的手/月光下　竟不知思谁/毕竟是多情的尤物/耐不住寂寞/一次次红亮盼望/悄悄地问自己/相思我的/是人/还是鸟"。

如果说在意义消解的层面上寓言天然有着与解构主义暗通款曲的孔道，那么干天全亦有一种"结构—解构"的模式，有意用一种更为工巧的方法来呈现其才思。在《空谷洗心石》一诗中，诗人先是对洗心石地僻心远、清幽静谧的自然予以确认："静卧深谷的溪中/任飞泻的清泉日夜冲激/雪已消融　依然苍白僵硬"，接着，诗人继续以玩味"洗心"命名的方式"结构"起字面意义所虚构的意境："心还在跳动的时候/六根长满红润的花果/天天洗心　洗去昔日的血色"，诗至此处，诗人仿佛对"洗心"这一传统文化符号或旅游开发商所打包推销的自然产品表示了照单全收的理解，但实际上通过"六根花果"的歧义他已暗度陈仓悄然转入"解构"的工场——"清流之中有鱼/或雄或雌成双成群/欲去山外/一摆尾　自在地游去"。通过"子非鱼焉知鱼之乐"的寓言，诗人消解并解构了"洗心"这一幽境所承载的文化意义，"洗心石　别告诉我怎样洗心/愿你长满绿苔/遮蔽三生的不幸"，在诗人看来，所谓的清幽、胜景都具有某种遮蔽性，所谓"三生的不幸"并非指"三生石""洗心石"之"石"，而是指陶醉于此的游人观客。如果洗心石长满绿苔，没有了清流的装饰，那么这里只会成为一个普通的存在，如此，真实的"遮蔽"反而会减少一些苦障和孽缘。

二、寓言化抒情背后的诗路

谭五昌认为干天全属于"学者型诗人"①，虽然更多地指向其职业，不过从另外一方面来说，其寓言化抒情的诗歌精神亦赋增了新的内涵。我们或许已经注意到寓言化抒情里面的戏剧化与对话关系的生成。戏剧化与对话关系是现代派诗歌最为主要的特征之一，寓言诗与寓言化抒情所处理的情节和叙事性使得其所使用的寄托、隐喻手段必然首先是情景化和客观化的，诗人自我若非隐匿其中，至少也是列身于其中一个情境与他者同吟共舞。而所谓对话关系，主要是指一种互文关系，即诗人在挪用、援引以往的诗歌资源、思想资源的同时，自身与之展开的种种交流，如此看来，寓言化抒情托物寄兴的表达方式天然地便与语境的重建和对话相关。

纪游、酬人、怀古是干天全诗歌常见的主题和内容。《古都城外》的"寻找"似乎是早期《古城》一诗的绵延，城墙既意味着悠久而沉默的历史，也象征着每一个人内心所设的"心防"："离巍巍的围城而去/我们走向月下的原野/在交错的阡陌上/你寻找明天的我/我寻找昨天的你/而今天，就让朦胧的夜色/将我们迷失/迷失在这忘归的原野"，如果说《古城》的"城墙"是单方面的管制和封闭，那么《古都城外》的"城墙"显然有了某种自由主义的"选择的困惑"，一如钱锺书的"围城"，人们迷失在对彼方性的想象里。在《张天师》一诗里，诗人先是描绘其人行迹，中间笔锋一转，"信徒逐渐多了/于是，便有种种神话/掷笔降魔/挥剑劈山/青城因此而幽静"，青城山的"幽静"主要不是因为本身的自然条件，反而是因为人的"闹腾"，诗人的讽刺克制而冷静，声色不动而入木三分。在《安得广厦》一诗里，诗人直接与杜甫展开对话："那天的秋风吹破了你的茅屋/半夜冻醒后你蜷缩在破被里发抖"，诗人的想象并非仅仅由崇古仰圣的心理驱动，而是由眼前的城市政治引发："茅屋旁冒出了一大片广厦/以诗圣的名义打造的环境很幽美/白鹭

---

① 参考谭五昌：《学者型诗人的真性情——序〈干天全散文诗歌选〉诗歌卷》，见《干天全散文诗歌选》（诗歌卷），作家出版社，2010年版，第12～20页。

黄鹂都邻居在这里/……/住进广厦的是开着豪车的公仆们/别失望，公仆也很喜欢你的诗/在你的茅屋附近散步的时候/他们也随时吟着/安得广厦/安得广厦/安得广厦"，诗人悲惜世人对古人的"消费"，这种"消费"是一种直接的对所谓文化附加值的抽取，杜甫愿居草舍而希冀寒士皆居其屋的博爱胸怀所蕴含的精神价值则仅仅只是博物馆中"只可远观不可近玩焉"的古董展品。

　　一般说来，历史与日常不同，历史会沉淀一种或多或少的道德精神，成为我们所称的"历史意识"的一部分；而日常非但对道德精神有所抵制和消解，而且更进一步地借其无为和不争试图以本身证明历史的虚妄。在处理历史题材的时候，诗人所面临的困境是，一方面会受到正统意识收编的引诱——正统意识并非一头骇人的怪物，但它的这种引诱会极大地损耗诗人的想象力和感受力，使得诗人流露出一种自觉或不自觉的"认同"，造成某种欲罢不能分身乏术的困扰；另一方面，历史与诗人的时空距离又使得诗人的情思易受羁绊和牵制，或是无法很好地将历史客观化，如此难免会将之抽象化，或是自己的感情无着落处，未能找到适宜的客观对应物，如此又可能会造成情感的汪洋恣肆。正如我们在干天全诗歌中所看到的那样，寓言化抒情以"寓言"制约着"抒情"，又以"抒情"柔化了"寓言"，两者的谐融开辟了一条情与思相生相克的道路。

　　首先，"寓言化抒情"中的"寓言"并不是一个独立成章的寓言故事，它也祛除了自身的道德洁癖，并不以长者导师的高姿态示人。干天全自陈："在写诗的历程里，我体会到无论是写对现实的感受还是写对历史的感受，都离不开情感体验。这种体验是超功利、超时空、超生死的，其目的是缩短直至消除诗人与写作对象之间的心理距离，从而获得诗所需要的真情。"[①] 干天全诗歌的一大特征就是以真性情感人，《江畔品茗》《刻舟求剑》《宝光寺数罗汉》等篇章中，诗人的人格之我浮出，散发着柔性的睿智之光，在孤独的天才之醉与遇逢知己的日常之饮中，他的态度无须隐喻："你说，今天的茶醉人/我便认定/花间一壶酒/比不上两杯香茗"；在记忆的川江里，他想象自己在巫峡穿越到神女的时代，

---

　　① 干天全：《诗歌写作》，见《写作概论》，四川大学出版社，2001年版，第223页。

而将神女望夫和刻舟求剑的故事作了混融和改写，"也许那把剑不在这里/我必须往前打捞/直到孤舟沉入江底"，诗人并非要对商妇闺怨作出清白的决断，而是在无法逆行（川江）的境遇下与时间（川江）达成和解，并展现自己的努力（"去寻那把断过流水的利剑"）；而在有"天下第一罗汉堂"之称的宝光寺，诗人以一种天真的游戏口吻讲述转世的代际："我本是开封李氏/……/成为罗汉时排名第九十尊/……/无奈我数不出红尘三昧/被你诱到凡间同游宝光寺"，最后坦白："我们都没有慧根/就让我们在凡间自由地/做七情六欲的凡人"，在诗人看来，"凡人"并不是一种普通的存在，其烟火气息本身便具有一种"挑逗性"——它更像是对前世的奖赏。

其次，"寓言化抒情"中的"抒情"虽然是以饱满的个人情感为基础的，其表现方式也不出抒情主义的藩篱，但是它同样强调技术和手段的克制效果，以一种冷静的、理性的形象来处理抒情自我与主体自我之间的距离，它是一种被干天全称为"诗情的个性化"的抒情。在《瓦坛》一诗中，诗人以互文的方式与史蒂文斯（Wallace Stevens）的《坛子轶事》展开对话：

> 泥土做成的瓦坛/装得下田野/瓦坛里四季的果实/喂养了祖祖辈辈//烈日晒不化瓦坛/霜雪冻不裂瓦坛/盛满苦难与欢乐的瓦坛/比岩石还硬//瓦坛冒着土气/瓦坛大着肚量/瓦坛藏着智慧/瓦坛酿造人生的五味//瓦坛在茅屋散发永远的温馨/瓦坛在豪宅留住酸涩的记忆/瓦坛使游子看到母亲的身影/瓦坛使昨天成为留恋的历史

与史蒂文斯有意凸显坛子结构主义地在田纳西的荒野上建立意义的秩序不同，干天全对"瓦坛"作了梵·高摹画鞋子式的特写，瓦坛的所有美德都关乎日常——它的使用史才跟这片土地和人群产生联系，诗中的"豪宅"一词意味着空间的转换和叙事的发生，"瓦坛"的荣耀在于人的历史。干天全认为，不同的诗人因其主客观环境的差异对同一题材的处理也会大不相同，甚至可能完全相反。诗人应该凭借意象和意境的创造展现其独特性和个人化，而从另一面来说，读者或评论者却不能

"仅据'思想性'的高下来论定诗歌意境格调的高下"①。在他看来，诗歌的"立意"与"抒情"本是一对搭档，立意对抒情有一种"辅导"的义务，抒情也需要对立意的"颜值"负责，但它们两者亦无法独来独往各行其是。

《又见梨花》是干天全早年唯美作品《梨花纷飞》的续篇。在青年时代，诗人发出惜春的喟叹："太短暂了/属于自己的季节。/三月绽开的秘密，/只有蜜蜂知道，/但还酿不成蜜啊，/片片相思便零落作泥"。经历岁月的沧桑，看惯风起云涌，诗人以一夜成雪的梨花与半生华发的自我类比，"一阵风雨袭过/梨花纷飞"正是对"胡子悄悄窜出"的复写与铺染，"飘满一地的雪花从未化去/至今　洁白而寒冷"，诗人以一种看山是山认水是水的超然态度为时间之逝的生活哲学书写了自己最新的注解。

当然，寓言化抒情造成的疏离效果也并非总是作为一种理性克制的善的力量而存在，事实上，它便是寓言诗的戏剧化疏离、叙事性疏离在阅读市场的边缘化细分之后作为一种应激性的进化而演进的。寓言化抒情作为一种综合化的手段，显示了诗人在大小传统中进行创造性转化的能力，它提供了一个机会使诗人在托物、寄兴、抒情的渡口能以一种更加自由的状态跨越文体和形式的界限，但这种修正反过来也留下了某种结构性的盲区，若要加以克服就需要诗人和接受者从各自的角度做出反应：在诗人这方面，他必须将其"寓言"沉静为一种品质，并以曼陀罗（Mandala）式的不断复现将之唤醒；在接受者一方面，他亦被要求从片鳞半爪的单数作品中寻找整体性的线索，通过对语境的还原最终获得对该作品独特性的深层把握，这是一种类似于从森林里考察树的路径。

从整体性来说，干天全诗歌始终围绕的主题之一便是在通向"幸福"的途径中"真诚"何为，换句话说，诗人在诗中所寄寓的所有"寓言"都关于"真诚"。在疯狂年代，他质疑"上帝"的"忠诚"话语（《恶梦》）；在消费时代，他讽刺追星者在偶像崇拜中沦丧自我（《追星》）；在浩劫岁月，他痛斥文棍出卖缪司和良心（《致缪司》）；面对商品大潮，他亦对人们日渐庸俗化的审美感到痛心（《喝吧　甜甜的》）。

---

① 干天全：《诗歌写作》，见《写作概论》，四川大学出版社，2001年版，第223页。

诗人对爱情及一切人类美好的情感心怀热情，并将其个人化为"幸福"的来源，他礼赞"美，才能净化人的天性"（《天性》），他歌唱"以炽爱的烈焰/为我铸一个/朗朗的星宇"（《补天》），同时，他亦有一种冷暖自知的清醒："人们说众星拱月时/月亮更加孤独/只有她知道/每颗星星都离她很远"（《孤月》）；还有自在主义的乐观："悟性最高的人/六根系在红尘"（《另一种禅悟》），和他身体力行的"诗意的栖居"："诗意，是花的别名/来，干杯/让我们栖居花的世界"（《相逢岷山——赠荷兰汉学家、诗人柯雷》）。

　　总的来说，干天全的寓言化抒情虽然从寓言和寓言诗发展而来，但它已然形成了自己独特的品质。寓言化抒情清除了寓言和寓言诗的道德洁癖，并不直接以说教、演义的方式表达态度和观点，它更多的是用解构的方式消解一些生硬的、惯习的意义场，在意义拆解的工场通过呈现事物本身的荒谬性和原初性直抵某种朴素的感觉，同时对叙事性的吸收和改组也使得情思在一种张力结构中达致饱满，显示了某些新的可能性。放到当代诗歌史的流变脉络中，我们亦可看到，在寓言诗逐渐退出成人话语系统并被边缘化之后，它留给现代新诗的遗产可能比我们想象的要多，在干天全那里便是以寓言化抒情的方式内化为一种诗歌探索的路径，从而掺入诗歌进化的基因。

典型诗行中的典型乡愁

——评郭金牛诗集《纸上还乡》

    2013 年，郭金牛诗稿《纸上还乡》获北京文艺网首届国际华语诗歌奖第一部诗集奖，颁奖词中，杨炼评道："灵动的语感、跳荡的节奏，举重若轻，似轻愈重，以柔声，甚至气声唱法，贴近心灵的颤动，丝丝缕缕挑开挤压成块的凝重感受。"这些评语也是看过郭金牛诗歌的大多数人的感受，感动我们的除了诗人真挚的情感、极富个性的语言，还有一种流淌在唐诗宋词中的气韵，如中国山水晕染般化不开的情绪。但随着诗人的声名鹊起，大众媒介却以"农民工诗人"的身份标识他。诚然，农民工作为当下中国语境中一种被压抑的、欲说还休的存在，本身便充满话题性和符号性，不过，相对于诗句来说，外部的身份界定却常常形成一种谬见：要么经此提点，一种新的诗歌便五蕴具足，法身澄然；要么如金箍画圈，一种独特性便五毒不侵，自证自明。这种谬见严重影响了我们的感受力，不是固化为一种呆板的认识（农民工诗歌的样子），便是掺进我们的偏见（农民工诗歌只能是什么样子）。

    而且，那种以为"诗歌之外，别无一物"的审美经验论者，也会以一种对符号的天然敌意自造抵制的态度，他们认为"农民工诗歌"最终将导向一种意识形态化，其成长无非一种前缀吃掉本体，或者本体让渡为后缀的过程，受害的总是诗歌多舛的命运。笔者以为，这恰恰是诗歌价值维护者需要警惕的地方——当我们不感冒于一种"概念"的时候，一种新的美学或许正在崛起。

    郭金牛诗歌的一大特点是对数字的敏感。在中国语言里，虚数多传达我们的空间感："五百里滇池""八百里秦川""飞流直下三千尺，疑是银河落九天""八千里路云和月""坐地日行四万里"，诸如此类，不胜枚举。在郭金牛笔下，数字也是一种生活的刻度和记号："这是我们的江湖，一间工棚，犹似瘦西篱/住着七个省/七八种方言：石头，剪刀，布/七八瓶白酒：38°，43°，54°/七八斤乡愁：东倒西歪。每张脸，养育蚊子/七八只"（《在外省干活》）。如果说传统书写中，前人利用虚数的统括性试图将感觉塑形，郭金牛则发展出一种精确的数字提炼能力，通过对现代社会数字化现实的"抽样"表达而将生活的真实定格。在《662 大巴车》中，作为物的大巴车被命名，被精确地规定起点和终点，"它经过罗租工业区，石岩镇，和高尔夫球场"，它是异乡人中途上车下车的短暂凭借，又冲撞了"离乡少年""丢下了十几人，开走了"。少年是谁无人知道，作为人的乘客或路人反而是匿名的，不像 662 大巴车，"没有受伤"，"没有装载水稻"，"没运载高粱"，人们清楚地知晓大巴车的名称、归属与性质。匿名的少年后事如何，或许与他的身份有关，但诗人并不就此着墨，只是径直点出"离乡"二字，人世的飘落感一点即着，"身在异乡为异客"的生熟之分呼之欲出。"工地上的气温，比我的体温略高 3℃"（《打工日记》），"你在这栋楼的 701/占过一个床位"，类似的如实陈述，在冷冰冰的数字背后，暗藏的是郭金牛不羁的情感，那也是我们对工业社会的普遍感受：在一个物化的世界，每一个数字都饱含了人类的喜怒哀乐，而人性也绝不会被数字化计算，出现"四克拉眼泪"。

工业/农业、现代/传统、城市/农村、历史/现实……在中国日新月异的现代化叙事中，二元思维重组着我们的认知，慢慢掏空最初的触感和直觉。郭金牛诗歌难能可贵的是为当代中国提供了一份证词，使我们能看到在话语霸权的统驭下一种尚未驯服的野性和原生态。在《我喜欢国破》一诗中，他将历史与民粹置于一边："喜欢国破/喜欢永别的尼布楚/贝加尔湖/琉球/喜欢 1840 年的鸦片"，在这种反其意而行之的反转中，他道出了原委："山河上，摆小摊的很多吧？/山河上，乌鸦飞的都很黑吧？/山河上，从金子中取走善良，都很便宜吧？/我恨/山河在//更恨今年的知府和衙役"。对郭金牛来说，历史不是结构之痛治国之问，也不是一种可资利用的前车之鉴风月宝典，而只是出于一种天然的爱憎与良善。他恨的是"天下乌鸦一般黑"，恨的是"有钱能使鬼推磨"，正直和善良没有立足之地。他在乎的不是历史的道统或规律如何运行，"美丽的事物/还有很多/山河上//张家漂亮的女儿，她试穿了漂亮的婚服，大红而喜气/她。为我脱去省籍/她。浆洗旧衣裳/她。生下小葵花"，他在乎的是"外婆在湖北的夜里摇橹/月亮在广东的天上航行/妻子/在路边摆出了鱼尾纹"，他满怀希望的是"葵花，葵花/唱着国歌上学，一举手，一投足/几乎想象得出：/一朵小葵花，小时是女儿，长大是母亲"。如此，我们便明白，个人的幸福比历史叙事更为重要这样的理念，并非出自启蒙理性的派生，而是有着更为广泛和深厚的民间意识基础，是人的天性使然。

这样的历史意识当然包含着"皇帝轮流坐""风水轮流转"的朴素辩证法，而"铁打的百姓，流水的皇帝"亦不乏唯心宿命论的因素，但历史与现实的交错，使得个人命运与历史话语产生了一种想象性互文："元，铁木尔/一个工地上的小工，蒙古人的后代/文身，大汗的梦，从胸部扩大到手腕/且慢啊，好汉/且与我一起藏匿在/一把旧吉他的 D 调中，鬼混/于钢筋/和水泥"；"唐，在大雨中疾走，又在大雨中消失/一天中/伊，在治安办/三次放低了洛阳牡丹的身段/哭得不成样子"（《罗租村往事》）在这里，是文字游戏还是语言麻醉，或许已不能揪出那个深藏在语词背后的"我"问个清楚，不过，粘连的情感踪迹还是让我们同意诗人的命运无常之叹。

在诗人笔下，诸如姓氏、地方、器物等，其命名的背后就是一部荣耀史，不堪的始终是现实的压迫性力量，"我的身世持续低温/为什么我不生在唐朝？"如此，历史便是一面镜子，只不过它扭曲、变形，照见的是现实不真实的刺痛感。在《斑竹上的泪滴，都不是我们留下的》一诗中，他借用娥皇女英泪洒斑竹的典故，将一个"寻找""忠贞""家庭"的典型意象活化为几乎完全相反的"出走""流言""营生"的主题，"门前有斑竹。斑竹有泪痕。我曾经看过/泪/是旧的，数了一下/有一千多点/都不是我们留下的//卿卿一家，正乱，一个敌人的偷袭/最小的女儿不见/小吏七品，顿足多时，关他什么事？//七里半，花半里/桃花不言/李花不语/卿卿/那正是我们离家，前往广东省，筹措粮草/三年内，不打算回来"。尾章的这三节，一节一画，一节一戏，剧情从离恨的婉转到报官的诙谐，再到桃李的暧昧、出走的窘迫，如折子戏般精要而转折，而落题在"斑竹"，泪痕早已被人"注册"，历史的高潮也早已褪去，属于自己的只是从"斑竹村南"奔前程的决然与故作镇定。

郭金牛自述："我写作的主题只有一个：还乡。"① 这使得他的"打工诗歌"有了一个普遍的情感空间，无论是同时代的打工者、经商者，还是求学者、求职者，无一不被这一词语击中，成为他们的一块心病。在传统诗歌中，离乡/还乡被诗人反复吟咏，佳句频出，到《红楼梦》里"反认他乡是故乡"，从中生出无常之感，及至现代，文明冲突，"故乡"亦引申出"精神家园"之义。不过，在城市化迅猛推进的当下，"故乡"作为某种情感的寄托或载体已变得十分可疑，物是人非物换星移的变迁已让"故乡"严重超载了，而现代人成长的轨迹也消弭了地方的界限，所谓"有房便有家"，在房屋商品化大潮的冲击下，"家""故乡"等词汇也物质化了。在郭金牛的"还乡"写作中，虽然他写"外省"，写"异乡"，同样他也清楚地意识到，"离乡背井二十年，故乡只是名义上的家乡，是漂泊经年的游子梦中的一个向往"。所以，他念念不忘的是"春天，六点钟，母亲打开了鸡舍，公鸡领跑""春天，六点钟，父亲十年磨刀，我一朝砍柴"，他的"故乡"更多地指向记忆的原乡，在那里，工厂、工业区、宿舍、城中村便是他的"江湖"，遇见的李王张陈便是亲切的老乡，这里依然存在着一个由交际网络、人情世故、小道消息等组成的"漂游的故乡"，而他自己仍是一个木工，用木工"法"的眼光打量着这个世界：害病思乡的时候他说"夜雨各有各的下法"；感叹时间易逝友情易老时他说"在春天的减法中，奔跑"，"不敢花心思/细想，//秋天的加法"；触碰到心里最柔软的部分，也是"抚摸一段旧木"的时刻。在那些离乡的叙述中，诗人在《重金属》《写诗的骗子，是我》《双十的花忆》等多首诗中用到"逃""叛徒"等词汇，暂时的安顿只是"落脚"，到达目的地后仍是"徘徊"。或许对郭金牛来说，第一次离乡是不舍，第二次离乡却是真正的"返乡"，他必须"回到"他的城市，回到他的工厂，回到他的生活，回到他的"漂游的故乡"。

---

① 郭金牛：《外省、工业、乡愁与疾病的隐喻（后记）》，见《纸上还乡》，华东师范大学出版社，2014 年版，第 96 页。

在书写中，郭金牛还营构了一系列冷色调的精灵古怪的意象，包括蛇、妖、女鬼等。如蛇的意象，既含有《圣经》中蛇妖的诱惑之义，又附加了民间传说中白素贞善良报恩的形象，诗人情感的困惑随之带出："四滴雨水四颗春天的钉子/四颗春天的钉子/四句誓言/四句誓言四条苏醒的//小白蛇//白中的一点黑/黑中的一滴白/我从没有温度的眼中，看出有毒的样子"（《春天的四克拉雨水》）。而在《左家兵还乡记》里，蛇一方面是左家兵致死的元凶，于情可憎；另一方面又是女人守家的象征，与外出的男人构成反讽，于理可怜："银环蛇细牙如玉，比落下的松针足够干净；皮肤如彩缎斑斓，让/人产生美的错觉。正午的阳光善良而温暖，蛇们/满心欢喜/身子变得柔媚/左家兵埋头，继续挖掘电缆沟，蛇看到他，心情突然变坏/就像一道小闪电/制造迅雷的小闪电/要将他赶走"。

《夜游图》《夜放图》《夜泣图》是三篇叙写女鬼的诗章，三夜复加，凝重抑郁的气氛挥之不散。在乡野民间的传说中，女鬼属于厉鬼，她们生前身世凄惨，怨气郁结，死后又无所归属，游荡荒野。按照人类学的分析，女鬼的可怖正在于人们对其冤屈的巨大同情，由怜悯而生恐惧，一则害怕自己也要为这个不公的、有罪的社会承担道德上的责任，二则害怕身处这个社会会受到同样的戕害。在《夜游图》中，女鬼"名声不好，纸烛全无"；在《夜放图》中，女鬼"短命""想家""饥饿""口渴"；在《夜泣图》中，女鬼难产而死，腹怀小鬼。在黑白冷暖的背后，诗人忍而未发的是他深沉的悲悯，这些离乡的女人或女孩，显然承受了比离乡的男人更大的痛楚和磨难，对她们来说，安顿、祥和仿佛是永世不可触及之物，以致死亦是难，亦是离散，亦是有家无回。

对离乡女人的书写，郭金牛也有更为直接的表达。《灿烂的小妓女，徐美丽》、《木工部的性叙事》、《许》（一组）等，诗中的女主或者孤苦无依，或者情感空虚，或者无法把控爱情，诗人通过个人的情欲想象或接触经历，表现了离乡女人面临的双重的生存压力。他同情"徐美丽做着违法的事。被警察抓。没见她怎么说苦"，同时悔恨覆水难收的是他骂过承担家庭重担的徐美丽"贱""淫荡"；他描述工厂里的性困境："一千名女工，一千只猫，春天的声音庞大"；而萍水相逢的爱情也充满未知和分离，"许越哭，离别速度越快"；"我忍不住叫了一声：/许/桃花应声落了一地//瞬间，一些事情就像桃花一样凋谢了"，最终，感情无疾而终，"画中的许兼葭/没有生下湖北人的后代"。

通读诗集《纸上还乡》，我们感受到的是诗人朴素真挚的情感，以及当代中国"庞大的单数"时代个人境遇的"真经验"。虽然《纸上还乡》的部分作品生硬地使用着 GDP、工业、疾病这样的都市文化词汇，但诗人到底没有落入都市话语的俗套，一味指责工业对人的异化，对乡土乌托邦化不切实际地展开"乡愁"想象，他始终立足个人的境遇，"还乡"之愁是由于离别，生存之痛是由于身世，令人伤怀的是爱情，难以割舍的是亲友。他保持着匠人对待生活的理性，保持着农人勤劳忠厚的本分，保持着诗人礼赞真美的热情。林庚先生在论及诗行的形式时曾说："一个理想的诗行它必须是特殊的又是普遍的，它集中了诗歌语言上的最大可能性：这就是典型诗行。它不是偶然的能够写出一句诗或一首诗，而是通过它能够写出亿万行诗、亿万首诗。"[1] 虽然这是针对新诗格律体的观点，但是对自由体新诗而言又何尝不是呢？一个诗人只有拥有了自己的"典型诗行"，拥有了自己的声音，他才可以形成自己的风格和诗行的轨道。郭金牛诗歌的"典型诗行"正是如此，欲言又止的口气，白描的手法，色彩、方位、数字、姓氏等词汇的凸显，灵动而富于美术感的形式，赋予了一个漂泊在外的异乡人浓重的诗情与"乡愁"，通过这样的诗行，我们也看到了诗歌新的可能性。

另外，郭金牛用他自己的声音与见证为我们提供了一个视角，在新事物如此繁盛的当下，冲突、对抗、批判的力量固然不能忽视，但个人内心的吐纳、消化、生长同样重要。这样说，不是要"和谐"请命或道义，庄子言"夫道未始有封，言未始有常，为是而有畛也"[2] （《齐物论》），文字文学之用并不在分殊别途，也不是为所处的时代和社会列出情况说明书，所谓"大爱无言""大哀无声"，只有那些境遇、话语转化为个人的情感与千古的悲悯，才能真正在诗性王国为我们的存在立根。

（本文原载于《宝安日报》2017 年 5 月 21 日副刊，收入本书时有修改）

---

[1] 林庚：《再谈新诗的建行问题》，载于《文汇报》，1959 年 12 月 27 日。

[2] 参见郭庆藩撰、王孝鱼点校：《庄子集释》（第一册），中华书局，1961 年版，第 83 页。

新工人诗歌的文化心理与新自我感

　　新工人诗歌的兴起其来有自,随着诸如 2009 年中国工人作为年度人物登上《时代》周刊、《我的诗篇》纪录片的拍摄及以此为中心的一系列文化活动等的发酵,围绕其命名学界也有较多的讨论。笔者注意到,一种声音主要关注于"新的美学原则"的崛起,比如李云雷便指认底层诗人的写作逐渐突破了"三个崛起"以来的"精英化、西方化、现代主义的美学原则",他认为"新工人诗歌的'崛起',为我们带来了新的经验、新的情感、新的美学元素"[①];另一种声音则突出"工人诗歌传统",将劳动者的诗意生成方式立体化、源流化,比如秦晓宇认为,工人诗人"更倾向于通过生产实践激发精神潜力,也就是在以自身的活动来中介、调整、操作、控制人和自然之间物质变换的过程中,完成对自我精神世界的发现和人性的升华"[②]。当然,对"新工人诗歌"概念提出质疑的声音也不少,美学原则与现实场域的关系有待商榷,小传统与大传统之间辩证转化的关系亦需做细致的厘清与大视野下的统合,不过,作为一个命名,"新工人诗歌"完全具备作为一个对象的基本范围。

　　正如秦晓宇指出的,当代工人有两大群体:一是经历了双轨制和产权变革等改革阵痛的国企工人,二是伴随城市化而产生的庞大的农民工群体。作为社会经济身份,"新工人"在全球产业链上所发挥的巨大能量早已为世界瞩目;作为一种文化身份,"新工人诗人""新工人诗歌"则需要展示其明晰可辨的自我认同与文化想象。在当代社会学家安东

---

① 李云雷:《新工人诗歌的"崛起"》,载于《文学报》,2015 年 3 月 26 日第 21 版。
② 秦晓宇:《在其所创造的世界中直观自身(序)》,见《我的诗篇》,作家出版社,2015 年版,第 9 页。

尼·吉登斯（Anthony Giddens）那里，自我认同与"主我"（I）和"宾我"（me）的关系紧密相连；在新精神分析学派卡伦·霍尼（Karen Horney）那里，个体的心理模式总是受控于其文化身份，而通过对个体心理的分析则隐然可见一条通向社会批评的路径。

受惠于这种着眼微观的心理、文化状态而发掘出现代性社会根本矛盾的思路，笔者以此眼光检视近年来的新工人诗歌写作，从这类写作抒情主体中挖掘了两种不同的"新自我感"或自我认同与构建的模式。所谓"新自我感"，吉登斯认为是现代人面临当下生活对过去自我的瓦解与重建，在本文中，作为一个诗歌批评术语，笔者将其附加以抒情主体新的美学选择的含义。

概而言之，新工人诗歌在"新自我感"的呈现上有两种不同的模式：其一是"我是谁"，写作者出于一种文化焦虑的应激本能而多对自我做心理上的曝光与剖析，这可在早期的郑小琼、许立志等人的作品中找到例子；其二是"我在哪"，写作者将自我灌注于新时刻、新事物之中，对人与事多采取一种主动的消化吸纳，这可以郭金牛、老井等人的作品为代表。两种模式的形成时间或有早晚，但本身并无高下之别，写作者也并不因此而分属两大阵营，对一个作者来说，或许两种模式都有，或许一种模式居主导，一种模式居次要。不过，主体情态的变化、视角的转换也造成各自诗歌作品的景深不一，内容和风格也因之而有了泾渭分明的呈现，这或许是写作者自己也未曾注意到的。

一、"我是谁"：文化焦虑下的自我幻象

"好些年了，村庄在我的离去中老去/此刻它用一条小兴场的泥路/反对我的新鞋、欢迎我的热泪//好些年了，我的宇宙依然是老虎的形状/一如引用古老《梅葛》的毕摩所说/颤抖的村寨跳进我的眼瞳，撕咬我"[①]。在《迟到》一诗里，彝族诗人吉克阿优描写了一个彝族青年打工返乡庆祝节日的心理变化。当穿着异乡的衣服回到村寨，他感觉到自己也是一个异乡人，泥路"反对"新鞋，村寨"撕咬"着自己，但当他

---

① 吉克阿优：《迟到》，见《我的诗篇》，作家出版社，2015年版，第348页。

看见自己的"土掌房",立刻"回到了大地的中心",原来的"我"与现在的"我"已然归位。

新弗洛伊德学派的代表人物卡伦·霍尼以文化决定论取代弗洛伊德的生物决定论,展示了从精神分析进入社会批评的门径之一。在《我们时代的神经症人格》一书中,霍尼指出,"我们的情感和心态在极大程度上取决于我们的生活环境,取决于不可分割地交织在一起的文化环境和个人环境"[1],更进一步地,她认为神经症并不单纯只是一个医学术语,而有着特定的文化内涵,即正常与不正常只是一组相对的概念,一个人不得不受制于其所处的文化环境,在一种文化中正常的人,在另一种文化里却可能是不正常的,相反亦然。乡土/城市、农业/工业、传统/现代正是截然不同的两种文化,作为外出养家的农民工群体的一员,吉克阿优也深受这种文化冲突的煎熬。在《迟到》中,他不仅惊诧于自己被泥路"反对",被村寨"撕咬",更让他产生负罪感的是自己错过了祭祀,为此他萌生了一种"非正常"的心理补偿方案:今夜要睡在母亲的旧床上,"今夜我必须做梦"。在《彝年》中他更控诉自己,"我谎称自己仍然是彝人,谎称晚辈都已到齐",同样紧跟的也是心理抚慰,"但愿先祖还在,还认得我们穿过的旧衣"。在霍尼看来,这种心理抚慰的方式正是深感文化焦虑的人们为了对抗内心无法调和的矛盾而构建的一连串不真实的自我幻想。

在自我的真实与虚假中,每一个人都深深受控于自己的焦虑,由此,塑造文化人格的过程其实也就是他或她逐步丧失真实的自我,并受制于自己文化身份的过程。新工人诗歌写作中的大部分诗人也在这种"我是谁"的自我之问中展开他们关于"我是谁"的乡愁。在早期的《生活》一诗里,郑小琼如此指认自己:

> 你们不知道,我的姓名隐进了一张工卡里/我的双手成为流水线的一部分,身体签给了/合同,头发正由黑变白,剩下喧哗、奔波/加班、薪水……我透过寂静的白炽灯光/看见疲倦的影子投影在机台上,它慢慢地移动/转身,弓下来,沉默如一块铸铁/啊,哑语的铁,挂满了异乡人的失望与忧伤/这些在时间中生锈的铁,在现

---

① [美]卡伦·霍尼:《我们时代的神经症人格》,冯川译,译林出版社,2011年版,第5~6页。

实中颤栗的铁/——我不知道该如何保护一种无声的生活/这丧失姓名与性别的生活，这合同包养的生活/在哪里，该怎样开始①

在这里，"沉默""哑语""无声"虽然是一组同义词，却俨然成为抒情主体"我"在进入工厂前后三种状态的隐喻：第一，"沉默"是"我"未接受工厂规训前的本初模样，其质地是乡土的、自然的、纯净的，显示出生命的重量；第二，"哑语"是"我"进入工厂后，经由"工卡""合同""流水线"程序等强势文化塑造的失语之"我"，性质是城市的、规则的、工业的，显示出身体的焦虑；第三，"无声"则是"我"身处两种截然不同的文化语境，意欲从"哑语"返回"沉默"的一种抗争，"无声"意味着"丧失姓名和性别"，但是作为一种代价，它依然可以保持自己内心的平静，不过在"加班""奔波"等现实境遇面前，这仍然是一种奢望。从"沉默"到"无声"已是一种退步，然而，实际上却是自己"哑语"，环境"喧闹"。"工卡""合同""异乡"……应该说，现代社会绝大部分人的职场生活都是如此，但工卡里个人的隐没，合同的"包养"与异乡不甚友好的寒意等则暗示了农民工群体受到的并非平等与公正的对待，同时，这也是一种城乡文化冲突而产生的焦虑心态的投射，即一个现实的封闭环境亦可能被放大解读为身份、文化的对抗。

在许立志的《我就那样站着入睡》一诗里，我们同样可以看到这种失语的情景：

车间、流水线、机台、上岗证、加班、薪水……我被它们治得服服帖帖/我不会呐喊，不会反抗/不会控诉，不会埋怨/只默默地承受着疲惫

他同样迷失于环境改变之后两种文化的矛盾：

那些青春遗失在寻工的路上/哭泣的身份证/落下病根，奔波途中被历史忘却/我们的生活陈旧斑驳/似一根电线杆上的牛皮癣广告②

---

① 郑小琼：《生活》，见《我的诗篇》，作家出版社，2015年版，第267页。
② 许立志：《我就那样站着入睡》，见《新的一天》，作家出版社，2015年版，第34页。

"青春遗失","身份证落下病根",虽然不满于当下的生活,但它是强植的,就像"电线杆上的牛皮癣广告"一样,急于除之而后快,但却无计可施,作者的焦虑由此可窥一斑。

吉登斯认为,焦虑并非专属于现代的心理状况,但他强调,"在一个后传统秩序的情境中,自我变成了一个'反身性过程'(reflexive project)",与传统社会中自我认同被成年礼等仪式化不同,现代人自我的改变"必须被视为个人变迁和社会变迁两者相连的反身性过程的一部分来供人们探求和构建"①。在由工业、流程、规章等现代文化所塑形的现代性里,"新自我感"不断地消解着过去之自我,而那个脆弱的本体小心翼翼地处理着焦虑与安全感,以求得其中的平衡,并在其中构建新的自我。从精神分析来说,焦虑就是恐惧,最初来自婴儿期害怕原初看护者(母亲)的离开。由此,对失去的恐惧"进而与一种由被抛弃感而促发的敌意相联系","除非得到控制或引导,否则这种敌意会导致循环式的焦虑"。在新工人诗歌里,对"我是谁"的追问,对焦虑产生的自我幻象已然成了一种隐喻,即离开乡土来到城市,离开熟悉的环境来到陌生的工厂,便是脱离母亲的怀抱。对失去的恐惧,使得主体不得不反复反省自己的角色和位置,在福柯所谓现代性权力的规训下,"失去"愈多,自我的残损度亦随之严重化。

在几乎相向的维度上,霍尼把"敌意"指认为一种虚幻的自我营造方式。她认为现代文化在经济上以个人竞争为原则,孤独的个人不得不与同一群体中的其他个体竞争,这一情形造成的心理后果是人与人之间潜在的敌意的增强。可以说,"孤独"和"敌意"是解读身处现代经济链条上的每一个人"神经症人格"的一把钥匙,而在部分新工人诗人那里,这两种特质与其文化身份相互融合之后则形成了一种兼有小农意识和普罗文学意识形态的奇特混合物。一方面,许立志将自身的孤独状态与自己在劳动力市场的弱话语权联系起来,他写道:"我们沿着铁轨奔跑/进入一个个名叫城市的地方/出卖青春,出卖劳动力/卖来卖去,最后发现身上仅剩一声咳嗽/一根没人要的骨头"(《失眠》)②;另一方面,

① [英]安东尼·吉登斯:《现代性与自我认同》,夏璐译,中国人民大学出版社,2016年版,第30页。
② 许立志:《失眠》,见《新的一天》,作家出版社,2015年版,第39页。

他又像一个农民一样幻想自己建功立业，将自己的"敌意"形象化为古老王朝的反匈奴战争："这个早上我不再是低着头颅的打工仔/我是抬头挺胸的汉朝将军/誓以最后一箭/洞穿匈奴首领的胸口"（《杀死单于》）[1]。

关于成功的想象何以如此令人神往？何以在一种冷兵器所展现的暴力美学中获得实现？一个可以类比的例子是日本的历史幻想小说、角色扮演游戏在上班族中的风靡。那种看似不靠谱的历史幻想小说、角色扮演游戏才能让读者自我投射成为力挽狂澜、扭转历史的英雄，从而对抗自身在职场中被矮化、被冷淡等产生的焦虑。而在普通中国人心中，传统的农业王朝的中国，或者说，商鞅变法后那个个人可以依靠军功而非身份地位获得官禄富贵的中国，在文化上已经成为一种集体潜意识，它形成了包括许立志等在内的众多打工者"凭本事吃饭"的认知。许立志在诗歌中从打工仔变身将军的想象同样也是一剂减轻焦虑的良药，他对强势文化的"敌意"将随着致命的一箭而暂时烟消云散。

在《庞大的单数》一诗中，郭金牛通过一连串的"一"将自身的际遇化简为复数之一："一个人穿过一个省，一个省，又一个省/一个人上了一列火车，一辆大巴，又上了一辆黑中巴/下一站"[2]。而在《流水线上的兵马俑》一诗中，许立志直接在一连串的姓名与衣着装备之后将"新工人"指认为复数的兵马俑："整装待发/静候军令/只一晌工夫/悉数回到秦朝"[3]。"一"与"复数"的关系的确可以揭示一种天地无仁的现实，两位作者也极为克制地使用近乎白描的手法来委婉地表现，但是这并不是简单的集合、归并关系，因为复数同时也异化为一台庞大的机器，任何个体的有意脱离都意味着在与"大机器"的争斗中败下阵来。许立志如此描写他所看到的"异象"："假设车间有机器十万台/则他们有四十万的手和脚，二十万的头颅/不问内心无奈几斤几两/瓦蓝的天空也会变得灰暗"[4]（《疲倦》），"这车间啊，伫立着十万机台/这十万匹驰

---

[1] 许立志：《杀死单于》，见《新的一天》，作家出版社，2015年版，第215页。
[2] 郭金牛：《庞大的单数》，见《纸上还乡：郭金牛诗集》，华东师范大学出版社，2014年版，第74页。
[3] 许立志：《流水线上的兵马俑》，见《新的一天》，作家出版社，2015年版，第198页。
[4] 许立志：《疲倦》，见《新的一天》，作家出版社，2015年版，第16页。

骋草原的骏马/驮着高高的产量，低低的青春/它们奔向出货码头踏云而去"①（《卡钟·太阳》）。在《女工记》的后记中，郑小琼用"拥挤人群中的失踪者"来描述自己与群体之间的紧张关系："有时候，站在拥挤的人群中，特别是节假日的公共场所，看见来来往往的人群，我有一种说不出的孤独感，这种在人群中的孤独让我变得敏感起来。在人群中，我感觉我正在消失，我变成一群人，在拥挤不堪中被巨大的人群压碎，变成一张面孔，一个影子，一个数字的一部分，甚至被拥挤的人群挤成了一个失踪者，在人群中丧失了自己，隐匿了自己。"②

如果说"一"是个体的，孤独的，在诸多可能性中已被实现的，那么"复数""人群"则是社会的，集合的，指示了某种归属方向的一种新自我感。这新的自我并不是自我在时空的物理延伸，而更像是处在乡土/城市、农业/工业、传统/现代等文化冲突的前线由新环境硬生生塞过来、嫁接过来的自我。这新的自我在某种意义上亦赋予了自我的觉醒，赋予了某种共同体想象，但原来那个"我"，自然的"我"却消隐了。带着新的物质环境和话语方式，"我是谁?"——新工人诗人一路呼喊与招魂，但显然已非"飘如陌上尘"的人生悲凉了，那声音里还附着了一个工业社会里粗犷的马达，笨重得再也无法放下自己。

二、"我在哪"：重构过去与纸上还乡

如果说关于"我是谁"的诗歌文本见证了一代底层劳动群体在奔走他乡的流动中产生的乡土/城市、农业/工业、传统/现代等文化冲突，以及这冲突导致的自我之殇，那么"我在哪"的诗歌文本则是在抒情主体"我"把握自我之后的一种呈现。当然，这并不是说这一主体在反身性的自我构建中获得了胜利，最终摆脱了文化身份带来的焦虑。霍尼认为，文化冲突产生的焦虑是普遍存在的，她将之称为"基本焦虑"，"个人的种种焦虑可能由实际的原因所激发，而基本焦虑即使在实际处境中没有任何特殊刺激的情况下，也仍然存在"，这就是说，文化冲突所产

① 许立志：《卡钟·太阳》，见《新的一天》，作家出版社，2015年版，第171页。
② 郑小琼：《女工记》，花城出版社，2012年版，第246页。

生的焦虑表征也能够以非常隐秘的方式呈现。

在闯荡他乡多年以后，唐以洪写下了自己的心境："从北京退到深圳，从东莞/退到杭州，从常熟退到宁波/从温州退到成都，退到泥土、草木/五谷的香气里，故乡依然/很远，是一只走失的草鞋/退，继续退"（《退着回到故乡》）①。一个"退"显然是一种经验化的表达，虽然诗人悲凉地发现人生像是一段下坡路，但在自我与环境的关系处理上，其实也有了一套足以应付的策略——从首都"退"到外省，从一线"退"到二线，从南方"退"到东部，从外面"退"到故乡，从城市"退"到农村，继续演绎下去，则是诗的后半段所叙述的"从四十岁退到三十岁/二十岁，十岁"，"退，继续退，面朝未来/退到母亲的身体"，当时间的"退"与空间的"退"合于"母亲"的时候，"故乡"已然实现——"那里/没有荣辱，没有贫穷贵贱之分/城乡之别。没有泪水，相遇的/都是亲人"。

吉登斯指出，"自传是对过去的校正性干预，而不仅仅是逝去事件的编年史"，"对过去的重新建构与对未来生命轨迹之期待相伴而生"。②唐以洪是很清楚自己身处何地的，但"故乡"并非一个单纯的地理概念，甚至超越时空而成为一个带有乌托邦色彩的彼岸。这种从经验上把握抒情主体的"在哪"之问并不满足于将自己与群体和环境的关系作为关注的焦点，而径直将自己置身于人生、历史、生命这样更大的生存背景中。对唐以洪而言，重要的并不是个人经历了些什么，而是如何确认和构建自我的生命价值，"退"的轨迹也并非一种失落的抛物线，而是彰显自身对生命本质的追问。正是在这个意义上，打工诗歌同宦游诗歌、归隐诗歌一样可以直叩人生的根本，打磨出人性的光辉。胡兰成比较了中西诗歌中的"劳动"，他说中国诗歌中的采桑、采莲、浣纱、捣衣，"有人有风景，而皆生于劳动的美"，而西洋的牧歌、缝衣曲之类，不是太乐就是太苦。③撇开中西诗歌的实际差异，胡兰成对诗歌描绘劳动的或从容或苦乐的两种手法正可成为旁注：新工人诗歌中劳动场景的

---

① 唐以洪：《退着回到故乡》，见《我的诗篇》，作家出版社，2015 年版，第 186 页。
② ［英］安东尼·吉登斯：《现代性与自我认同》，夏璐译，中国人民大学出版社，2016 年版，第 68 页。
③ 胡兰成：《民间五月的清》，见《山河岁月》，中国长安出版社，2013 年版，第 167 页。

距离远近、主体习性与心态的差异最终形塑了两种不同的风格。

在白庆国的笔下，工厂场景已然有了一种人与风景之美："庆幸/现在还没有人/知道我是一名锅炉工/我的工作都是秘密进行的/夜深人静 地冻三尺/我的劳动开始了/我有一台像样的锅炉/它高大　悍武/有一个宽广的胸膛/每一块煤/我要求都是黑色的/黑的皮肤/黑的眼睛/但它的心肠/必须是火红的"①（《锅炉工》）。在这里，人与机器之间在在已是一种可以互相观照的"小生态"，与其说无人知晓的平凡岗位削弱了"我"的人际关系，还不如说秘密的工作抬升了"我"与机器之间的物我映射。接下来的视角特写尤其显得温情脉脉，"高大""悍武""宽广的胸膛"等词汇透露出"我"对机器的格外信任与亲密无间的融洽。这种温情的真实在于，俗语所谓"人不求人一般大"，在"秘密"的条件下，诗人摒弃了一切社会关系，以一个立法者的形象为事物的性质命名，为人之为尊者道出人性之价值。这不啻工人诗人的"创世纪"隐喻——诗人在此情感升华的秘密时刻，完成了自己从被岗位体制化的虚脱现实中片刻逃逸出来进而以劳动创世的方式道出自己尊严性的存在。这种工厂书写显然不同于以往的工人颂歌或对机器生产衍生的异化的批判，它更带有一种个人的独特的情感的温度，是一份朴实的自我认同的契约。

作为一个煤矿工人，老井在枯燥、单调的地下作业中提炼出一种人类的普遍经验——探索的好奇与新鲜。在《地心的蛙鸣》一诗中，他写道："谁知道　这辽阔的地心　绵亘的煤层/到底湮没了多少亿万年前的生灵/天哪　没有阳光　碧波　翠柳/它们居然还能叫出声来"，"漆黑的地心　我一直在挖煤/远处有时会发出几声　深绿的鸣叫/几小时过后 我手中的硬镐/变成柔软的柳条"。②在地心深处，诗人就像考古工作者一样，代表人类首次触摸地球远古的历史与生命，"谁敢说哪一块煤中/不含有几声旷古的蛙鸣"，这样的感叹其实与宇航员登上月球说"我的一小步，人类的一大步"有着异曲同工之妙。

在很多诗歌文本中，郭金牛都将抒情主体"我"塑造为一个冷眼旁

---

① 白庆国：《锅炉工》，见《我的诗篇》，作家出版社，2015年版，第164页。
② 老井：《地心的蛙鸣》，见《我的诗篇》，作家出版社，2015年版，第65页。

观的见证者，甚至将一种"玩世不恭"的"痞气"注入其中，比如在《罗租村往事》中，他有意混淆姓氏与朝代名称，混淆历史名称与古词今义之间的区别，通过对历史的戏谑化陈述，在时间的维度上将自己与工业话语的对抗成功地化解为他人的"历史问题"，他写道："唐，在大雨中疾走，又在大雨中消失"，"夏。古典的小木匠，他摸过的木头是吉他的美声/明。六扇门的捕快"，"从东厂巡到西厂，比高衙内还狠，动别人的女人/收保护费"，"元，铁木尔。/一个工地上的小工，蒙古人的后代/文身，大汗的梦，从胸部扩大到手腕"。① 关于"工业""电子板""排水道"这样的典型打工诗歌的意象，他只在首篇与最后一篇一带而过，中间的四篇全是历史与现实的"梦游"，而他也正如一个穿越历史的人，带着原始思维一样地思考自己与"工业"的关系："工业加工业，会不会生下太多的鬼？会不会突然跑出一只，附在/身上？"在这里，"工业"的可怕正在于禁忌的缺位，"工业"讲求的是效率与规则，而背后的牺牲与原因却有意无意被忽略了。"工业加工业"当然是一种强横，一种近亲繁殖，诗人的疑问是，它的后果是不是可以归属为既往知识经验之中的一种罪愆，一个鬼魅？

与"我是谁"模式下的乡愁书写多采取回应现实、直抒胸臆的策略不同，在"我在哪"模式下的乡愁书写中，抒情主体更倾向于通过主体的隐退、变形和形象化来消解其间的结构性对抗，将浪漫主义的题材转而赋予象征主义的形体。在《一根针》一诗中，诗人许岚没有触及任何关于异乡的现实情景，而把抒情主体寓形于"一根针"：

> 一根针的走失/并非像走失一个人那么简单//它磨红了/就是灶膛的烈焰/晒场的秋天/它磨亮了/就是床前的明月光/写信的钢笔尖//一根针/扎在身体的每一个部位/即使流血/也是肓家坝唯一的老井/疼痛中满是甘甜//走失的一根针/经过一番跋山涉水/寻着母亲的针线篮/回到妻子的手上/再大的地裂天崩/也可以缝补②

在诗歌中，这"针"的意义始终只在老家"肓家坝"才产生，它是

---

① 郭金牛：《罗租村往事》，见《纸上还乡：郭金牛诗集》，华东师范大学出版社，2014 年版，第13~17 页。

② 许岚：《一根针》，见《四川诗歌地理》，四川文艺出版社，2017 年版，第 273 页。

"灶膛的烈焰",是"晒场的秋天",即使身在他乡,"它"戳痛的也是"唯一的老井"。这"针"同样是两个女人的牵挂所在——"寻着母亲的针线篮/回到妻子的手上",而对家庭温情的信仰也让诗人相信,回到家庭后"再大的地裂天崩/也可以缝补"。这样的笔法与"我是谁"模式大不一样,由于对自我认同更有意识的坚守,其"新自我感"打通了过去与未来之间的天堑,新自我从过往之中健步走来,带着自己的习性以握手与拥抱的姿势与新的处境言和,即自我已经拥有其主体精神,时空的变迁、环境与话语的转变亦不过是外在的流形,所谓"新自我感"早已有了策略与法则使我之为我。

三、尾声:美丽新世界的寓言?

秦晓宇将农民工在巨大而又盲目的进城激情的驱使下义无反顾地离乡背井却又不知道未来在哪里的境遇与"美丽新世界"的现代乌托邦寓言相类比。的确,在此原型中,觉醒者(农民)意识到有一个更美好的世界(经济特区、大都市),有一套新的真理般的生存原则("钱决定一切"),在经历足以与摩西出埃及的种种磨难相提并论的千辛万苦之后,他们才发现自己进入的不过是新世界(城市)的底层世界。在现代乌托邦寓言里,世界总是充满悖论,美好的愿望总是被严酷的现实无情击碎,历史走向虚无,在新世界与旧世界之间已然不是一种欲往欲还的"围城",最根本的问题是,在两个世界我们如何能坦然自处?如果旧世界的瓦解和捣碎并不必然带来一个新世界,那么我们如何在旧世界里建构新世界?又或者,一个新世界甚至成了一个更糟糕的旧世界,那么我们又如何在其间树立理想的生活?

在秦晓宇、李云雷那里,他们都对前三十年文学那种阶级主体、人民主体的写作的衰落表现了痛惜,并在此意义上对新工人诗歌的"崛起"报以赞赏与欢迎的态度。但是他们却没有对"新美学"做足够的解剖,也没有意识到在那一套再度被激活的阶级美学的话语中,"新美学"亦只是"新世界",人们面临的将是一个旧世界不断延伸的时空,"我是谁""我在哪"正是"新自我"不断向自己提出的疑问。

霍尔告诉我们,每一个现代人首先遭遇的便是乡土/城市、农业/工业、传统/现代等文化冲突，现代人的人格形成便是处理基本焦虑的策略和模式。但是，在"新美学"那里焦虑是飘忽的、消失的，仿佛为之欢呼的一切出乎一种天命，合理性变成了美学的必然性，"新自我"变成了"超人"。在吉登斯看来，自我身份认同最关键之要津在于主体必须具备一种"能让特定的叙事模式持续下去"①的能力，自我的"连贯性"决定了时空的连贯性，"新世界""旧世界"最终只有一个世界，稳定的自我认同具备应对社会、个人变迁的重大张力。

我们可以看到，在"我是谁"模式的写作中，抒情主体主要处理的是两种文化矛盾冲突所产生的"新异"，焦虑以较为直接的意象呈现，为了对抗这种新异与焦虑，写作者倾向于通过对"新异"及其产生的情绪的展示，以新破新，从而形成一种兼有个人感伤与社会批判的乡愁；而"我在哪"模式的写作中，虽然抒情主体同样受到基本焦虑的影响，但是其通过不断退回到自身，退回到既有知识经验而成功地突出其主体性，加上其将原有的性情禀赋和文化习性带入文本的倾向，以旧化新，从而塑造出一种不一样的"乡愁"。

如果说"我是谁"的模式是一种"宾我"（me）结构（It's me.），在自我身份的确认过程中不断强调"新自我"与"新世界"的对抗性；那么，"我在哪"模式则是一种"主我"（I）结构（I am here.），通过一种主体性的覆盖，从而使得新旧两域在个体身体上实现和解。作为"新自我"向"新世界"提出的疑问，"我是谁""我在哪"展示了两种主体情态的不同视角，其内蕴的艺术张力与视野景深也随之有了很大的不同，"我是谁"的追索天然带有一种批判性，这种批判性是"新自我"自新的结果，而"我在哪"的疑惑则自有几分温情脉脉，这是自我新叙的篇章，在黎明梦醒之前，由无数个过往的星梦串缀而成。

---

① ［英］安东尼·吉登斯：《现代性与自我认同》，夏璐译，中国人民大学出版社，2016 年版，第 50 页。

第 二 辑

新诗发生时期的诗歌语言

众所周知，白话诗运动的导火索是胡适与梅光迪、任叔永等人就白话所展开的辩论。胡适在《尝试集》《自序》《逼上梁山》《中国新文学运动小史》等多篇文章中详细记录了他们的每一次辩论以及自己的主张。初看起来，白话文运动的发生似乎是用当时的口语即白话替代当时的书面语即文言的一次"文体"变革，但是，细细考究，从胡适提出"白话文学"的概念开始，白话文运动所负载的文学使命就不止于语言的范畴。正如后来当有人认识到白话文替代文言文的结果其实是一种书面语代替另一种书面语的时候，白话文学或国语文学不但没有销声匿迹，归于无形，反而在它所开辟的道路上愈行愈远，最终形成一股无法阻挡的时代潮流。

胡适曾多次区分白话文运动与晚清的"诗界革命""新文体"等语言革新运动，同时也指出白话文运动的重点不在白话，新文学的"新"虽然以白话为起首，但是并不仅仅落足于此。他认为语言是工具，工具的适用与否就是语言的"死""活"之别，以"文学进化论"观之，"活"的必然代替"死"的。当然，在"死""活"的中间也没有十分精准的界限。胡适并不反对文言词汇的保留，也并不认为一切的白话都可纳入国语文学。作为工具的语言，"鲜活""适用"固然是最低的要求，然而最不能忽略的是它的"功能"和"目的"，以"文学目的论"观之，即一种语言的文学最重要的是它的内容和精神。

以形式和内容论，白话文运动似乎可以粗分为两股潮流或两个阶段：前期较重视形式层面，即强调用白话代替文言，其建设方向多集中在从白话而国语的规范化上；后期逐渐向内容层面转向，即在白话文已经形成一定气候之后更多地关注新文学的实际内容、精神实质等文学的内部建设问题。胡适在《尝试集》的《再版自序》中就承认自己经历了一个旧瓶装新酒的时期，他说："六年秋天到七年年底——还只是一个自由变化的词调时期。自此以后，我的诗方才渐渐做到'新诗'的地位。"① 对于"新诗"是怎么样的，当时的新诗倡导者们并没有清晰的概念和思路。需不需要"韵律"？口语语词和书面语词哪一个更有资格进入"白话新诗"？传统诗歌资源和西方诗歌资源哪一个更值得学习和效法？这些一直是新诗草创期争论的主要问题，时至今日也不时牵动着新诗敏感而脆弱的神经。

但是即便这样，新诗的倡导者们还是能够有充分的理由标举大旗，为一种新的诗歌形态保驾护航，并坚定地认为这正是中国诗歌的未来和希望。

一、国语的文学　文学的国语

胡适在多篇文章中忆及触发他"诗国革命"的详细过程。一是"文字"之争。梅觐庄（光迪）就胡适"作诗如作文"的主张写信辩论，他认为"诗之文字"与"文之文字"是"截然两途"，不能仅仅将"文之文字"简单地移到诗中成为"诗之文字"。对此，胡适认为，诗的病根不只是"文字"的问题，而在于"重形式而去精神"，"以文胜质"。"诗界革命当从三事入手：第一，须言之有物；第二，须讲求文法；第三，当用'文之文字'时，不可故意避之。"② 胡适还认为"诗之文字"虽然推敲起来觉得字字珠玑，但并不一定具有真情实感，不如"朴实无华的白描工夫"，"诗味在骨子里，在质不在文"。应该说，胡适的见解主张是极有针对性的，他的"三事"一环扣一环，初步形成了白话诗歌的基本原则。首先，"须言之有物"是针对旧诗的形式化、套语化、重文废质的倾向而言的，目的是打破旧诗的条条框框；其次，"文法"是语言的一般规律和标准范式，"讲求文法"即意味着重视"意"的精确表达而轻视诗歌语言的特殊规则；最后，与其说不避"文之文字"，还不

---

① 胡适：《再版自序》，见《尝试集》，安徽教育出版社，1999 年版，第 20 页。
② 胡适：《自序》，见《尝试集》，安徽教育出版社，1999 年版，第 18 页。

如说尽量避免"诗之文字",这样做的目的自然是改变"诗味"的来源,即从表里的"文字"上的"诗味"转移到"文字"背后的内容和"质"的"诗味"。胡适把文字形式当作文学的工具,工具不适用了就会妨碍文学。他认为"一部中国文学史只是一部文字形式(工具)新陈代谢的历史,只是'活文学'随时起来替代了'死文学'的历史","文学革命"就是"工具僵化了,必须另换新的,活的"。① 正是以文学史的视野,胡适认为白话文学一直是源源不断的文学正统,找到了白话文学(包括白话诗)存在的最大合法性。

二是"雅俗"之争。梅觐庄(光迪)对胡适的文字"死活"论不以为然,他认为俗语白话"骤以入文,似觉新奇而美,实则无永久价值","因其无美术家锻炼"②,再者,"文章体裁不同。小说词曲固可用白话,诗文则不可"。梅氏的主张实际上是认为诗文是文学的正宗,所用的"工具"与俗文学的小说词曲等自然不同,俗语白话没有太多的文学价值和审美价值。胡适等人认识到俗语白话作为一种文学语言并不丰裕,但是由于白话文学尚处于草创期,所以"宁可失之于俗,不要失之于文"③。对于诗文是否有特殊语言的问题,胡适是反对的。在他看来,"工具"是不以体裁论的,"文字没有雅俗,却有死活可道","白话之能不能作诗,此一问题全待吾辈解决。解决之法,不在乞怜古人,谓古之所无,今必不可有"。④

以上争论集中形成了《文学改良刍议》中的"八事":

> 一曰,须言之有物。二曰,不摹仿古人。三曰,须讲求文法。四曰,不作无病之呻吟。五曰,务去滥调套语。六曰,不用典。七曰,不讲对仗。八曰,不避俗字俗语。⑤

综合来看,"八事"实际表达了胡适对于白话文学的三个主要看法:

---

① 胡适:《逼上梁山》,见《中国新文学大系·第一集》,良友图书公司,1935年版,第9页。
② 胡适:《自序》,见《尝试集》,安徽教育出版社,1999年版,第22页。
③ 钱玄同:《尝试集序》,见《中国新文学大系·第一集》,良友图书公司,1935年版,第106页。
④ 胡适:《自序》,见《尝试集》,安徽教育出版社,1999年版,第23页、26页。
⑤ 胡适:《文学改良刍议》,见《中国新文学大系·第一集》,良友图书公司,1935年版,第34页。

首先，"一时代有一时代之文学"，不必师法古圣先贤，"与其作似陶似谢似李似杜的诗，不如作不似陶不似谢不似李杜的白话诗"①；其次，要破除诗歌大量使用典故、对仗、陈词滥调、表意虚弱苍白等陋习；最后，要"不避俗字俗语"，讲求文法，重视意的表达而轻形式的表现。"八事"的理论渊源一是"文质论"，胡适认为当时中国文学的问题主要在于"有文而无质"；二是"历史的文学进化观念"，即以历史的眼光归纳总结出一条清晰的中西白话文学的演进脉络，并把它作为文学革命论的基本理论；三是"工具论"，即认为"文字形式"只是文学表现的"工具"，所以文字不以体裁和雅俗论，只依"死活"论。而所有这些问题最终都指向"白话"，只有白话才能毕其功于一役，从根本上解决中国文学面临的问题。

对于"白话"，当时很多人的理解并不一样，甚至在新文化阵营内部同样面临口径不一的问题。胡适认为"白话文学"古已有之，所以主张以宋元以来的"白话文学"为师，他认为"白话之义，约有三端：（一）白话的'白'，是戏台上'说白'的白，是俗语'土白'的白。故白话即是俗话。（二）白话的'白'，是'清白'的白，是'明白'的白。白话但须要'明白如话'，不妨夹几个文言的字眼。（三）白话的'白'，是'黑白'的白。白话便是干干净净没有堆砌涂饰的话，也不妨夹入几个明白易晓的文言字眼。"② 其理想的白话文是"以古代的白话小说等白话书面语为主体，现代的口语实际上只居于一种辅助的地位"③。而刘半农则主张以当时的口语为基础，兼收文言之长，他说"于白话一方面除竭力发达其固有之优点外，更当使其吸收文言所具之优点，至文言之优点尽为白话所具，则文言必归于淘汰，而文学之名词，遂为白话所独据"，而对于古代的"白话文学"这一白话资源似乎也并不认同："吾辈意想中之白话新文学，恐尚非施曹所能梦见"，"施曹之文，亦仅能称雄于施曹之世"。④ 傅斯年则有意摆脱"白话"的口

① 胡适：《自序》，见《尝试集》，安徽教育出版社，1999年版，第26页。

② 胡适：《论小说及白话韵文——答钱玄同》，见《胡适文集》（2），人民文学出版社，1998年版，第38页。

③ 旷新年：《胡适与白话文运动》，载于《中国现代文学研究丛刊》，1999年第2期，第22页。

④ 刘半农：《我之文学改良观》，见《中国新文学大系·第一集》，良友图书公司，1935年版，第66页。

语性，他认为，"用白话者，非即以当今市语为已足，不加修饰，率尔用之也"，"白话"的优点是"质""简"，"切合近世人情"，"活泼饶有生趣"，但不足之处是"用时有不足之感"。既然作为口语的"白话"并不是理想的文学语言，所以"与其谓'废文词用白话'，毋宁谓'文言合一'"①，在他看来，新文化、新文学的任务不是简单地用"白话"替代"文言"，而是创造一种新的言语形式，即各取文言与白话之所长，融合为"文言合一"的新语言。在另一篇文章中，傅斯年又提出"直用西洋词法"，"融化西文词调作为我用"。② 与此相仿，周作人并不认为文白是截然的两途，对于胡适的"死活"论他更不苟同，因为"文字的死活只因它的排列法而不同，其古与不古，死与活，在文学的本身并没有明了的界限"③。他认为，文言和白话的区别主要在于词法、语法、文法的不同，于是主张创造"合古今中外的分子融和而成的一种中国语"④，不但文言和白话是要融合的，而且还要吸收外语的合理成分。

无论是强调白话的历史联系，还是注意到白话与文言的互补关系，甚或意识到借助古今中外语言资源的可能性，他们对于白话的认识有一点是相同的，即"白话"绝不等同于口语，绝不是引车卖浆者的语言。关于这一点胡适稍后也是承认的，他说："有了国语的文学，方才可有文学的国语。有了文学的国语，我们的国语才可算得真正国语。国语没有文学，便没有生命，便没有价值，便不能成立，便不能发达。"⑤ 这就是说，"白话"不是完全用口来表达，还必须经过"书面"的裁定和规范，形成一种约定俗成的标准以达到全国语言的基本统一。这里似乎存在一种悖论，即白话文运动的先驱者们认为白话取代文言的一个理由是作为书面语的文言文不符合现代语言"言文一致"的发展趋势。但是白话以口语之名占领了书面语这一领域之后，本身又和口语拉开了差

① 傅斯年：《文言合一草议》，见《中国新文学大系·第一集》，良友图书公司，1935年版，第121页。
② 傅斯年：《怎样做白话文》，见《中国新文学大系·第一集》，良友图书公司，1935年版，第226页。
③ 周作人：《文学革命运动》，见《中国新文学大系·史料、索引》，良友图书公司，1935年版，第8页。
④ 周作人：《国语改造的意见》，载于《国语月刊》，1922年第1卷第10期，中华书局。
⑤ 胡适：《建设的文学革命论》，见《中国新文学大系·第一集》，良友图书公司，1935年版，第128页。

距。这其中的原因是很多的，比如中国方言众多，作为书面语的白话和作为口语的白话自然具有大小各异的区别；再如书面语和口语由于思维方式、功用特点等的不同也会形成差别等。

这一点使很多人都产生了误解，认为白话文运动实际上是要用一种书面语（白话）代替另一种书面语（文言）。因为白话不等同于口语了，口语还是口语，只是书面语不再是文言了。这样的观点最典型的是朱我农给胡适写信提出的质疑，他说：

> 先生等主张暂时将文言改为白话，为改良文学的入手办法，此一着我极赞成。但是笔写的白话，同口说的白话断断不能全然相同的。口说时有声调状态帮助表明人的意思，笔写时就没有此等辅助品了。所以用笔写那口说的白话时，即使加进许多表达意思的东西，也未必能将口说时的意思完全表达出来。反言之，则笔写时的白话，大概必须比口说的详而周到。但是此等详而周到，是指有用字用符号说，并非说的详而周到。……所以先生等名为文言改为白话的白话，——就是我称为"笔写的白话"的——其实依旧是文言，不过不是那种王敬轩所崇拜的文言罢了。[①]

这一段评论主要传达了两层意思：一是"口说的白话"与"笔写的白话"是不一样的，所以"白话"代"文言"其实是书面语的改变，并不是口语对书面语的替代；二是"笔写的白话"既然是书面语，就有书面语的规矩，受书面语的限制。这种质疑并不是对白话文的质疑，而是对白话文即口语文的否定。在朱我农看来，白话文并不是将口头要说的直接转移到书面，而是需要一个转换的程式，也就是他后来所提出的"文法"。这种看法指出了白话的内部分野，当然具有合理的成分，但是它简单地把新文学革命说成是一种"文言"代替另一种"文言"，则具有片面性。与之相仿，阳翰笙也议论道："'五四'式的白话，实际上只是一种新式文言，除去少数欧化绅商和摩登青年而外，一般工农大众，不仅念出来听不懂，就是看起来也差不多同看文言一样的吃力。"[②] 更

---

① 朱我农：《革新文学及改良文字》，见《中国新文学大系·文学论争集》，良友图书公司，1935年版，第61页。

② 阳翰笙：《文艺大众化与大众文艺》，载于《北斗》，1932年第2卷第3、4期合刊。

为偏激的说法是有人借此攻击新文学革命不过是换汤不换药："胡适在当时所发表的主张有些是很幼稚不适用的。提倡文学革命的根本主张只有'国语的文学，文学的国语'十个字，这只是文体上的一种改革，换言之，就是白话革文言的命，没有甚么特殊的见解。"①

而在汉学家梅维恒（Victor H. Mair）看来，中国的白话系统实际上有两个平行的子系统，一是受文言影响很大的"通用白话"，二是各地实际使用的口语，"通用白话与任何地方的实际口语都没有太高的近似度"。这里的"通用白话"和"实际口语"很可能对应的是官话和方言，梅维恒将两者视为平行关系实际上强调的是"实际口语"的虚弱——"和欧洲、印度以及其他地方不同，许多汉方言从来没有发展起自己的白话文学。"② 无论是胡适明确定义的"三白"白话，还是朱我农等人声称的"笔写的白话"，基本上都是以"官话"为基础的，其最后的导向便是国语。

与只看到新文学文字之变的看法不同，鲁迅先生当时就看到了"声音"的改变对于中国文学和思想领域的重大意义。他说，胡适所提倡的文学革命是"首先来尝试恢复现时代中国的声音的"，"它让人可以'用活着的白话，将自己的思想，感情直白地说出来'，'只有真的声音，才能感动中国的人和世界的人；必须有了真的声音，才能和世界的人同在世界上生活'"。而在之前，"用的是难懂的古文，讲的是陈旧的古意思，所有的声音，都是过去的，都就是只等于零的"。③ 朱希祖则更直截了当地指出："文学的新旧，不能在文字上讲，要在思想主义上讲。若从文字上讲，以为做了白话文，就是新文学，则宋元以来的白话文很多，在今日看来，难道就是新文学吗？"④ 的确，新文学的发端是由于语言工具的不合适，但是当新文学产生了却不只是语言的转换，更有语言转换后所带来的各种冲击和影响时，其中一个重要的方面就是新思想的引入和新的文学精神的确立。对此，李泽厚先生评论道：

---

① 王哲甫：《中国新文学运动史》，北平杰成印书局，1933年版，第13页、14页。
② 梅维恒等：《哥伦比亚中国文学史》，新星出版社，2016年版，第20页。
③ 鲁迅：《三闲集·无声的中国》，见《鲁迅全集》第四卷，人民文学出版社，1956年版，第12~15页。
④ 朱希祖：《非折中派的文学》，见《中国新文学大系·文学论争集》，良友图书公司，1935年版，第86页。

　　"五四"成就最大的正是白话文、新文学、新史学等现代形式的建立，它们标志"游戏规则"（Wittgenstein）有意识的变换。由新词汇、新语法、新文体所带来的崭新的观念、内容、思想和规范。这形式便不是外在的空洞的框架，而恰恰是一种造形的力量。它以具体的形式亦即新的尺度、标准、结构、规范、语言来构成，实现和宣布新内容的诞生。在这里，形式就是内容，新形式的确立就是新内容的呈现，因为这内容是由于这新形式的建立才现实地产生的。这正是"五四"的白话文，新文学不同于传统的白话文、白话小说之所在。①

　　如果说胡适等人扯起"白话"大旗揭开了新文化运动的帷幕，那么当他们意识到新文学与"白话文学"之间的区别的时候，他们就真正将运动带入了正轨，使其具有前所未有的新方向。这也是为什么后来新文学先驱者们更偏爱使用"国语"而非"白话"的原因。白话分为"口说的"和"笔写的"，就只是成为一个仅仅相对于"文言"的概念；在新文学内部，"白话"被"国语"取代，标志着某种规范力量的确立，正如周作人所分析的："古文不宜于说理（及其它用途）不必说了；狭义的民众的言语我觉得决不够用了，决不能适切地表现现代人的情思：我们所要的是一种国语，以白话（即口语）为基本。加入古文（词与成语，并不是成段的文章）、方言及外来语，组织适宜，具有论理之精密与艺术之美。这种理想的言语尚若有成就，我想凡受过义务教育的人民都不难理解，可以当作普通的国语使用。"② 在另一篇文章中，他又具体谈及了国语中的言文问题，他说："我想一国里当然只应有一种国语，但可以也是应当有两种语体，一是口语，一是文章语。口语是普通说话用的，为一般人民所共喻；文章语是写文章用的，须得有相当教养得人才能了解，这当然全以口语为基本，但是用字更丰富，组织更精密。使其适于表现复杂得思想感情之用，这在一般的日用口语是不胜任的。"③ 这样"国语"便超越"白话"成为一种普通的又适宜于产生文学的语

　　① 李泽厚：《探寻语碎》，上海文艺出版社，2000年版，第325页。
　　② 周作人：《理想的国语》，见《夜读的境界》，湖南文艺出版社，1998年版，第779~780页。
　　③ 周作人：《国语改造的意见》，载于《国语月刊》，1922年第1卷第10期，中华书局，上海。

言，同时在"口说的"和"笔写的"之间又有着一个最大公约数——"白话"，既不会导致言文的太大差异，也使言文保持了各自的特点，能够并行不悖，相互促进。

"国语的文学，文学的国语"终于解决了困扰新文学先驱者们的一个问题，即如何使"白话"成为全国通用的语言，并且同时适用于人们的日常交际和高深精美的文学创作。从胡适等人要求"白话"取代文言作文，到"白话"的语言建设；从"白话"吸纳古今中外各种分子以成一种合时实用的语言，到"白话"内部分为"口说的"和"笔写的"；从"白话"的"去口语化"到"国语"的最终形成，整个过程一环扣一环，常常是一个改变带来更多的改变，正如李敖所说："文学革命很快地从一个目的变成手段，又从手段导出了许许多多的目的。"[1] 我们还将看到"白话文""白话诗"等的出现，从语言面貌的焕然一新，到内容精神的脱胎换骨，中国新文学就是这样一点一滴地慢慢渗透着旧文学的前世余梦，最后带来的是开天辟地的创世神话。

二、《尝试集》周围的诗语

1920 年 3 月，上海亚东图书馆出版了第一本新诗个人专辑——胡适的《尝试集》。"尝试"二字除了谦虚的谨慎之外，也包含了实验的探索。诗集是作者"三年以来做的白话诗若干首"[2]，即从民国五年（1916）起至民国八年（1919）以"实验的精神"所做的白话诗实验，"居然就采用俗语俗字，并且有通篇用白话做的"[3]，使得倡导数年的"诗国革命何自始？要须作诗如作文"主张终于有了成果式的整体展示。围绕《尝试集》的前后，汉语诗歌走向白话新诗的争论和各种探索呈现出诗歌现代化"蜕变"的全过程。这一点文学史价值就是当事者胡适也是心知肚明的："从那些很接近旧诗的诗变到很自由的新诗，——这一个过渡时期在我的诗里最容易看得出。"[4]

---

① 李敖：《播种者胡适》，见《李敖大全集》第 4 卷，中国友谊出版公司，1999 年版，第 17 页。
② 胡适：《自序》，见《尝试集》，安徽教育出版社，1999 年版，第 14 页。
③ 钱玄同：《〈尝试集〉序》，见《尝试集》，安徽教育出版社，1999 年版，第 1 页。
④ 胡适：《再版自序》，见《尝试集》，安徽教育出版社，1999 年版，第 34 页。

　　"很接近旧诗的诗"正是白话新诗刚刚问世时的样子。康林认为，"《尝试集》的'诗国革命'实际上乃萌芽于《去国集》"，即以"作诗如作文"的方法，"用古代散文的语言系统全面改造古典诗歌的语言系统，使后者散文化"①，这样就打破了"诗的文字"和"文的文字"的界限，从而造成由表及里的一连串连锁反应，根本上动摇了旧诗的语言系统和基本法则。这种成就即便在当时也被人称颂，如钱玄同就说："适之这本《尝试集》第一集里的白话诗，就是用现代的白话达适之自己的思想和情感，不用古语，不抄袭前人诗里说过的话。我以为的确当得起'新文学'这个名词。"② 但是，胡适使用"词"的词调、套用律诗的形式、使用文言词汇等"犹未能脱尽文言窠臼"的地方同样使人感到"小小不满意"。这时期，胡适的诗歌观似乎与先前的主张自相矛盾，在致钱玄同的书信中他写道："吾于去年（五年）夏秋初作白话诗之时，实力屏文言，不杂一字。如《朋友》《他》《尝试篇》之类皆是。其后忽变易宗旨，以为文言中有许多字尽可输入白话诗中。故今年所作诗词，往往不避文言。"除了语言上不排斥文言，胡适对诗歌本身的体式似乎也持一种开放态度，他说："最自然者，终莫如长短无定之韵文。元人之小词，即是此类。今日作'诗'（广义言之），似宜注重此种长短无定之体。然亦不必排斥固有之诗、词、曲诸体。要各随所好，各相题而择体，可矣。"③ 表面上来看，胡适的"不避文言"和"各随所好"好像是对旧诗的妥协，但实际上恰恰就是这两点跳出了单一的"文白之争"，胡适开始思考白话新诗的诗体建设问题了，因为在他看来，白话诗是可能的，所缺少的只是实验。所以，在这里他提出"自然"一说其实是反对旧诗的束缚，这一点钱玄同也是认可的，在回信中他就特别强调："总而言之，今后当以'白话诗'为正体（此'白话'，是广义的，凡近于语言之自然者皆是。此'诗'，亦是广义的，凡韵文皆是），其他古体之诗、词、曲，偶一为之，固无不可，然不可以为韵文正宗也。"

　　既然这些"很接近旧诗的诗"是新诗而不是旧诗，那么构成白话新诗的条件是什么呢？区别白话新诗与旧诗的因素又是什么呢？胡适本人

---

① 康林：《〈尝试集〉的艺术史价值》，载于《文学评论》，1990年第4期，第52页。
② 钱玄同：《〈尝试集〉序》，见《尝试集》，安徽教育出版社，1999年版，第9页。
③ 转引自钱玄同《〈尝试集〉序》，见《尝试集》，安徽教育出版社，1999年版，第12页。

似乎坚持着"实验主义"的立场，并不急于说明。他说："我们做的白话诗，现在不过在尝试的时代，我们自己也还不知什么叫做白话诗的规则。且让后来做《白话诗入门》，《白话诗轨范》的人去规定白话诗的规则罢。"① 对于《尝试集》他的期望似乎也不高："《尝试集》之作，但欲实地试验白话是否可以作诗，及白话入诗有如何效果，此外别无他种奢望。"② 胡适并不是不知道"诗"与"文"的区别，但是他却故意打破"诗""文"的界限，目的在于推翻旧诗已有的束缚，"有什么材料，做什么诗；有什么话，说什么话；把从前一切束缚诗神的自由的枷锁镣铐，拢统推翻：这便是'诗体的解放'"③。这还只是泛论，因为何谓旧诗的束缚、何谓新诗的自由尚无明确的论断。胡适进一步指出诗须要用具体的做法，不可用抽象的说法，强调新诗平实的一面，至少在文风上和过分讲究的旧诗区别开来。同时，胡适对于格律的分析也是入木三分，他认为新诗用韵应该是"自由"的："（一）用现代的韵，（二）平仄互押，（三）有韵固然好，没有韵也不妨；对于音节，也主要是靠（一）语气的自然节奏，（二）每句内部所用字的自然和谐，平仄是不重要的。"④

这种改变其实已经触及古典汉语和现代汉语的精神差异。古典汉语里多无主句，具有超语法、超语义逻辑的特性，虚化成分较多，呈现出"物我两忘"的交融性和"春秋大义"的隐喻性；而现代汉语正好相反，讲求句子成分的完整和严密，服从语法规则和语义逻辑，同时句法上的连贯性和聚合关系呈现出单一明了的清晰性和散文化的日常性。古典汉语简约而隐晦，其语义体系是建立在几千年所累积的文化价值之上的，审美风格、表达方式都已固定，不能轻易改变；而现代汉语在近代口语的基础上发展而来，直白浅显，长于精确表达，天然具有一种"散文化"倾向。叶公超就曾指出："在文言里，尤其在文言诗里，单个字的势力比较大，但在说话的时候，语词的势力比较大，故新诗的节奏单位

---

① 胡适：《答朱经农》，见《胡适文集（3）文论》，人民文学出版社，1998 年版，第 79 页。
② 胡适：《答张聊止》，见《胡适文集（3）文论》，人民文学出版社，1998 年版，第 45 页。
③ 胡适：《答朱经农》，见《胡适文集（3）文论》，人民文学出版社，1998 年版，第 78 页。
④ 详见胡适：《谈新诗》，见《中国新文学大系·建设理论集》，良友图书公司，1935 年版，第 306 页。

多半是由二乃至四个或五个字的语词组织成功的，而不复是单音的了，虽然复音的语词中还夹着少数的单音。"① 文言诗与白话新诗的这点区别虽然微小，但牵涉的却是这两种语言的根本差异，即这两种语言的思维方式一个是用"脑"，讲求精致，一个是用"口"，讲求自然。正是这种语言自身思维方式的不同导致了新诗与旧诗的最大差别，正如张桃洲所指出的：

> 在现代汉语的句子成分（关系词等的介入）日见完备的情形下，当一句诗要表达一个完整的文意时，句式必然拉长，句法也必然趋于繁复化，这样就大大刺激了新诗的句式结构，使得新诗出现了大量长短不一、参差错落的自由句式，也使得新诗的口语化、散文化不可避免。与此相关的，则是诗歌"美感"形成方式的改变：古典诗歌中通过整饬的对偶、押韵等方法而获得的"整齐的美""抑扬的美"与"回环的美"（王力），在新诗中已遭到严重破坏，其美感的获得并不特别倚仗外在的诗形，而主要依靠内部深层结构的营造。②

但是在客观上，胡适主张的"作诗如作文"的确造成了诗歌的散文风，模糊了白话诗与白话文的界限，对白话新诗的建设也有过一些消极的影响，成仿吾等人就指责《尝试集》"本来没有一首是诗"而要发动一场诗歌的"防御战"。在胡适那里，旧诗的形式是可用的，白话作诗并不是增添了"诗体"，而是文学进化中"工具"的进化，故而旧诗与新诗便是中国新诗的前世今生，它们一脉相承，血浓于水，只是由于要彻底把"工具"置换，不得不利用"文"的力量来对抗旧诗中生硬僵化的束缚，哪怕是属于"诗美"范畴的东西，也不得不加以反对。在诗歌形式上的不彻底成为众人质疑的焦点，即便胡适自己后来也引以为愧，认为"民国六七八年的'新诗'，大部分只是一些古乐府式的白话诗，一些《击壤集》式的白话诗，一些词式和曲式的白话诗，——都不能算

---

① 叶公超：《论新诗》，见《叶公超批评文集》，珠海出版社，1998 年版，第 55 页。

② 张桃洲：《导论：中国新诗话语研究》，见《现代汉语的诗性空间》，北京大学出版社，2005 年版，第 8 页。

是真正新诗"①。与胡适强调白话新诗与旧诗的渊源不同，废名就认为新诗与旧诗并不出于一脉，其根本区别不是语言上的，而是本质上的。他说："我以为新诗与旧诗的分别尚不在乎白话与不白话，虽然新诗所用的文字应该标明是白话的……旧诗有近乎白话的，然而不能因此就把这些旧诗引为新诗的同调。"② 在他看来，新诗固然像很多词曲小令一样也用白话，但是其使用白话的方法和目的已经迥然不同，所以如果新诗继续走词曲小令一类的白话老路，"则我们的新诗的前途是黯淡，我们在旧诗面前简直抬不起头来"③。这种担忧不是没有道理，就在十多二十年前那场同样标举"诗界革命"的运动中，谭嗣同、梁启超等人"以新材料入旧格律"虽然部分地改变了旧诗的僵化、呆滞等毛病，呈现出一种新鲜的面貌，但是由于坚持在"旧格律"里处理"新材料"，造成了一种食"新"不化，最后依然惨淡收场。假如新诗不能从更为本质的角度出发，找出与旧诗的区别，而是从弥补旧诗"缺陷"的角度出发，则很可能在"缺陷"外的地方踩中陷阱，被旧诗强大的惯性消释，从而把一场轰轰烈烈的革命起义之事暗度陈仓地"招安""镇抚"。正是出于这样的警觉，废名更为深入细致地探讨了新诗旧诗之别，他认为："旧诗的内容是散文的，其诗的价值正因为它是散文的。新诗的内容则要是诗的，若同旧诗一样是散文的内容，徒徒用白话来写，名之曰新诗，反不成其为诗。"④ 在这里内容上的"散文/诗"把新诗旧诗明确划为两类，它们不是一种延伸关系，即新诗不是旧诗的演变和发展，它是"诗的价值"除了旧诗以外的另一路径。

按此推理，废名反对胡适所谓因为旧诗里有白话一派，现在便可以援引为其正宗来发展这一派的主张，他指出胡适的《蝴蝶》一诗不同于旧诗不是因为它是白话的，而是它的内容是"诗的内容"，而非旧诗的"散文的内容"，所以《蝴蝶》一诗所表达的东西是旧诗不能表达的，这才是问题的要害。至于"诗的内容"和"散文的内容"，废名在多处都有论及，虽然言简意赅，但是却将新诗旧诗的根本区别点明白无误地指

---

① 胡适：《〈蕙的风〉序》，见《胡适文集（3）文论》，人民文学出版社，1998年版，第177页。

② 冯文炳（废名）：《尝试集》，见《谈新诗》，人民文学出版社，1984年版，第3~4页。

③ 冯文炳（废名）：《尝试集》，见《谈新诗》，人民文学出版社，1984年版，第4页。

④ 冯文炳（废名）：《尝试集》，见《谈新诗》，人民文学出版社，1984年版，第5页。

认出来，即"如果要做新诗，一定要这个诗是诗的内容，而写这个诗的文字要用散文的文字。已往的诗文学，无论旧诗也好，词也好，乃是散文的内容，而其所用的文字是诗的文字"①。这里似乎是说旧诗重文字而轻内容，新诗重内容而轻文字，从另外一个角度说明了胡适所说的"文质论"。事实上，废名也是不太赞同"文质论"为新诗旧诗的区别的。在论及《尝试集》时，他就曾以李商隐绝句为例指出旧诗的"质"同样很重，未必轻于"文"，可见"文质"的关系并不是判断新诗与旧诗的尺度之一。废名引入"诗的内容""散文的内容"的概念，实际上是从情趣、题材、审美等更为隐性和本质的角度切入新诗旧诗的场域划分的。

废名强调白话新诗的"新"不单出自语言，而且最主要还是"诗"本身已经发生了改变。既然新诗和旧诗的区别不在语言，那么白话新诗的白话就不会同于一般意义的白话，这种白话应该是可以容纳"诗的内容"的白话。俞平伯就白话新诗提出了"三大条件"，其中第一条便是针对白话的。他说："如没有这种限制（指'用字要精当、做句要雅洁、安章要完密'——引者注），随着各人说话的口气，做起诗来，一天尽可以有几十首，还有什么价值呢？自己先没有美感，怎样才能动人呢？用白话做诗，发挥人生的美，虽用不着雕琢，终与开口直说不同。这个是用通俗的话做美术的诗之第一条件。"② 在前面我们探讨了白话分别为"笔写的白话"与"口说的白话"的经过，也即白话内部分为书面语和口语两大组成部分。这里具体到白话新诗，正如朱自清所指出的："新诗的白话，跟白话文的白话一样，并不全合于口语，而且多少趋向欧化或现代化。"他进一步认为："文字不全合于口语，可以使文字有独立的地位，自己的尊严。"③ 这就是说新诗依然是属于书面语范畴的语言艺术，只有保证新诗的书面化才能使其成立，并最大限度地发展诗歌艺术。

---

① 冯文炳（废名）：《新诗应该是自由诗》，见《谈新诗》，人民文学出版社，1984年版，第24～25页。

② 俞平伯：《白话诗的三大条件》，见《中国新文学大系·文学论争集》，良友图书公司，1935年版，第263页。

③ 朱自清：《诗的形式》，见《新诗杂话》，生活·读书·新知三联书店，1984年版，第105页。

欧化同样在白话新诗的草创期中发挥了重要影响。在《尝试集》中胡适便有译诗《老洛伯》（*Auld Robin Gray*）、《哀希腊歌》（*The Isles Greece*）等篇，外国译诗特别是自由诗对新诗的影响从一开始便显露无遗。而到了郭沫若、康白情等人那里，欧化的白话诗歌语言成了一种最时尚、最潮流的表现手段，闻一多就指出："现在的一般新诗人——新是作时髦解的新——似乎有一种欧化的狂癖，他们的创造中国新诗底鹄的，原来就是要把新诗做成完全的西文诗。"[1] 如果说，欧化的语言改变了中国诗歌的面貌装束，那么对西方诗歌资源的援引则改变了中国诗歌的精神气质。早在 1919 年 7 月，田汉便以介绍美国诗人惠特曼的自由诗来声援新诗的建设，他认为惠特曼的诗体"破弃从来一切的规约与诗形，自辟新领土"[2] 的做法正是当时新诗所应学习的，而郭沫若正是从惠特曼那里实践着自己的诗歌理想，他认为新诗（自由诗）、散文诗就是要"破除一切已成的形式，而专揖诗的神髓以便于其自然流露"[3]。在当时，所谓"破除一切已成的形式"主要是针对庞大的古典诗歌。按照美国学者布鲁姆的说法，新诗歌在面对强大的旧诗歌的时候常常焦虑于本身被其影响、同化和吸收而采取一种对抗、抵制的姿态。新诗诗人们之所以援引西方的"自由诗"，其目的正是要据此而与强大的古典诗歌对抗。不过，这一援引他山之石以攻玉的做法并不只是停留于"拿来"主义，与其说郭沫若在摹仿惠特曼的诗歌，还不如说郭沫若在摹仿中创造了属于自己的新诗诗歌。康白情就说："'自由诗'输入中国而中国底留洋学生也不免有些受了他们底感化。看惯了满头珠翠，忽然遇着一身缟素的衣裳，吃惯了浓甜肥腻，忽然得到几片清苦的菜根，这是怎么样的惊喜！由惊喜而摹仿；由摹仿而创造。"[4] 对于这一点，李金发等人也是如此，陈爱中曾评论道：

> 以李金发为代表的初期象征派诗歌。至今为止，人们总是以波

---

① 闻一多：《女神之地方色彩》，见《闻一多学术文化随笔》，乔志航编，中国青年出版社，2001年版，第 198 页。

② 田汉：《平民诗人惠特曼百年祭》，载于《少年中国》，1919 年第 1 卷第 1 号。

③ 郭沫若：《论诗三札》，见《中国现代诗论》（上），花城出版社，1985 年版，第 50 页。

④ 康白情：《新诗底我见》，见《中国新文学大系·建设理论集》，良友图书公司，1935 年版，第 326 页。

德莱尔、马拉美等人为代表的法国象征派诗歌的内涵来条分缕析地评判它的内在理路，它也就永远被笼罩在后者的阴影里。在众多的阐释文章中，其文本独立性的声音甚为孱弱。事实上，李金发创作诗歌的出发点并不是立志于弘扬法国象征派诗歌，它的引进并不是一种归依的翻译，而是试图创造。①

但是这种欧化的倾向从另一方面来看又起到了将新文学运动中白话国语化、书面化推到新的层面和高度的作用。因为新诗的创作过程不再是一种简单的口头转文字的过程，而在其中增加了更多的现代性想象。有学者便注意到新文学运动中许多进行文学创作的人同时也进行着翻译的工作，他们很自然地便将外国文学的语言范式带入国内，而"对欧美、日本句法和语义的大规模引进意味着，'五四'用白话文来写作的作家并非像传统的小说作者那样去收集'街头巷语'，而是一个双重的翻译者，他们在将西方语言和日文翻译成中文的同时，又将中国传统的白话文翻译成更加科学和'现代'的语言。对于这种严重欧化和日化（即翻译的）的白话文，普通读者对其的陌生程度实际上和对文言相差无几"②。从新诗的创作来看，一个生僻词汇的使用、一种新的表达方式，甚至一种新的排列方式和断行、分节带给整个新诗界的震动都远远超过人们的假想。

以徐志摩《康桥西野暮色》和《再别康桥》为例，这两首诗歌都是以康桥为题的，其中前一首作于 1922 年，后一首作于 1928 年。在《康桥西野暮色》的序文里我们可以了解到徐志摩创作这首诗歌是受了爱尔兰诗人詹姆斯·乔伊斯（James Joyce）的影响，认为诗歌应该没有标点符号的限制，也不分章句篇节，利用长短句子自然形成诗行和诗节。这点不同于中国诗歌的"新"，所以虽然整首诗歌并不十分出色，但是诗人却写了长篇序文来说明这首诗歌的独特性和某种里程碑似的纪念意义。而《再别康桥》是徐志摩的传世名篇之一，这首诗歌之所以能历久弥新，其中一个重要的原因就在于它采用了西式的语序，比如起始句

---

① 陈爱中：《中国现代新诗语言研究》，中国社会科学出版社，2007 年版，第 241 页。
② ［美］史书美：《现代的诱惑——书写半殖民地中国的现代主义（1917~1937）》，何恬译，江苏人民出版社，2007 年版，第 81 页。

"轻轻的我走了/正如我轻轻的来",按照中文的正常语序应该为"我轻轻地走了/正如我轻轻地来",我们可以发现这种西化正好与诗歌技法中的利用颠倒语序造成语感新奇的手段不谋而合,或者说是奇妙的暗合。这里所表现的中西诗歌语言的沟通或许并不是诗人的有意为之,然而客观上却产生了这样的效果。

后来,到了卞之琳那里,"化欧化古"作为一种明确的诗歌意识被确定下来。卞之琳回忆自己写诗"始终是以口语为主,适当吸收了欧化句法和文言遣词","一方面,文学具有民族风格才有世界意义。另一方面,欧洲中世纪以后的文学,已成世界的文学,现在这个'世界'当然也早已包括了中国。就我自己论,问题是看写诗能否'化古'、'化欧'"①。当然在这里卞之琳已经不仅是在语言上"化欧化古",更强调在诗歌技艺与诗歌观念上以个人才能消化融汇中西古今的诗歌资源。

综上所述,从白话诗到自由诗,从自由诗到新诗,名称的改变反映的正是新诗自身地位的确立和命名的实现。因为正是在与古典诗歌和西方诗歌不断的反复比较过程中,新诗先是打破了文言诗的束缚,又在摹仿西方"自由诗"的同时创造了自己的诗格。"新诗并不就是指白话诗","新诗的精神端在创造。因袭的,摹仿的,便失掉他底本色了",同时新诗对于古典诗歌和西方诗歌的态度应该是兼容并包,吸收其长处融而化之,因为作诗虽是主情,但是需要有"知识的修养"和"艺术的修养"②。而且这种吸收和消融的本身也直接与新诗的创造力相关,换句话说,新诗是正在新生的诗歌,它要拥有独立的空间只能吸收和消融古典诗歌和西方诗歌中它所需要的部分,而不能被其同化。"进一步说,就是在文学上底什么主义,新诗也不必有的。和古典的不相容,不用说了;就是什么浪漫的哪,象征的哪,也不是一个新诗人自己该管底事。我们做诗,尽管照我们自己所最好的做去,不必拘于一格。至于我们底作品究竟该属于哪一格,留给后来的文学家作分类底材料好了!"③

---

① 卞之琳:《〈雕虫纪历〉自序》,见《卞之琳文集》(中卷),安徽教育出版社,2002年版,第447页、459页。

② 康白情:《新诗底我见》,见《中国新文学大系·建设理论集》,良友图书公司,1935年版,第331~338页。

③ 康白情:《新诗底我见》,见《中国新文学大系·建设理论集》,良友图书公司,1935年版,第332页。

新诗的面貌终于清晰起来，它使用国语而不是文言或"口说的白话"，同时在诗歌精神上它汲取中外古今的因子却又不同于它们，它新在"诗的内容"。对此，闻一多总结道："我总以为新诗径直是'新'的，不但新于中国固有的诗，而且新于西方固有的诗，换言之，它不要做纯粹的外洋诗，但又尽量的吸收外洋诗的长处；他要做中西艺术结婚后产生的宁馨儿。"①

---

① 闻一多：《女神之地方色彩》，见《闻一多学术文化随笔》，乔志航编，中国青年出版社，2001年版，第198页。

隐喻：从象征到互文的谱系

20 世纪 20 年代初的某一天，废名（冯文炳）撰文对被胡适打倒的温李一派予以反正，他说胡适等人将元白一派推崇为诗歌正途的结果是"我们今天的白话新诗反而无立足点，元白一派的旧诗也失其存在的意义了"，而"胡适之先生所认为反动派温李的诗，倒有我们今日新诗的趋势"[①]，并进一步解释道："温词为向来的人所不能理解，谁知这不被理解的原因，正是他的艺术超乎一般旧诗的表现，即是自由表现，而这个自由表现又最遵守了它们一般诗的规矩……温庭筠的词不能说是情生文文生情的，他是整个的想象，大凡自由的表现，正是表现着一个完全的东西。"[②] 在这里，废名提出了几个令人深思的问题：第一，元白诗歌给我们的启示和借鉴并不只是因为它们的"白话"，整个中国古典诗歌留给我们的资源也并不仅仅是直白、写实、说理等一类；第二，温李一派的"不能理解"，正是因为其诗歌艺术超乎当时的时代，也超乎我们的审美和认知，而这一切正是新诗艺术所需要的；第三，新诗应该是自由表现的，也就是说它不只是情生文文生情的，而是整个的想象；第四，配合了新诗自由表现的特征，我们需要借用中国古典诗歌温李一派的诗歌资源，这就包括他们诗歌中所谓艰涩、隐晦的问题。

而在此前后成仿吾、穆木天、王独清等人也对白话诗的现状表示不满，成仿吾要打一场"诗之防御战"，穆木天更是指责"胡适是最大的罪人"，而王独清则深情地呼唤着"唯美的诗人"，呼唤着中国的"Poesie Pure"。在批评、反思新诗开创以来的得失的时候，诗歌语言的

---

① 冯文炳：《谈新诗》，人民文学出版社，1984 年版，第 28 页。
② 冯文炳：《谈新诗》，人民文学出版社，1984 年版，第 30 页。

白话化、散文化是众人关注的焦点之一，穆木天就曾指出："胡适说：作诗须得如作文，那是他的大错，所以他的影响给中国造成了一种 Prose in Verse 一派的东西。他给散文的思想穿上了韵文的衣裳。"① 他要求"诗与散文清楚的分界"，要求"纯粹的诗的 Inspiration"②。在这里，表面上的语言问题转化成了诗歌内部的建设问题，正如张新颖所指出的："对白话新诗的不满，平易、普通的说法是浅白直露，初听起来好像问题出在表述的方式上、词语的选择上、意境的营造上，归咎于诸如此类的手法、技巧、个人才能等诸方面的因素。其实问题远不是这样表面。……穆木天的话，就已经揭去了这一层表面，发出了根本性的质疑：作诗如作文，混同了诗与文的界限；而作文又如说话，进一步混淆了诗文和日常语言及其所指涉的现实世界的界限。这种质疑的根本性在于，它要求着诗本身独立的存在：在一个层面上是相对于文的独立性，在更大的层面上是相对于现实世界的独立性。这才是核心的问题。"③ 既然诗是诗的问题被提出，那么新诗便被推到了一个新的历史关口：未来新诗的道路该怎么走？白话作诗不成问题了，可怎样才能用白话作好诗？穆木天的回答是"得先找一种诗人的思维术，一个诗的逻辑学"，"用诗的思考法去想"，"诗是要暗示的，诗最忌说明的"，"诗越不明白越好"。穆木天这里强调的暗示和"不明白"就是他们所主张的诗的"象征"。

关于象征，较早将其引入现代文学批评的是罗家伦，他认为沈尹默的《月夜》"颇是代表'象征主义'symbolism"。但象征较为全面、正式地进入中国现代文学、进入中国现代诗歌却是和一个"异军"式的人物李金发相关。1925 年 11 月，李金发的诗集《微雨》由周作人推荐到北新书局出版，引起批评界的兴趣，此后《为幸福而歌》《食客与凶年》也相继于 1926 年 11 月、1927 年 5 月面世。在对这三部诗集的评介与争论中，象征主义诗歌逐渐浮出水面，这之中既包含了对西方象征主义诗歌的借鉴和参照，也包含了对中国古典诗歌的回流和沟通。在法国象

---

① 穆木天：《谭诗——寄沫若的一封信》，载于《创造月刊》，1926 年第 1 卷第 1 期。

② 穆木天：《谭诗——寄沫若的一封信》，载于《创造月刊》，1926 年第 1 卷第 1 期。

③ 张新颖：《中国新诗对于自身问题的现代焦虑——从 20 年代到抗战前夕》，见《20 世纪上半期中国文学的现代意识》，生活·读书·新知三联书店，2001 年版，第 96 页。

征派诗人那里，象征、暗示是最为重要的表现方法，通过"客观对应物"来象征、暗示诗人的内心世界。"客观对应物"的闪烁不定和被暗示的内容之间是一种微妙的、捉摸不定的"远取譬"关系，这就给读者带来了朦胧晦涩的感觉，使诗歌在接受方面产生了延后甚至误读。然而正是这种朦胧晦涩成为象征诗歌最核心的审美特征，李金发就说："美是蕴藏在想象中，象征中，抽象的推敲中。"[①] 王独清则说："常人认为'朦胧'的，诗人可以看出'明瞭'来。这样以异于常人的趣味制出的诗，才是'纯粹的诗'。"[②]

在梁宗岱那里，象征不独是一种修辞手法，而是一种诗歌精神。他认为朱光潜等人对"象征"的解释"看来很明了；其实并不尽然。根本的错误就是把文艺上的'象征'和修辞学上的'比'混为一谈"。他指出："所谓象征是借有形寓无形，借有限表无限，借刹那抓住永恒，使我们只在梦中或出神底瞬间瞥见的遥遥的宇宙变成近在咫尺的现实世界，正如一个蓓蕾蓄着炫熳芳菲的春信，一张落叶预奏那弥天满地的秋声一样。所以，它所赋形的，蕴藏的，不是兴味索然的抽象观念，而是丰富，复杂，深邃，真实的灵境。"[③] 这就说明"诗"不仅是一种语言技巧的问题，不只是话要怎么说的问题，还包含了一种表达的根本态度。也就是说，在胡适等人那里，诗歌成为众多表达方式中的一种，而且他还要求这一种表达方式与说话、作文等要一致；一般人不满意胡适的诗观，认为太直白是不好的，应该从形式到内容上都与说话、作文相区别，这当中包括使用众多的修辞手法，运用语言技巧；而在梁宗岱看来，象征之于诗歌更是一种与生俱来的东西，是作诗的基本态度与方法，他借用波特莱尔的诗 *Correspondances* 解释说明道："象征之道也可以一以贯之，曰'契合'而已。"

回到我们开头所提到的废名为温李诗反正的公案上来，当代诗评家孙玉石从现代诗歌如何借重传统诗歌资源的角度对此发表了精彩的评论。在《呼唤传统：新诗现代性的寻求——废名诗观及 30 年代现代派"晚唐诗热"阐释》一文中，他认为废名的诗歌观念实际上是对现代派

① 李金发：《序林英强的〈凄凉之街〉》，载于《橄榄月刊》，1933 年第 35 期。
② 王独清：《再谭诗》，载于《创造月刊》，1926 年第 1 卷第 1 期。
③ 梁宗岱：《象征主义》，见《梁宗岱批评文集》，珠海出版社，1998 年版，第 52 页、58 页。

诗人的声援和支持，他指出："废名的《谈新诗》，对于晚唐诗词的推崇，可以说是 30 年代现代派诗人中存在的这股'晚唐诗热'的一种理论释放。而这种理论，又是超越'五四'时代新诗审美观念，追求新诗现代性创造的一种表现。"① 他进一步指出废名的"复古"与现代诗歌的联系："废名和他的诗友们，在温李诗词中存在的楚骚传统所具有的'兴'的感觉方式与传达手法中，找到了现代派诗人那种诗应该寻找传达感情的'客观对应物'的审美方式，找到了诗应该处于'隐藏自己与表现自己之间'的朦胧的神秘美的需求。"② 的确，对于"隐藏自己与表现自己"这一对看似矛盾实则辩证的命题，废名有着他自己深刻的理解。废名所赞赏的是卞之琳那种"既是写实的，又是神秘的"诗，这里的"写实的"是指诗人的情绪是当下的，他是被此时此刻的情景所触动的，故而诗中的文字应该表现出"写实的"内容，而当用诗歌来表现的时候也应该留出一定的空白，使诗歌的语言呈现出多义的或者是超越能指的面貌和风格，故而又是"神秘的"。卞之琳的《断章》就是这样的，在废名看来，这首诗歌提取了生活中常见的一个情景，但是简单疏落的诗行却蕴含了参透不尽、回味无穷的诗意和哲理。废名自己的诗歌也实践了这一主张，且看他的《街头》：

> 行到街头乃有汽车驰过，/乃有邮筒寂寞。/邮筒 PO/乃记不起汽车的号码 X，/乃有阿拉伯数字寂寞，/汽车寂寞，/大街寂寞，/人类寂寞。

在这首诗中，废名将"写实的"情景集中于街头一景，而把"神秘的"一个现代人的寂寞融化于词句之间巨大的空白处。他在谈到这首诗歌的创作时说："这首诗我记得是在护国寺街上吟成的。一辆汽车来了，声势浩大，令我站住。但它连忙过去了。站在我的对面不动的是邮筒。我觉得它于我很是亲切了，它身上的 PO 两个大字母仿佛是两只眼睛，在大街上望着我，令我很有一种寂寞。连忙我又觉得刚才在我面前驰过

---

① 孙玉石：《呼唤传统：新诗现代性的寻求——废名诗观及 30 年代现代派"晚唐诗热"阐释》，见《现代汉诗：反思与探索》，作家出版社，1998 年版，第 134 页。
② 孙玉石：《呼唤传统：新诗现代性的寻求——废名诗观及 30 年代现代派"晚唐诗热"阐释》，见《现代汉诗：反思与探索》，作家出版社，1998 年版，第 141 页。

的汽车寂寞，因为我记不得它的号码了，以后我再遇见还是不认得它了。它到底是什么号码呢？于是我又替那几个阿剌伯数字寂寞，我记不得它是什么数了，白白的遇见我一遭了，于是我很寂寞，乃吟成这首诗。"[①] 废名的这段自述其实就是整首诗歌的扩展和阐释，那些比诗句多出来的部分正是他欲表现而隐藏的部分。李健吾曾就此评价说："请读者注意他的句与句间的空白。惟其他用心思索每一句子的完美，而每一完美的句子便各自成为一个世界，所以他有句与句间最长的空白。他的空白最长，也最耐人寻味。……他从观念出发，每一个观念凝成一个结晶的句子，读者不得不在这里逗留，因为它供你过长的思维。"[②]

在这里我不准备剖析废名与象征派、现代派等现代主义诗歌之间错综复杂的关系，但是需要指出的是，废名的推崇温李诗词一派，赞许"既是写实的，又是神秘的"诗歌创作态度，以为这是新诗未来发展的正路这一主张，与象征派、现代派等诗人提出感能的、官能的情志要找到合适的"客观对应物"，造成一种言不尽意的朦胧美是一致的。固然，朦胧美、神秘美是与先前直白浅显、袒露无遗的诗风大相径庭的，这就牵涉一个问题，即"懂与不懂"的问题，诗歌的晦涩是诗美还是诗病的问题。沈从文在1937年的《独立评论》中所发起的"关于看不懂"的论争中就跳出"懂与不懂"主观性二元对立的思维，直接追问这种所谓的"不懂"的存在对新文学运动的意义。换句话说，"懂与不懂"是相对于审美习惯而言的，"不懂"的出现正是文学观念与审美标准发生了调整和改变。也正因为此，现代主义诗歌发展的每一阶段，尤其是人们欲把诗质推向新的认识阶段，进而推动整个诗歌界追问诗是什么的时候，诗歌的"懂与不懂"便成为一个争论不休的课题。正如张桃洲在分析孙玉石的现代主义诗歌批评时所指出的："'晦涩'的相关讨论触及了中国现代主义诗歌的某些根本质素，揭示了其在各个历史阶段遭受的普遍境遇。……在解读之光的烛照下，'晦涩'复归于缄默状态，现代主义诗歌仍旧保留其自足性、隐蔽性、模糊性等期待着新的解读，只不过经过解读的洗礼后，现代主义诗歌语词的怪异性、思维的超常性以及暗

---

① 废名：《谈新诗》，人民文学出版社，1984年版，第224页。
② 李健吾：《李健吾批评文集》，珠海出版社，1998年版，第133页。

喻、通感、省略、跳跃手法的运用等特性，才能逐渐为人认识和接受。"①

当然，在不同的阶段，甚至在同一阶段，不同的诗人及其作品所表现的"晦涩"是不一样的。比如，废名的"晦涩"在于庄禅思想的渗透与现代性体验的融合以及句与句之间"空白"的生成，而卞之琳的"晦涩"则主要是通过将个人情感客观化，隐藏感情，昭显知性来实现的。蓝棣之就指出卞之琳的"所谓晦涩艰深，其实就是读者按读传统诗的方式在其中很难找到诗人的自我感情罢了"②。而在当代诗歌中，由"朦胧诗"为发端，"晦涩"呈现出更为复杂纷纭的面貌。当年为"朦胧诗"张目的"三大崛起"都指出"朦胧诗"之所以"朦胧"，也必须"朦胧"，主要是因为现代汉语新诗的发展和探索必须紧跟世界诗歌的步伐，谢冕说"人们理所当然地要求新诗恢复它与世界诗歌的联系，以求获得更多的营养发展自己"，又说"我们一时不习惯的东西，未必就是坏东西；我们读得不很懂的诗，未必就是坏诗"③，孙绍振说"习惯只能用习惯来克服，新的习惯必须向旧的习惯借用酵母。不是借用本民族的酵母的一部分，就是借用他民族的酵母的一部分。只有把借用习惯的酵母和突破习惯的僵化结合起来才能确立起新的习惯，才能创造出更高的艺术水平，否则只能导致艺术水平的降低"④，而徐敬亚则更为自信地认为人类艺术经历了"象征主义""古典主义""浪漫主义"这三大阶段之后，必将进入"现代主义"这一人类文艺的最高阶段，这是世界诗歌不可阻挡的潮流。

在这里，诗歌"晦涩"产生的源头是新的美学原则、文学观念的出现，尤其是由从国外引进的各种新的诗歌理论、创作方法等，而其生成机制则主要有两种。其一是诗学的，即新的诗歌观念、审美方式带来的

---

① 张桃洲：《现代解诗学与中国现代主义诗潮的史论建构》，见《现代汉语的诗性空间——新诗话语研究》，北京大学出版社，2005 年版，第 117~118 页。

② 蓝棣之：《若干重要诗集创作与评价上的理论问题》，载于《中国现代文学研究丛刊》，2002年第 2 期，第 87 页。

③ 谢冕：《在新的崛起面前》，见《中国新时期诗歌研究资料》，山东文艺出版社，2006 年版，第 3 页。

④ 孙绍振：《新的美学原则在崛起》，见《中国新时期诗歌研究资料》，山东文艺出版社，2006年版，第 10 页。

"怪""奇"，如北岛的《诗艺》：

> 我所从属的那座巨大的房舍/只剩下桌子，周围/是无边的沼泽地/明月从不同的角度照亮我/骨骼松脆的梦依旧立在/远方，如尚未拆除的脚手架/还有白纸上泥泞的足印/那只喂养多年的狐狸/挥舞着火红的尾巴/赞美我，伤害我

> 当然，还有你，坐在我的对面/炫耀于你掌中的晴天的闪电/变成干柴，又化为灰烬

在这首诗中，北岛对"诗艺"这一抽象化的概念作了形象化的书写，但是这种形象化却并不能立刻在读者身上起到明显的反应。"房舍""桌子""沼泽地""明月""骨骼松脆的梦""脚手架""白纸""泥泞的足印""狐狸"等都是具有多重象征含义的，同时通过一系列意象的暗示，营造出一种整体性的情绪或感觉，而诗人自身的感情和见解却被消解或者隐退了。这里所表现出来的重意象、轻抒情、讲究陌生化、注重跳跃性等明显有西方现代主义诗歌的痕迹。在这里应当特别说明的是西方诗歌思潮在 20 世纪的整体转向对中国新诗"诗质"论的冲击和影响。1917 年艾略特发表了《传统与个人才能》一文，提出成熟诗人的心灵只是中立的工具或储藏器，它可以点化作为材料的激情，创造的心灵要和感受的人完全分开；诗歌是经验的集中，诗不是放纵感情，而是逃避感情。与此同时，里尔克、瑞恰慈等人也发表了类似的言论，认为诗歌是经验的产物而非个人情感的记号，这种经验是诗人感悟时代、感悟社会、感悟人生的结果，只有以经验为诗，才能达到"非个人"的境界，突出诗歌的客观性。这种诗歌观念强调诗人的"内化"，即要将历史和现实、传统和创新、社会和自我融于己身，而不能直接表现。这样在整个的诗歌创作态度上，它是主张暗隐的、含蓄的、互文的，而不是直接的、简明的、自我指涉的，正是在这一点上现代诗歌更关注诗歌语言的功能，因为面对复杂多样的客观世界，人们的体验和感悟很多并不能直接描写和摹状，反映到诗歌创作中就必须发挥和加强语言功能，利用隐喻性语言"把对应原则从选择轴心反射到组合轴心"①，从而在聚合轴

---

① ［俄］雅各布森：《语言学与诗学》，转引自李广仓《论雅各布森"诗歌语法"批评》，载于《广州大学学报》（社会科学版），2006 年第 2 期，第 69 页。

上实现诗歌的意图。

其二是文化的，即诗人及其作品在援引西方诗歌资源为我所用的时候，有意无意中受到西方文化的影响，在文本中多有西方的典故或在风格、思维上具有西方的气质精神，与西方文学产生一种互文性的文本牵涉，如王家新《伦敦随笔 3》：

> 唐人街一拐通向索何红灯区，/在那里淹死了多少异乡人。/第一次从那里经过时你目不斜视，/像一个把自己绑在桅杆上/抵抗着塞壬诱惑的奥德修斯，/现在你后悔了：为什么不深入进去/如同有如神助的但丁？

我们可以看到，在这里王家新所使用的典故"塞壬""奥德修斯""但丁"等全是西方原典中的，要理解这些典故和这首诗就必须具备相关的西方文学背景，否则读整首诗如同看天书或猜灯谜。如果有相应的了解，则可以将"索何红灯区"与"塞壬"对应，第一次"目不斜视"的"你"与"奥德修斯"对应，现在"后悔"的"你"与"但丁"对应，那么我们将发现这首诗其实是很幽默的，奥德修斯抵抗了塞壬的色诱而避免了灭身之灾，"你"第一次经过索何红灯区的时候也表现得像英雄奥德修斯一样，但是现在你却后悔了，觉得更应该像但丁一样，因为但丁经过地狱、炼狱最后升向了天堂。诗人巧妙地利用了这两个典故，含蓄地对诗中的"你"忽悠了一把，表面将"你"赞扬成英雄，而实则对"你"在经过红灯区前后不一的心理做了善意的调侃。应该说，这一类的"晦涩"也是一个相对的概念，如果读者和诗人具有了共同的知识、文化背景，诗人的这一隐晦、含蓄的表达方式其实是既经济又合适的，在精神气质上类似于英国的冷幽默（black humour），而这也正与诗题"伦敦随笔"相合，与诗歌文本所设定的场域相合，在另一个角度和侧面服务于诗歌文本。

换一个角度来看这一时期的文学批评术语，所谓的晦涩、朦胧、象征、隐晦、暗指、暗示等都是同一诗学概念的同义词，是隐喻性思维在诗歌中的具体表现。韦勒克认为诗歌必须是隐喻的，在现代诗歌中诗人常常通过隐喻来塑造意象，实现丰富的表现效果。对此，韦勒克有精彩的评述："意象可以作为一种'描述'存在，或者也可以作为一种隐喻存在。但是，如果意象不作为隐喻，从'心灵的眼睛'看来，可否具有象征性？难道第一种知觉不是选择性的吗？"① 这就是说，隐喻之于诗歌是第一性的，在诗歌中意象可以作为隐喻的表现手段，但是如果意象没有隐喻性就不能实现其意义从自身向外的发展的开放性，就无法实现意与象的融合与升华。

从心理学和认知语言学的角度来看，隐喻属于一种认知方式，是人类最基本的认识和表达手段之一。在语言中，人们借助隐喻从原先并不属于同一范畴的认知对象中发现相似、相异甚至矛盾的地方，构建起事物之间的联系，从而找到认识和表达新事物、抽象概念等的有力工具；而在诗歌中，审美机制深植于这种认知结构，隐喻对各种审美功能的发挥起着触媒作用。早在一千多年前皎然就认识到："诗有二废：虽欲废巧尚直，而思致不得置；虽欲废词尚意，而典丽不得遗。"② 对诗歌而言，诗人的"思致"和语言的"典丽"是最为重要的东西，前者需要"隐"的思维来体现其"巧"，而后者需要"词"的润饰来表现其"文"。

这种观念在中国新诗史上也是绵延不绝的，前文所提到的废名等人就独崇温李一派，要求诗要一点"神秘"和"空白"，而朦胧诗人的诗歌也是"使能指与所指的关系处于间接、不确定的象征状态"，强调"诗意的模糊性、暗示性"③，时至今日也有相当一部分诗人坚持从隐喻出发来营造其诗意，如耿占春就赞许臧棣"制造词与物以及事物之间的隐喻距离"，而古马"作用于象征的隐喻使相似性的事物之间产生重合"。④ 可以说，重视新诗语言"诗质"的一路力图通过"隐"来发掘诗歌的艺术美，并立足于此发展了自己的路数。

---

① [美] 勒内·韦勒克、奥斯汀：《文学理论》，刘象愚等译，江苏教育出版社，2005 年版，第213 页。
② [清] 何文焕：《历代诗话》（上），中华书局，1981 年版，第 27 页。
③ 罗振亚：《后朦胧诗的语言态度》，载于《诗探索》，2002 年第 3~4 辑，第 32 页。
④ 耿占春：《当代诗歌中意义的逻辑：呈现与象征》，载于《江汉大学学报》（人文科学版），2005 年第 5 期，第 42 页。

新诗散文化与"赋"传统的现代生成

新诗散文化是百年新诗发展的特点之一，以往论者多将其视为新诗的一个语言问题，而对其诗体上的文本意义考查较少。笔者从新诗史的角度，认为新诗散文化先后派生了散文诗、口语诗等诗体，作为与新诗纯诗化、现代主义化等方向并行的一大新诗演进脉络，其独立的诗体意义已昭然若揭。而新诗散文化对中国古典诗歌"赋"传统的资源征引与现代转换则双向强化了其合法性，并具有更大的诗性营造空间。

新诗诞生百年来，其语言、诗性生成机制等核心命题在发展过程中几经变迁，包括回环往复。而围绕新诗的散文化，这些问题的冲突更为明显，涉及了新诗的合法性、新诗建设等命门。具体而言，包括从新诗发生的角度观察文与诗的问题、新诗散文化与散文诗分野及其联系的问题、新诗散文化与口语诗的牵扯、从中国诗歌"赋"传统的视角考察新诗散文化的问题等。

一、新诗散文化之为问题

在标举"白话诗革命"大旗的时候，胡适故意打破传统诗、文的界限，提倡"作诗如作文"，一再强调白话诗之变不在于语言，而是别出心裁，确立一种"活"的语言、"活"的诗歌、"活"的文学。胡适的《尝试集》引起的争议一直比较大，不过支持者与反对者都认为他动摇了旧诗的语言系统和基本法则。钱玄同对胡适使用大量文言词汇有点"小小不满意"，但正是文白的糅合突破了传统的"诗之文字"，而当代学者康林则认为胡适的实践"用古代散文的语言系统全面改造古典诗歌的语言系统，使后者散文化"。可以这么说，由于新诗的内在精神即

"自由"，新诗的散文化便是其内在气质追求的重要途径之一。

另一方面，从新诗的语言表现形式来说，散文化同样具有某种天然性。叶公超就曾指出："在文言里，尤其在文言诗里，单个字的势力比较大，但在说话的时候，语词的势力比较大，故新诗的节奏单位多半是由二乃至四个或五个字的语词组织成功的，而不复是单音了，虽然复音的语词中夹着少数的单音。"[①] 当代学者张桃洲进一步指出："在现代汉语的句子成分（关系词等的介入）日渐完备的情形下，当一句诗要表达一个完整的文意时，句式必然拉长，句法也必然趋于繁复化，这样就大大刺激了新诗的句式结构，使得新诗出现了大量长短不一、参差错落的自由句式，也使得新诗的口语化、散文化不可避免。"[②]

既然新诗在精神气质、语言形式上都有着天然的散文化的因子，似乎新诗的散文化是堂而皇之的，但恰恰这一点成为新诗百年发展过程中不断被诟病、被质疑的一大问题。一是不少人认为新诗散文化，病根正在于胡适的 "作诗如作文"，模糊了诗与文的界限。他们认为，如果说胡适打破文言文学的条条框框，重新划分诗文界河，那么 "作诗如作文" 还有一定的合理性，而在新的文学语境下，诗歌必然要与其他文学门类相区分，那么诗歌散文化就是一种 "诗病"。二是一些人虽然认为自由诗天然具有散的因子，但是诗歌散文化造成的长句子、长篇幅，连带所衍生的叙事性、生活化等却对新诗的诗性构成了伤害和破坏，而没有意识到新诗散文化能在新诗的王国中自成一派，成为一种独立的新诗门类，他们依然将诗歌散文化视为新诗的一种语言问题，而对新诗散文化独立独特的诗学意义探索不够。

二、新诗散文化与散文诗

要探讨新诗散文化的诗学问题，首先得弄明白新诗散文化与散文诗的区别及联系。关于散文诗，李健吾曾说，"散文诗，不是看做一种介于诗与散文的中间产物"[③]，这一论断成为主流见解，如《辞海》对散

---

① 叶公超：《论新诗》，见《叶公超批评文集》，珠海出版社，1998 年版，第 54 页。
② 张桃洲：《现代汉语的诗性空间——新诗话语研究》，北京大学出版社，2005 年版，第 8 页。
③ 李健吾：《画廊集》，见《咀华集》，人民文学出版社，2001 年版，第 102 页。

文诗的定义："兼有散文和诗歌特点的一种文学体裁。"① 学者王光明认为"散文诗不是有诗意的散文，也不是散文化了的诗"②，张俊山认为散文诗"既不依附于散文、也不依附于诗的独立文体种属，它的产生几乎可以追溯到与散文和诗同样久远的年代"③。

不过主张散文诗是"诗之一体"的声音也不绝于耳。在 2011 年 12 月召开的"当代散文诗的发展暨'我们'文库学术研讨会"上，学者邹岳汉、树才等人便主张散文诗即诗，"不要在诗之外寻求一个散文诗"。

跳出文体归属的争议，有一点是大家公认的，即散文诗本质上是诗歌，形式上是散文，这是使散文诗和诗歌，尤其是散文化的诗歌重合的因素。从来源讲，新诗与散文诗是同源的，刘半农在《我之文学改良观》中提到，"英国诗体极多，且有不限音节、不限押韵之散文诗"④，彼时，散文诗与散文化的诗没有明显的区分，散文诗的确经历了从散文化的诗、诗化的散文中脱胎而来的历史阶段。前者可以沈尹默《月夜》为代表，后者则可以鲁迅《野草》为开端。

被第一部新诗年选集《新诗年选》认作"中国现代第一首散文诗"的《月夜》保留了诗歌的韵律和排列，而鲁迅从不认为《野草》中的篇章是诗，他自认是"有了小感触，就写些短文"，说是"散文诗"，只是一种夸大了的说法。⑤ 不过，这两个实例却显露了散文诗内在的堂奥之谜。虽然后来的散文诗没有像《月夜》那样自觉或刻意地用韵，但是却从诗歌那里继承了音乐性，这一文体特征与新诗对格律、节奏、音乐性的把握基本上是同步的。另一方面，鲁迅口中的"小感触"则外化为散文诗从新诗那里学习得来的抒情性。主情被认为是中国诗歌传统中最重要的特征之一，抒情性与音乐性的结合基本上就构成了散文诗与散文最基本的区别。

散文诗从散文那里获得的一大特征就是"形散文不散""形质合一"，这也是它区别于新诗的关键。从形式上来说，散文诗的外形面貌

① 参见《辞海》（缩印版）"散文诗"词条，上海辞书出版社，2010 年版，第 1609 页。
② 王光明：《散文诗的起源》，载于《福建师范大学学报》（哲学社会科学版），1987 年第 1 期。
③ 张俊山：《现代散文诗的文体流变》，载于《诗刊》，2000 年第 2 期。
④ 刘半农：《我之文学改良观》，见《新青年》（当代整理本）第三卷，中国书店，2011 年版，第 169 页。
⑤ 鲁迅：《自选集自序》，见《鲁迅文学全集》第 7 册，群言出版社，2017 年版，第 189 页。

与散文一致，主要以段落的形式呈现意义单元，而新诗则以断句分行的形式表现。从组织上来说，散文诗虽然也具有情思、想象的跳跃性，但是总的来说，受限于语法形式，它的行文比诗歌更加绵密，更服从语法、意义的逻辑。

另一个较为关键的辨识区间在于，由于散文诗的立足点在于兼具"诗形"和"散文形"，这使得它在形式的发展上实际上是趋于保守的。就散文诗与散文化新诗而言，散文诗在保持抒情性、音乐性、含蓄蕴藉等诗性特质上比散文化新诗更为坚持，散文化新诗则可立足"诗乃文体之母""诗歌是一切文学之源""新诗是自由诗"的认识获得先锋探索的合法性，从而更为激进地实践一些诗学主张。而如果从诗歌史的角度来看，散文诗正是新诗在散文化实践中派生出来的，而且散文化新诗仍在派生不同的诗体面貌，如其在20世纪20年代、80年代两度派生出口语诗、于坚《零档案》那样的实验文本和柏桦等人近年创作的笔记、小品文式的诗体等。

三、新诗散文化与口语诗

口语诗也是新诗散文化过程中派生出来的，正因如此，在许多人的认识中常将二者的概念混同。在《朗读与诗》一文中，朱自清认为，"新诗的语言不是民间的语言，而是欧化的或现代化的语言"，在另一篇文章《抗战与诗》中，朱自清又指认："抗战以来的新诗的一个趋势，似乎是散文化。抗战以前新诗的发展可以说是从散文化逐渐走向纯诗化的路。"其实，新诗的散文化和口语化在甫一开始即分流而行。当时，朱我农向胡适写信质疑其"白话"不过是"笔写的白话"，而不是"口说的白话"，他批评道："所以先生等名为文言改为白话的白话，——就是我称为'笔写的白话'的——其实依旧是文言，不过不是那种王敬轩所崇拜的文言罢了。"①

朱自清所说的"散文化"大致等同于朱我农所谓的"笔写的白话"，

---

① 朱我农：《革新文学及改良文字》，见《中国新文学大系·文学论争集》，良友图书公司，1935年版，第61页。

这种新诗语言"不是民间的语言，而是欧化或现代化的语言"。朱自清同时考察到，当时新诗的建设主要是在散文化方面向"纯诗化"发力，即包括新月派诗人的"格律化"、李金发等人的"象征派"，还有时兴的"小诗"等，而抗战以来，民间形式崛起，民间语言、口语入诗的现象蔚为大观，新诗另一个维度的"散文化"又繁荣起来。其实，这里的"散文化"即口语化。不过，朱自清随即又对"用的是一般民众的口语的标准"的抗战"诗朗诵运动"作了修正，认为"这固然不失为诗的一体，但要将诗一概朗诵化就很难"，"文化的进展使我们朗读不全靠耳朵，也兼靠眼睛"①，这"兼靠眼睛"的"朗诵诗"也即书面语化的散文化。

从新诗发生的角度，我们可以看到新诗散文化和新诗口语化最主要的区别在于二者的语言，一个是欧化的或现代化的书面语，一个则是民间的、民族的、民众的口语。但是口语诗并非沿着口语发展的路径演进，因为中国方言众多，且受到普通话的侵蚀，若照此路径演绎，口语诗的领地要么不断萎缩，要么成为一种封闭的、文言文化的活化石诗歌，反而失去自由、大众、鲜活等诗歌身份。也正是在此意义上，口语诗不等同于口语化。

四、新诗散文化与"赋"传统

在新诗的源流谱系上，除了散文化还有纯诗化，包括格律诗运动、民谣化、象征主义、意象派、古典主义等；此外还有现代主义化，即与世界文学主潮接轨，包括现代主义、后现代主义的改造。当然这些外来的刺激与影响在新诗其他的诗体上也产生了作用，这里特指其对自由诗的重新塑形。

我们可以看到，新诗的散文化、纯诗化、现代主义化，其合法性的立足点、诗体建设援引的资源、诗歌美学的追求等都各不相同或各有侧重，纯诗化侧重于中国古典诗歌传统，所援引的外部资源也多为前现代的范畴；现代主义化主要立足援引外部现代主义资源，并发现中国诗歌

---

① 朱自清：《朗读与诗》，见《新诗杂话》，岳麓书社，2011年版，第75页。

资源中的现代性因子，在融合中书写现代主义文学的中国版本；而与现代主义自由诗侧重"现代"不同，同属自由诗阵营的散文化新诗则侧重"自由"。

由于散文化长期被视作新诗的一种语言倾向，学界、诗歌界对其辨识一直不甚清晰。在新诗史上，散文化一度是白话诗、自由诗的同名词，然后我们可以看到散文诗从中独立出来，口语诗从中脱离出来，纯诗化也分门别户形成了庞大的子家族（抒情诗、格律诗、象征派、小诗等），现代主义诗歌也获得了命名，而作为母体的散文化则一直没有自身单一的身份。在其他诗体相继确立之后，笔者认为，是时候对散文化诗体进行重估了。在其他诗体"分家"之后，散文化新诗还剩下什么呢？

首先是形，除了散文诗以外，其他诗体都采用分行断句的陈列方式，且对字数、长短比较敏感，散文化诗则较为自由，趋向于长句分行，或一行承载多个句子。

其次是神，在对待古今中外的各种文学资源、诗歌资源、美学体系上，散文化诗采取的是兼收并蓄、各采所长的态度。虽然没有将散文化上升到诗体的角度，学者王泽龙也指出，"新诗散文化的开放性思维能容纳和改造传统，又易于接纳新的诗体形式，散文化的诗式是一种开放型的诗式"①。在具体某首诗歌的表现上，散文化诗或综合或集中突出一二，并带有一定的实验性、先锋性，但即使是集中使用一两种表现手法或援引资源，散文化诗也保持着某种克制，特别是对抒情、口语、意象、象征等可能改变作品性状的因素保持着警惕。

在所有的援引资源里，散文化诗对"赋"传统的征引可谓最为青睐。在这里，"赋"传统主要包含两大体系：一是中国诗歌传统中源自《诗经》"六义"的"赋比兴"之"赋"，也即"赋者，敷陈其事而直言之"（朱熹《诗集传》），一般认为是诗歌中的叙事性和铺陈手法，在后世又融入了如白居易"歌诗合为事而作"、杜甫"诗史"等"缘事"的诗学主张；二是以汉赋为代表、诗赋并举之"赋"，作为一种文体，相对于"诗"的草根性、民间性，赋居于庙堂之上，属于精英文学，其特

---

① 王泽龙：《"新诗散文化"的诗学内蕴与意义》，载于《中国社会科学》，2007 年第 5 期。

点在于辞藻繁丽、铺陈渲染。学者徐公持曾详述了诗赋从彼此疏离，到赋中系诗，再到彼此渗透、互相影响，出现赋的诗化和诗的赋化的文学源流，其对汉语诗歌的句法、空间之营造、修辞手段、诗教功能等方面都产生了广泛而深刻的影响，同时也承上启下，形成了一个文人歌诗的传统。①

就散文化新诗而言，自由、句式散漫、打破中国古典诗歌的组织体系是其对接现代语境、与世界主流文学潮流对话的立足点，而"赋"传统则是沟通中国古典诗歌传统与现代文学现实的最直接、最方便的桥梁。既然"赋"在中国古典诗歌传统中身负表现手段、诗赋同源的诗体形式两种身份，其在新诗语境里同样也能实现这样的置换，相对于其在古典诗歌中的角色来说具有更大的空间和更充分的合法性。

近年来，作为诗体命名的一个新词——"小长诗"受到了诸如诗人温经天、杨炼等人的大力倡导。所谓"小长诗"指的是行数为 50～100 行的自由诗，温经天在其新浪博客（2013 年 9 月 26 日）中说："我们的确需要长一些的句子来表达自我和外物之间的关系和需要。"他比较小长诗、长诗和短诗后认为，"短诗凝练含蓄，适合有限通达无限的艺术意识去操弄，而长诗则过于宏大，往往激情在浇筑过程里形成雷同的石柱和架构"，"对于丰沛情怀和自由之翼而言，既要得当的艺术展示之淋漓感，又要理性旋转的叙事思辨性，小长诗则是一种很妥帖的选择"。② 应该说，"小长诗"的艺术内涵与"散文化诗"十分接近，但是，小长诗主要是从篇幅体量去界定的，则又使得其统筹的范围及其诗学特征受到了限制和蒙蔽。

与长短的自由诗相比，除了在断句分行上二者长短有别外，我们也看到，散文化诗更加注重"赋"的力量，散文化不仅是一种语言风格，也是一种诗歌组织的方法、一种文化的、美学的倾向和追求，它同样开辟了诗歌的疆域，具有独特的诗学意义。

［本文原载《剑南文学》2016 年 10 月（下）］

---

① 参见徐公持：《诗的赋化与赋的诗化——两汉魏晋诗赋关系之寻踪》，载于《文学遗产》，1992年第 1 期。

② 参见温经天新浪博客：http://blog.sina.com.cn/s/blog_4a868a180102edfr.html.

新诗发生"差异说"：现代汉诗的一个身份

　　新诗、现代汉诗乃至白话诗、自由诗、现代诗等都是对新文学运动中以现代诗歌之名革命上位的一种诗歌现象的不同称谓，其侧重点各有不同。在对王敖诗歌的评论《无焦虑写作：当代诗歌感受力的变化》里，臧棣道出了其对"新诗"一词的特别垂青，他说："从新诗的起源来看，与其说新诗是反传统的诗歌，不如说它是关于差异的诗歌。"①这一说法的前一论断并不是臧棣的发明，1934 年 11 月，废名在《新诗问答》一文中便说："据我所知道的现在作新诗的青年人，与初期白话诗作者，有着很不同的态度……他们现在作新诗，只是自己有一种诗的感觉，并不是从一个打倒旧诗的观念出发的……他们不以为新诗是旧诗的进步，新诗也只是一种诗。"②

　　但"差异"的说法则道出了新诗的某种本质，可以说是对废名"新诗也只是一种诗"的发展。在同一篇文章中臧棣进一步解释道："从诗歌史的角度说，对传统的反叛，仅仅是一种文化上的姿态；新诗真正的驱动力在于它所采用的语言，以及它所展示的崭新的参与世界的文学能力。"

　　就新诗而言，"差异"意味着自由。自由是一个相对的概念，其参照者正是已有诗歌的固化物，主要包括诗歌语法、正确的主题、符号传统等。

　　在诗歌语法上，"旧诗"最为显著的特征便是严格的韵律规则，而

---

　　① 臧棣：《无焦虑写作：当代诗歌感受力的变化》，见《群峰之上》，长江文艺出版社，2011 年版，第 279 页。

　　② 废名：《新诗问答》，见《废名集》（第三卷），北京大学出版社，2009 年版，第 1320 页。

新诗正是"从诗体解放下手"的。所谓"诗体解放"，朱自清在《中国新文学大系·诗集·导言》中引胡适的话谈及具体的两类音节和用韵，虽然罗列了诸如"语气的自然的节奏""用现代的韵"等条目，有意思的是，对这两类的阐释，其最后一条几乎都是推翻——"平仄是不重要的"，"有韵固然好，没有韵也不妨"。

在新诗诗歌语法的建设上，最为有名的建设者是闻一多，其提出的"三美说"在自由的新诗内部得到公认。虽然，在闻一多提出这一理论的当时，其对"音乐美""绘画美""建筑美"都有一定的指向性阐述，但是其对新诗最为深远的影响是提示诗人在创作时需要注意的三个方面。就声音而言，不再拘于音韵，而更重于如何"发声"，是自我倾诉还是对人私语？是对一群人打开天窗说亮话还是呼朋入室把酒话桑麻？是自我的单声道低吟还是物化之后多声部的狂欢？就画面而言，不再拘于词的色彩，而更重于在二维的书面呈现出多维的宇宙时空，它将现实与虚幻、思想与情感，全用作一幅画面的颜料，历史死而复生，而感觉则生龙活虎。就视觉形式而言，不再拘于格律诗的整齐，而更重于表现的需要，它成为语言外的语言，用空间的形，虚拟出诗人的"脑回路"——关于自然、和谐、突出、扭曲，凡此种种，不一而足。

所谓正确的主题，是在一种诗歌中呈现的"正常"的内容，也即使用一种诗歌样式创作的符合读者阅读预期的文本。比如，"旧诗"中的怨妇、从征、游仙、出游、饮酒、咏史、赠友、颂赞、离别等是普遍的主题。在"旧诗"的体系里，其时代背景、知识谱系、情感模式等都大大不同于现代世界，其话语体系对主题的选择有其自身的偏好并将之固化，或者可以这么说，"旧诗"的内部居住着一个强大的"古典中国"，它映照的是作为历史理想化的"文化中国"，包括儒家的气质、发乎情止乎礼的情感范式、求仙神游的好奇心、草木清香阴阳五行的知识等。

所以，在选择何种内容作为主题上，"旧诗"和新诗因为"差异"而存在一个正确性的问题。以众所周知的《静夜思》为例，在"旧诗"体系中，一位游人凭栏独倚，月光倾泻下来，继而引发怀乡之思，这是一种"正确"，一个"床"字，既表现了一种常识的正确——有月之夜，执步庭院，也表现了一种情感的正确——寄人篱下，漂泊在外。而如果按照新诗的现代语境，似乎将"床"理解为"床榻"更符合阅读预期，因为在现代人看来，卧室更容易触发人关于孤独、离别等的感觉，而这在"旧诗"里恰恰是一种错误，因为卧室主要涉及的是另外一个主题——闺怨，李白们倒不介意在诗歌中化身女性，但那时他们通常表达的是怀才不遇或是期待君主收回成命之类的情感。

借由这种内容和主题表达的差异化，很自然地，"旧诗"与新诗的符号传统也出现了分化。

在"旧诗"里，香草美人、大漠孤烟、高山流水、长亭垂柳等的隐含意义是相对固定的，同样，在新诗里，一些词汇至少在某一段时间或在某一个诗人那里有着自己特有的表达意图，比如海子诗歌中的麦子、火焰、土地、远方，女性诗歌中的黑夜、黎明、石头以及身体词汇等。不过，这种符号系统在新诗中更为个人化，也更具有自我反动的势能。因为比起"旧诗"来，新诗面临的语言提纯或曰语言诗化的任务更为巨大。张桃洲认为，新诗"放弃了一种被认为是与诗最为接近的语言，而运用另一种看来是'非诗'语言的语言去写诗"，其天生便带来诗意缺失与诗性表达的矛盾。[①] 在这种语言里，诗人为了精准地诗化个体的经验，只得发明一套新的符号系统，犹如日语的平假名和片假名，在原有的汉语词汇之外，再另成一个系统。

按其来源的不同，笔者将新诗的符号系统大略分为以下三类。

第一，来源于知识系统的词汇，比如于坚《零档案》中关于档案学的词汇、欧阳江河《玻璃工厂》中的物理学词汇、雷平阳《渡口》中的云南地理学词汇等。

第二，借用已有的中外诗歌的意象、典故等符号系统，而在其使用中有可能有新的发展和语义的偏移，如张枣《何人斯》首节：

> 究竟是什么人？在外面的声音/只可能在外面，你的心地幽深莫测/青苔的井边有棵铁树。进了门/为何你不来找我，只是溜向/悬满干鱼的木梁下，我们曾经/一同结网，你钟爱过跟水波说话的我/你此刻追踪的是什么？/为何对我如此暴虐？[②]

众所周知，这首诗是诗人对《诗经·小雅·何人斯》的改写，但其

---

① 张桃洲：《现代汉语的诗性空间——新诗话语研究》，北京大学出版社，2005年版，第26页。
② 张枣：《何人斯》，见《春秋来信》，文化艺术出版社，1998年版，第35页。

实里面包含了真实的经验，只不过原诗是对同僚绝交的喟叹和怨恨，而张枣则是将之改换为恋人分手。张枣诗的首节对应的是《诗经》原诗的第一节，二者大体的结构和意象皆同：

> 彼何人斯，其心孔艰。胡逝我梁，不入我门？伊谁云从？维暴之云。[①]

可以看出，张枣的诗承袭了"梁""门""暴"等意象却又进行了"再加工"：原诗"梁"释为"鱼梁"，即捕鱼者设置的拦鱼的堰塘，张枣从中提取了"鱼"和"梁"两个意象，诗意化地改为"悬满干鱼的木梁下"，突出了时间的流逝和先后变化；原诗的"门"承"梁"而来，带有主观性，而张枣将之与"梁"组成了一个情景性的意象系列；原诗的"暴"实指"暴公"这个人物，张枣个人化地将之改写为"暴虐"。在这种有意的误读和重写中，张枣实际上是借来了"彼何人斯"这一语带怨恨的声音面具，将个人的经验完全融入其中，实现一种新的呈现。又如干天全《刻舟求剑》：

> 孤帆远影消失在漫长的冬季/空空的船舱装满猿声/清晰的神女峰上/望夫石已无迹可寻/流浪的涛声离岸而去/夔门依然在身后开着/轻舟已不能逆水返回/期待在下一个码头靠岸/按照刻舟的记忆/去寻那把断过流水的利剑/也许那把剑不在这里/我必须往前打捞/直到孤舟沉入江底[②]

"孤帆""猿声""神女峰""轻舟"等意象有着清晰的一条古典意象源流，而刻舟所求之剑却是"记忆"，是漫漫历史长河中的漂流感，如此则借文本的互文之效实现了一种当下体验的诗化，也实现了不同诗歌话语的转换。

第三，诗人自创的意象图谱或系列意义群，如顾城《鬼进城》中的"鬼"，既害怕变成人，本身又是"好人"，又处处与人发生着关系，不仅在这组诗中以鬼相示人，同样在《魅》中也有着鬼影，如果结合顾城

---

① 原诗及释义参见程俊英、蒋见元《诗经注析》，中华书局，1991 年版，第 613 页。

② 干天全：《刻舟求剑》，见《干天全散文诗歌选·诗歌卷》，作家出版社，2010 年版，第 141 页。

更多的诗歌来看，则不乏此类精灵般的存在——《叩头虫在跳板上翻跟头》中的"叩头虫"，《灯市口》中的"影子"，《公主坟》中怕冷的"她们"——甚至从更大的场域来看，其早期诗歌中的那些小事物"小草""灰""木偶""风"等也有着某种一脉相承的思想踪迹。

回到"差异"自身，除了在一个二元系统中的"异者"身份，更重要的是，它承认自己所要区别的有着天然的合法性，就新诗之于"旧诗"来说，它们或许不是一种互补的关系，但其中的血缘却一目了然。也正是基于这种"差异"，"旧诗"与新诗的价值得以彼此彰显，同时在各自以对方为参照物的反省之外，在异与同的反复指认、沟通之中，一种更为普遍的诗歌精神得以呈现，它将重新谱写诗歌家族树的干支关系，重新排定其生长的营养素顺序，在垂死的枯枝上生发出新的生机，而围绕诗歌树的一切风景也将彻底改变——因为诗歌如果履行它的命名功能的话，那么诗歌内部的重命名也必将引发对世界的再认识。如今，借着新诗的新知识，我们对情感、自然、政治话语等的价值判断已经大大改变了，譬如，借着20世纪末叶的"三大崛起"，我们对人民、国家、个人、历史等的理解更为深刻了，它们不再是官方的单一解释，宏大叙事转而代之以更为个体的生命体验。

这种"和而不同"昭示了新诗与"旧诗"并非一组时空概念，而是一对空间概念，它们可以共存，在诗歌的王国里各自占据一块大陆。新诗可以在"旧诗"那里望见其影子，"旧诗"也可以在新诗那里听见其回声。而在新诗内部，"差异"的基因又决定其生成的基本模式也是"差异"，非但诗歌理念、美学追求等持续差异化地表达出来，就是对一个具体的诗人来说，他也必须写出不同的诗。我们说，新诗的发生是因"差异"而区别于"旧诗"的诗歌，而在新诗自身的生发过程中，这样的历史场景也是反复出现的，因此，新诗是拒绝"求同"的，反对固化物，也反对一切固化；当年闹起诗界革命，而后也革自己的命。

在一篇谈论先锋诗困境的文章中，陈超即不无忧虑地对当时诗歌词汇量的减少表示警惕，对于那些已然成为诗意语言的标准词库，他说，"我越来越感觉到，或许正是因为这种所谓'诗意'，这一套固定的语言纲领，使我们的诗歌缺乏旺盛的时代活力和生命经验的重量"，对此词汇的倚重，"同时也导致了诗歌骨子里的'不及物'及诗歌语型的贫乏，仿佛大家在写同一首诗"。如前所述，对"同一首诗"的担心同样也存在于个体诗人身上，在杨炼看来，诗人的创造力几乎就等同于写出不同的诗的能力，在与阿多尼斯的对话中，他说："一个诗人最重要的，就是把经验转化为创作的能力……你有没有能力，从新的生存状态中创造出新的写作方式？是方式，而不只是变换着题目的同一首诗。"①

综上所述，从"差异"的角度来观察新诗的发生，的确可以认知到新诗的一些本质的东西，从而摆脱以往"文言/白话""保守/革命""平民/贵族""新/旧"等二元论，或过度强调历史语境的论断。它的视角是从诗歌内部的生成机制、读者的阅读期待出发的，我们可以看到，相比于"革命"这样的强硬词汇，"差异"更符合诗歌的现实，新诗与"旧诗"不是更替关系，而是一种同存的两套诗歌话语系统；新诗因"差异"于"旧诗"而产生，而其受众群体的阅读期待也是建立于对"差异"想象的基础上的，新诗的创作者也需要不断地展示"差异"，来证明自己的创造力。

（本文原载于《北方文学》2016 年 13 期，收入本书时有修改）

---

① 杨炼：《诗歌将拯救我们——阿多尼斯和杨炼对话》，载于《诗探索》，2004 年春夏卷。

古诗那么美，新诗居功至伟

　　2017 年 2 月，香港诗人廖伟棠在腾讯"大家"里发表专栏文章，指斥时下红透半边天的"中国诗词大会"是"中国背诗词大会"，并以景凯旋教授的《诗歌是个人朝圣，与集体无关》为反方，不顾"尴尬"而"为（新）诗一辩"，抛出诗歌大会的本质是"反诗歌"的观点。廖伟棠陈述新诗的历史合法性的切切之音不会终止"好古者"好事的眼神，反而会因为他的新诗诗人的身份而引起新一轮的争论和不欢而散。这是可以从历史上找到前例的，在戏剧传统发达的古代西方世界，诗歌被质疑、被冷落、被毁污的历史也相当漫长，以至古哲大师为其辩护亦成了一个诗学传统。

　　但与彼时彼地陷于文类之争不同，中国新诗的驳难者常常来自同属诗歌阵营的古诗系统，甚至自身内部也时时自我质疑，如郑敏就在写了大半辈子新诗后质疑新诗是不是走错路了？其实早在 20 世纪 20 年代，闻一多就认为新诗不用跟中国古诗比。在《〈女神〉之地方色彩》中他就明确地说："我总以为新诗径直是'新'的，不但新于中国固有的诗，而且新于西方固有的诗，换言之，它不要作纯粹的本地诗，但还要保存本地的色彩，它不要做纯粹的外洋诗，但又尽量的吸收外洋诗的长处，它要做中西艺术结婚后产生的宁馨儿。"①

　　闻一多认为新诗之于中国古诗的关系并非胡适发起"新诗革命"时所言的不同历史阶段不同语言所承载的诗歌样式，也并非贵族的诗和平民的诗之间的对立，换言之，新诗与中国古诗不是简单的语言替代关

① 闻一多：《〈女神〉之地方色彩》，见《闻一多全集》第 2 册，湖北人民出版社，1993 年版，第 118 页。

系，也不是阶级之间文学趣味的差异，它的命名和诞生"径直"是新的，它不是来代替谁的，也不是谁的替身。但闻先生最后一句话"要做中西艺术结婚后产生的宁馨儿"却又带来了新的非议：在文化洁癖者、血统论者的眼中，诗乃国族之精魄，岂能沾染他人之血？

这些人不会立刻联想到中国古诗的联姻状况，不要说沈约借佛教东入带来的语言学、语音学成就而改造中国诗歌的音律系统，不要说刘勰同样在佛教义理和学术规范影响下写成《文心雕龙》，就是在"半江瑟瑟半江红"的醉人意境里，那"瑟瑟"不也携带着明显的异域之风吗？

新诗的合法性自不必证，笔者所欲论者乃在新诗的诞生、发育、成熟的过程中，它反过来也重新塑造了中国古诗，国人念兹在兹的最美古诗词，其旁正站立着一个新诗的身影，新诗和中国古诗同样成全了我们对中国诗歌的想象。

闻先生在中国新诗的发展历程中最大的功劳是提出了"三美"。他将"格律"定义为形式（FORM），尤其值得注意的是，他认为诗行诗节的陈列和布置亦是一种"建筑美"。这是景凯旋们认为新诗更大可能是拿来看的一个重要证据，但我要指出的是，这同样塑造了中国古诗的美。今日中国古诗的排列方式正是采取这种齐整的一句一行的方式，遇到古体诗、律诗、词曲也有意切分诗节，这正是利用现代印刷术而发挥汉字之美的重大创新。不可小视这种改变带来的审美效应，以我为例，翻看《文选》的诗歌，总习惯于将诗句从竖体、首尾相连的排列中摘抄下来，成一"豆腐块"才能作为诗歌阅读。另一方面，从此一点也可见出，中国新诗脱胎而又超越于中西固有诗歌的气质：中国汉字一字一平等空间的特质经由徐志摩（波动性）、叶公超（兼收中西语言长处）、林庚（典型诗行与半逗律）、余光中（汉字视觉美）等新诗诗人的论述而在中国诗歌里愈加完备生动，而这并不是对西诗的简单的"横的移置"，西方文字的横陈只是一种音节的视觉化，而字与字的空间也并不相等。这也就是德里达向慕汉字的一个原因，汉字超越了时间和空间，摆脱了（语音）逻各斯主义的强大影响。

新诗对古诗塑造的第二处要津在于对中国固有诗歌的梳理和资源整合。从胡适跳过梁启超"诗界革命"的主张，径直从古民歌、歌谣等民间文学传统中溯源诗歌主流支流，继而以此为据向压迫者形象的古诗发难开始，古诗的面目、身份、谱系也因新诗的树立而逐渐明晰。在金克木看来，诗和歌的分流不仅见于古诗系统，同样也见于新诗系统。新诗的来源之一是清末民初的学堂乐歌，但是新诗很快意识到作为"诗"的不一样，这就是废名所言"新诗的内容则要是诗的"这种既是要言又是废话的真正含义。中国古诗的变动、收放、迁移、升降以两事最为突出：一是诗与歌的分合，二是诗歌概念的扩大。前者无须多论，至迟在战国末期就出现了"不是唱的而是看的"的诗，以荀子的赋和秦始皇勒石记功的文字为证。即便以严苛的眼光看，汉诗的五言诗与乐府的差异也是很大的，这些当时很不同的文字如今全都统括在"古诗"的名义下，新诗，或者说现代文学的影响是很大的。一个有趣的现象是，许多新诗诗人同时也是古代诗歌的专家，诸如朱自清、闻一多、郭绍虞、郭沫若、陆志韦等。以郭绍虞为例，其《中国文学批评史》成为研究中国古代文学批评、中国古代诗歌理论的重要文本，而付梓之时，郭绍虞正是新诗坛的活跃分子。叶嘉莹先生曾指出中国古代诗歌中的种种"现代性"，暂且不提"发现"的视觉盲区以及其所表征的问题，需要指出的是，中国古代文学的学科建立、审美范式的确立同样是以现代文学为参照的。这就牵涉了我们说到的第二点，即诗歌的概念。

今天的我们接受古诗词是以纯文学的观念去接受的，但实际上它们的历史面貌并不那么单纯。如果打开苏轼的诗词全集，相当长的时间你会觉得是在看一部游记，苏轼出蜀、入蜀，经历交游、仕宦、家庭变故、个人沉浮，苏轼诗词的现实色彩如此强烈，借着他与文朋诗友的寄送往来、俏皮玩笑、灯影湖光而生动异常，但是我们评论苏词却是"婉约""豪放"之类，而"婉约""豪放"毋宁就是"为艺术"与"为人生"的中国版原型术语，其审美范式的经典化，对应的是现代文学确立过程中"纯文学"观念的输入。在中国"天人合一"的哲学观念下，"艺术""人生"两立的二元论是不存在的，当李商隐写下"五年读经书，七年弄笔砚，始闻长老言，学道必求古，为文必有师法"①之际，他是没有怀揣"为文学"或"为艺术"的梦想的。古代中国不是没有

---

① 李商隐：《上崔华州书》，见《李义山文集》（卷十），《钦定四库全书会要》卷一万四千六十八。

"纯文学"，但是纯文学观却是存疑的。现代的纯文学观念是在西方印刷术、出版业、新闻业等产业模式逐渐发展的过程中产生的，前现代的中国不仅中西文化语境两异，而且现实的物质存在亦然殊途。

在《抒情之现代性》里，王德威以 1971 年陈世骧先生发表《论中国抒情传统》为标志，点醒中国文学之菁华无他，唯抒情传统为节点，上梳下耙，将闻一多、朱自清、方东美、宗白华、朱光潜、高友工、陈国球、龚鹏程、宇文所安、普实克等诸人对中国文学抒情性的体认统括到一起，中国文学、中国诗歌的抒情性借此已是朗朗澄明。这当然亦可视作古典文学研究在现代的新发展，然而这一背景却伴随着新诗与外国诗歌、中国古典诗歌的身份对比与资源承接的历史，此亦是新诗中"抒情现代性"之由来。

我们现在的文学体裁主要分为诗歌、散文、小说、戏剧四类，而在中国古代这四者之间却是有所交叉的。古时的散文、小说自由性极大，《世说新语》《太平广记》的一些篇章今天读为诗歌、戏剧剧本也是可以的。但古诗的"诗"概念就相对要狭窄，今天把宋词元曲、《牡丹亭》《桃花扇》当作诗歌接受是没有问题的，但是在历史语境中，它们就是"诗余""词余""乐府"。今天，我们吸收了中西古今之所成，重新定义了诗歌语言和诗歌。中国古代是没有诗剧的，但是因为新诗的存在，我们不妨就把戏曲看作诗剧。中国新诗与戏剧的亲缘关系也常常被忽视，但经由这些线索我们则不难发现，早期"新月社"的成员除了徐志摩、胡适、陈西滢等人，包括闻一多、熊佛西、梁实秋等同时是"中华戏剧改进社"的成员；郭沫若最初视《女神》为戏剧，而《孤竹君之二子》《广寒宫》等众多诗剧的创作，不仅丰富了中国文学对诗歌的想象，同样也推动了现代戏剧的成熟。

新诗对古诗的塑造还在于直接深入地介入了古诗的阐释。比较典型的例子是龚鹏程提及而易误会的关于诗歌源头《诗经》的认识。龚先生认为现代人提及《诗经》便想到国风乃拜新诗提倡者所赐——他们将中国诗歌的现实主义源头和民间源头追溯到《诗经》的国风，却是捡了芝麻丢了西瓜，根本忽略了雅颂才是《诗经》的主体。但误会并不只是新诗人的，龚先生未详细说明的是，这种误会也根本改变了现代人对中国古典诗歌的认识。的确，杜甫的"三吏三别"在现代文学的视野下被某种程度地拔高了（"比附"于史诗创作），但这不正反映了审美趣味的变迁吗？陶渊明在他的时代所作的诗歌只被归入中品，其后却成为最著名的诗人之一。寒山也是一例，其诗在中国古典诗歌谱系中不甚耀眼，被目为二三流诗人，但是经由日本的传播，直接刺激了美国"垮掉的一代"诗人的灵感，不管这里面包含了多少误读的成分，当它以"他者"形象归来时，我们的诗歌谱系也悄然发生了改变。

上述议题也可以在"屈原作为中国诗歌之父形象的确立"这样的情境中展开。郭沫若在诗歌、戏剧中对屈原形象的塑造如此成功，以至我们今天谈到屈原还是"忧国忧民""怀才不遇""激昂悲愤"，仿佛屈原投江之后楚国就如项羽之江东一样完全倾覆了，事实上，楚国迁都之后还曾春申中兴，依然是秦国的一大劲敌。屈原在诗歌中的形象亦然，1939 年，随着端午节与屈原所代表的"国殇"意义的焊接，屈原的爱国诗人形象上升为国家意识形态而被经典化了。1941 年，在正式倡立端午节为诗人节的文协宣言上，参加联署的便包括当时大多数的新诗诗人，如郭沫若、闻一多、戴望舒、梁宗岱、艾青、卞之琳等。或许，景凯旋们会说，这不是一种变形吗？并非古诗之自然。但屈原的诗歌之父形象显然最终会以诗歌的名义书写，在当代诗人杨炼那里，屈原成为一个巨大的"问号"的原型，他反复纠缠于屈原的《天问》迷思里，他从屈原的夜空中发现了新的诗歌的星系。他认为，屈原的《天问》开启了中国诗歌的问题之源，而诗歌同样也可以作为一种思想资源而存在。在中国古典诗歌的系统中，这样的思考就薄弱一些，这亦是古典诗歌未能给足屈原大诗人身份的一个原因。

正像后现代思潮此起彼伏、风起云涌，虽然无法统合自身却甫一现身就完全改变了当代思想格局一样，新诗也完全改变了古典诗歌，古典诗歌也因之而形变、伸缩和摇摆。在新历史主义看来，一切历史都是当代史，放在诗歌史上也是成立的，一切古典诗歌亦是当代诗。如此，我们才能试图还原古典诗歌的"本来面目"，这"本来面目"不就是当下的一种自我幻影吗？不就是一种"当下性"吗？没有这种"当下性"，我们如何被一首诗歌感动？乾隆皇帝一生作诗最称雄，43000 首，可以说是"诗意栖居"了，但因其无法打动我们，只能成为另一种版本的"起居注"。

令景凯旋们纠结的另一个主要症结在于，新诗里"中国性"太少，即便健忘到几分钟前我们还论及汉字的特性、抒情现代性等，我还是愿意举出胡兰成和张爱玲来再次"煽风点火"。胡兰成对"中国话语"的运用可谓大家，在江弱水的笔下，胡兰成的"人世的风景里"处处都是《诗经》的典雅笔法和《水浒传》的活人口吻。虽然作为历史人物，胡兰成未能突破局限性的束缚，甚至私德有亏，但文章写得好却是无疑的。胡兰成并不怀疑"白话"如何天然有缺陷，只说"而今时中国文学的不好则是学了西洋文学里的观念与情绪"，"中国的新文学必要是中国的"[①]，他又说，用中国文章写外国故事，是中国的；用外国文章写中国故事，是外国的。这些论断对中国现代文学如何抓住"主体"极具启发性，但如何界定中国，如何界定现代中国却并不是两三个音节那么简单的。而张爱玲却径直指出了这里面暗藏的一个巨大陷阱，当胡兰成与新儒家迎来送往、乐此不疲之际，在美国四处碰壁的她给夏志清写信说："我一向有个感觉，对东方特别喜爱的人，他们所喜欢的往往正是我想拆穿的。"[②]夏志清评述此事的所谓拆穿"东洋镜"当然就是对这种泡沫化的"东方"所作的形象化表述。

而这正是新诗在探索诗路上所表征的诗歌精神，一方面，有着"西洋的诗"和中国"固有的诗"两大传统，却并不是其替身或新生，它重新定义了诗歌而自己只选取其中的一个端口，它无意于"诗歌"的专营权，它只争它的地位和"诗歌"的荣光；另一方面，在转化整合诗歌传统、诗歌资源的过程中，它也曾深深牵绊于"西洋镜"与"东洋镜"，它迷失在中西的文化环境里一度颠沛，然而这使命却是它的，因为要回首灯火阑珊，必要到火树银花的背阴处，只有新诗才能恢复那种自由的、无碍的视野，我们之于诗歌的所有想象也只有通过新诗才能得以勾画那最后的一笔，而这也正是它将要反哺于前述两大资源的地方，"在你的结束，正是我的开始"。

[本文原载于《星星》2017年第5期（理论版），收入本书时有修改]

---

① 胡兰成：《论建立中国的现代文学》，见《中国文学史话》，上海社会科学院出版社，2003年版，第141页。

② 夏志清：《张爱玲给我的信件》，长江文艺出版社，2014年版，第13页。

第 三 辑

诗的过滤器：朱湘对想象与通感的拣取

朱湘《评闻一多的诗》是造成朱、闻友情生隙的导火线之一，其文并不仅仅是朱湘本人所言"宁可失之酷，不可失之过誉"①的严厉苛责，背后更为深刻地反映了二人在一些诗学观念上的根本分歧。

一、过滤器装置：朱湘的"偏移"与盲点

在文中，朱湘两度提及闻一多《火柴》一诗的缺点，他先是把此诗作为"将幻想误认为想象"的例子，接着又详细分析其中的一个意象何以陷入了"感觉的紊乱"。②在朱湘看来，"幻想是假古董，只有想象是真的"，"想象是奇；幻想是怪"③，至于什么是奇、什么是怪，朱湘也有一个相当简明的说法，即"怪与奇迥不相同：奇是近情理的，怪是不近情理的"④；他的想象并非了无间隔，自由无拘，最主要地就体现在"感觉"的界域上：闻一多《火柴》里"有的唱出一颗灿烂的明星"一句，他认为"'唱'字是属于听觉的"，"'灿烂的明星'是属于视觉的"，"把'唱'与'明星'联起来，却是绝对不可的"。⑤稍加注意，今天的读者都可以从中看出，朱湘在这里以自然主义论"想象"，对通感、联觉的无感表现出他在诗歌观念上的某种视野盲点。闻一多《火柴》一诗写于1922年抵美前后，可以视为是其接触美国意象派诗歌后的初步探

① 朱湘：《评闻君一多的诗》，见《朱湘全集·散文卷》，安徽文艺出版社，2017年版，第154页。
② 朱湘：《评闻君一多的诗》，见《朱湘全集·散文卷》，安徽文艺出版社，2017年版，第165页。
③ 朱湘：《评闻君一多的诗》，见《朱湘全集·散文卷》，安徽文艺出版社，2017年版，第162页。
④ 朱湘：《评闻君一多的诗》，见《朱湘全集·散文卷》，安徽文艺出版社，2017年版，第160页。
⑤ 朱湘：《评闻君一多的诗》，见《朱湘全集·散文卷》，安徽文艺出版社，2017年版，第165页。

索，全诗只有三句：

> 这里都是君王底红嘴的小歌童：
> 有的唱出一颗灿烂的明星，
> 唱不出的都折成两片枯骨。①

这里的"唱"并不只与"明星"发生关系，它是由"歌童"发出的，不仅可能"唱出"明星，也可能"唱不出"而折成"枯骨"。显然，闻诗在这里突出的是"唱"的后果，这个后果因为与"唱"之间的时间过程极短而几乎混一于"唱"这一动作本身。"唱"一字不仅将"歌童"这一意象作了自然的延展与描绘，更通过听觉与视觉的通联、混合传递出其命运的诡谲，构成一种饱满的张力结构。朱湘对意象诗并非陌生，但他笔下所呈现的诗句的确存在自然主义的尾巴，《星文》一诗想象奇特瑰丽，却只以视觉化的喻象直接映射，欠缺更深层次的挖掘与拓展：

> 我拿笔把星光浓蘸，
> 在夜之纸上写下诗篇；
> 纸的四周愈加黑暗，
> 诗的文采也分外辉煌。②

朱湘对"想象"所执念的"情理"要求，造成的后果便是沈从文所指出的"虽成于亲切但失于细碎"③。在浪漫主义文学里，想象力"不仅是处于感性和理性之间的视觉化的能力"，更重要的是，它还是诗人的"创造力量"，"借助于这种力量，头脑获得对现实的深入理解，解读自然，把自然当做不是通过寻常方式观察的，而是背后或者内部的某种事物的象征"。④ 对沉迷于英国浪漫主义诗歌传统的朱湘来说，他十分熟悉自然的语言，他眼中的快乐是"晚空的云/自金黄转到深紫；/似欲再转，/不提防黑暗吞起"（《快乐》）；他写希望是"太阳只是灰云上一个白盘罢了，/他的光明却浸透了清朗的空中"（《北地早春雨霁》）；他

---

① 闻一多：《火柴》，见《闻一多全集·卷1》，湖北人民出版社，1993年版，第84页。
② 朱湘：《星文》，见《朱湘全集·诗歌卷》，安徽文艺出版社，2017年版，第375页。
③ 沈从文：《论朱湘的诗》，载于《文艺月刊》，1931年第2卷第1期。
④ [美]勒内·韦勒克：《批评的诸种概念》，罗钢等译，上海人民出版社，2015年版，第171页。

笔下的失意是"在这风雪冬天，/幻异的冰花结满窗沿，/凉飙把门户撼"（《岁暮》）；他描摹心底的呼喊是岩石上的劲松，"要北风怒号，/才会有松涛/澎湃过/黑云与紫电的长空"（《呼》）。对自然的摹状就是利用自然的语言抒发诗人自己的情感，自然固不能直接发声，但是通过诗人的主观意志，事物便被赋予了情绪的色彩，朱湘认为明喻的效用便是"加增意境之色采与辽远"①。在这里，自然与诗人是同构的，自然之被说明就是诗人之被表现，自然与诗人之间并不存在对话与交流，自然只是诗人使用的一套语言。如此一来，自然的客观性反而被诗人的主观性统驭，诗人的田园牧歌并非全部是对自然的讴歌与礼赞；而另一方面，诗人所呈现的"自然"亦必须要符合自然的"情理"，不能与诗人心志活动的"情理"搅在一起。从这一角度来说，朱湘对想象做出"情理"的要求是有其"诗的原理"的。但朱湘亦未意识到，诗还有另外一种写法。

丁瑞根在《悲情诗人朱湘》一书中注意到一个细节："朱湘作为目光尚称敏锐的诗评评家，竟然把当时已产生不小影响的象征派诗，完全排除在视野之外，似乎是一件奇怪的事情。"② 在他看来，朱湘的这一盲点与偏见本不该发生，"朱湘的兴趣主要停留在维多利亚英诗时代，但他同时也熟悉叶芝和约翰·沁孤"，这一机缘本可导引朱湘登堂入室，但竟成也萧何败也萧何，朱湘对此二人的兴趣点明显发生了偏移，"朱湘对象征主义感受迟钝，也许就是出于对叶芝和沁孤的本土性和民族性的专注，而忽略了两人具有的对象征主义文学运动的重要意义"③。金丝燕亦指出，早期新诗坛存在一个"接受与过滤"的拣选环境，象征主义在中国的译介所呈现的起伏、偏差"直接与中国新文学早期接受视野、中国对法国象征主义的接受视野、与接受者的本文化参照系有关"④。

行文至此，本文的问题也浮出水面了。如果说朱湘在遍采各国诗体

① 朱湘：《谈诗》，见《朱湘全集·散文卷》，安徽文艺出版社，2017年版，第345页。
② 丁瑞根：《悲情诗人朱湘》，花山文艺出版社，1992年版，第123页。
③ 丁瑞根：《悲情诗人朱湘》，花山文艺出版社，1992年版，第124页。
④ 金丝燕：《文学接受与文化过滤：中国对法国象征主义诗歌的接受》，中国人民大学出版社，1994年版，第111页。

的过程中存在一个"接受与过滤"的诗学装置，那么是什么因素造成了他对象征主义的忽视或偏移呢？又是什么原因形塑了他固守"英诗"的诗歌趣味？换句话说，他的诗学"过滤器"的发生机制是如何产生和运作的？朱湘在谈到对"诗的产生"的看法时，曾解析为三个要素：首先是"作者的诗歌上的主张与天赋"，其次是"作者当时的心境"，最后是"措置题材的方法"。①"主张"被提升到与"天赋"同等重要的位置，成为诗人创造活动的先决条件。很明显，在朱湘那里，"主张"就是其诗学"过滤器"的核心构件，它直接决定了诗人以何种诗歌容器来盛用发酵的诗情。经过"主张"所过滤和培养的个体诗学，与"天赋"一起才构成了一个诗人原生的诗歌创造力。搞清楚"主张"及其"过滤"机制是了解朱湘或其他诗人为何存在"偏移"问题的不二路径。

二、美的主张：怨恨的浪漫主义者

当我们检视朱湘的言论及创作时，可以很容易地发现他所理解的"浪漫"还是一个停留在 19 世纪的概念，即"浪漫"是相对于"古典"的。在朱湘那里，古典与浪漫是文学唯二的精神，除此之外，别无他者。这样，实际上便是新与旧两条路子，一切新的文艺也只是它们的变体。他说："自从十八世纪末叶，浪漫运动发动了以来，一直到现在，文学的'主义'虽是日新月异，它们却都逃不出'维新'两个字的范围。"②关于"维新"，朱湘在另一篇文章中又说："文学史明白的告诉了我们，维新的发动力便是复古"；而对于浪漫的"新"，则是所谓的"独辟蹊径"③，这样一来，新的只是形式和方法。

在评论郭沫若的诗歌时，朱湘曾详尽地剖析浪漫主义与新的关系及含义。浪漫主义的内核即为"新"，这"新"又主要体现在"新的题材"。他说浪漫诗人"觉着从古代的文明里面，是决找不出新题材来的了，于是转而向现代的文明里面来找他所想得的题材"④。现代文明与

---

① 朱湘：《谈诗》，见《朱湘全集·散文卷》，安徽文艺出版社，2017 年版，第 340 页。
② 朱湘：《古典与浪漫》，见《朱湘全集·散文卷》，安徽文艺出版社，2017 年版，第 234 页。
③ 朱湘：《"巴俚曲"与跋》，见《朱湘全集·散文卷》，安徽文艺出版社，2017 年版，第 321 页。
④ 朱湘：《郭君沫若的诗》，见《朱湘全集·散文卷》，安徽文艺出版社，2017 年版，第 177 页。

现代生活带来了新的器物，相对于淳风化俗的儒家文明，西方的现代物质文明也提供了一种新的文明图景。朱湘注意到郭沫若将海湾、轮船、烟筒、探海灯等新名词入诗，这种"取材于现代文明"的新质素当然不只是斑斓迷离的西洋镜，背后重要的更是发现的眼睛。的确，词跟诗人的距离就是一种与世界的关系，当新器物沉淀化融在诗人的感官里而并非只以外在赤裸的形象呈现时，那么新的物我关系与新世界便诞生了。回头来看，"海湾"是亘古存在的，但在古典时期，它只是"天涯海角"，是大地的尽头，意味着边缘与荒凉，同时也象征着农业文明与中原王化的留步之处，是"意义"的终结；然而近代以来，"海湾"成为西方现代性输入的渡口，成为现代工商业兴起的港口都市，标志着新的贸易与经济政治权力，同时也是打望陌生世界的缩微风景。当"海湾"进入郭沫若诗中的时候，他感受到的是"大都会底脉搏"与"生的鼓动"，而非"零丁洋里叹零丁"那样零度的风景。朱湘以柯勒立（Samuel Taylor Coleridge）吸食鸦片而找到新感觉为例，一再强调"新"是精神的新突破。他说，郭沫若在题材上的"新"虽然并没有发现什么"新感觉"，但是有一点却与柯勒立是一致的，那就是"从超经验界中寻求题材"①。

他举出的例子是郭沫若的《星空》这个"在星象中找出的题材"，其中惊人的想象令人感受到一种幻觉的迷狂，"北斗星低在地平，/斗柄，好象可以用手斟饮/斟饮呀，斟饮呀，斟饮呀，/我要饮尽那天河中流荡着的酒浆，/拼一个长醉不醒！"思极摇旌的疯癫中置入的是一个梦幻化的无意识领域。布莱宁在《浪漫主义革命》一书中指出，对浪漫主义者来说，"不论嗑不嗑药，去往心灵潜意识的内省旅途会跨入一个异常黑暗的领域；这个空间里已经不仅仅是个性、怪癖或反常，而且有纯粹的疯狂"②。19世纪以后，人们对疯狂的认识发生了浪漫化的转变，在伯林看来，浪漫主义的"妄想狂"既有一个乐观主义的版本，也有一个悲观主义的版本，"尽管我们作为个体寻求自我的解放，然而世界不会如此轻易地被驯服"，"在世界的背后有某种东西，在无意识的黑暗深

---

① 朱湘：《郭君沫若的诗》，见《朱湘全集·散文卷》，安徽文艺出版社，2017年版，第178页。

② ［英］蒂莫西·C. W. 布莱宁：《浪漫主义革命：缔造现代世界的人文运动》，袁了奇译，中信出版集团，2017年版，第98页。

渊中，在历史的黑暗深渊中有某种东西，有些事情我们永远掌握不了"①。无论是乐观还是悲观，以幻化疯癫的方式进入人类的无意识领域，进入超经验的世界已然成为浪漫主义诗人的门径之一。当然，在朱湘看来，郭沫若是失败的，这与郭沫若的乐观主义不无关系。在郭沫若那里，一个生命力充溢着整个宇宙的超人自我带着席卷一切的意志："我是一条天狗呀！／我把月来吞了，／我把日来吞了，／我把一切的星球来吞了，／我把全宇宙来吞了"（《天狗》），"我的血同海浪潮，／我的心同日火烧，／我有生以来的尘垢秕糠／早已全盘洗掉！"（《浴海》）；而在朱湘那里，即便展示着力量也折射出人与世界紧张斗争的关系，或是主体自我在恢宏中的闪退："我要乘船舶高航／在这汪洋——／看浪花丛簇／似白鸥升没，／看波澜似龙脊低昂；／还有鲸雏／戏洪涛跳掷癫狂"（《泛海》），"洋！唯你认识天国之璀璨；／风，雷，水，火的变化与循环；……我愿，在乌云遮起太空，／人间世只听到鼾呼时候，／伴你无眠……"（《洋》）郭沫若"一切的一""一的一切""我便是我了"这样斩钉截铁的全能句式，在朱湘那里不是没有，比如"诗灵，'一'里的'一'，'光明'里的'光明'！你给了我热，你给了我智慧，你给了我坚忍"（《散文诗》）；比如借埃及的"亡灵书"，他巫师附体般在译诗中如此"画皮"："啊，永存之王笏的国，／啊，日神那光明之舟的泊所。／啊，神圣之形象上的白冠！／我来了！我便是婴儿！我便是婴儿！"（《他死者合体入唯一之神》）不过，我们可以发现，这并不是朱湘的声音，因为总的来说，他是一个更为纯粹的怨恨浪漫主义者，他自承："在膜拜一切的'一'，一切的'光明'之中我骄傲。给我愤恨，我好来愤恨一切的'一'，一切的'光明'的仇敌！"（《散文诗》）

　　需要指出的是，悲观不等同于怨恨，乐观也并非与怨恨了无瓜葛，它们其实有着非常直接的血缘关系。对于怨恨浪漫主义者的深层机制，段从学在《浪漫主义的根源》一文中有精辟的分析。他认为，伯林从历史学意义上追溯浪漫主义的"根源"，是根本的舍本逐末的方法，"不能简单地将浪漫主义的'根源'理解为浪漫主义从中发芽、生长和壮大起来的地方，而必须把'根源'理解为本质性的条件空间"，从这个意义

---

① ［英］以赛亚·伯林：《浪漫主义的根源》，吕梁等译，译林出版社，2011年版，第108页。

上来说，浪漫主义的根源"在于现代人对世界的'仇恨和轻蔑'"，正如杜衡所指出的，革命与唯美乃"从怨恨中成长起来的孪生兄弟"①。

以历史的眼光来看，如果说，在古典时代，君王的喜好成为某种强力意识喷射器的扳机，决定了社会资源的主要流向，那么，进入现代社会，大众的怨恨便取而代之而成为类似的机关，它使个体从"怨恨"中辨识自己与敌人，发掘出来自内心深处的力量，源源不断地驱动自我的构建和改造世界的欲望。从这样的思路出发，我们自然会发现由于怨恨不仅是伯林眼中"妄想者"气质类型的一种，而更为深刻地是它是"妄想"的嫡亲父系，乐观浪漫主义便有了一个革命的语境和场域，"想融进宇宙的大，就不得不反抗此世的小，反抗便是一种浪漫的精神，求新的精神"②；反过来，悲观浪漫主义则由于失去理想的召唤而转趋于在一个内向性的空间中提纯为朱湘所说的"技巧的极端"③，要么反转为"美丽"，要么流露为"感伤"。

朱湘是怨恨的。他控诉："为什么日月为两目的天公这样昏蒙？/为什么有望的志士终潦倒于困穷，/光阴耗于谋生上，壮志黑铁般生锈；/而傀偏般的庸人反居于富丽的深宫？"（《寄思潜》）他哀怨："没有诗篇不是充满苦辛/世间最多感的正是诗人/与其到后来听他诅咒你/何不放他现在入了坟茔？"（《死之胜利》）他羞怯："石上流出了一股泉，/我不敢饮，我不敢饮……/我的口肮脏，自己羞惭"（《天上》）；他失望："重寻那一反//前恶的今，好让关在胸怀/哀哀哭着要奶浆的心脏/能安睡下去；哪知这一来//已经十年了，只寻到失望"（《希望》）。在朱湘看来，"愁苦既是人类的本分，世上既是充斥如许的愁苦，我们便切身地感觉到，我们是如何需要那种能排解它的文学了"④。对他来说，"做梦"几乎就是"排解"的同义词，愁苦悲惨的人生、残破衰落的国家无时无刻不给他深深的刺激，他所希求的便是在一个相对独立的、超然的精神领域"躲避外界的强暴"（《十四行意体》第2首），"思话、残酷、撒谎、费话、不说话、瞎话，这些在实际的人生之内，都是要不得的"，但是

---

① 段从学：《浪漫主义的根源》，载于《南京师范大学文学院学报》，2012年第4期。
② 朱湘：《郭君沫若的诗》，见《朱湘全集·散文卷》，安徽文艺出版社，2017年版，第176页。
③ 朱湘：《古典与浪漫》，见《朱湘全集·散文卷》，安徽文艺出版社，2017年版，第239页。
④ 朱湘：《文学与消遣》，见《朱湘全集·散文卷》，安徽文艺出版社，2017年版，第211页。

在彼处的精神王国，"它们便升华作梦话，最高的艺术了"。① 对朱湘来说，"怨恨"让他明白了这个世界的本质，虽然在现实人生中他需要赤膊上阵与命运和社会斗争，但是他亦需要用诗歌来安慰"幽闭的心"（《十四行意体》第9首），他需要的"浪漫"便是用幻梦来对抗现实的"幻梦的意志"，他如此袒露心声："给我一个浪漫事！不论是'凶狠'/与'罪恶'安排起圈套等候'理想'；/还是漂泊在远处没有人，异常"；"只要一个浪漫事，给我，好阻挡/这现实，戕害生机的；我好宣畅/这勇气，这感情的块垒，这纠纷！"（《十四行意体》第37首）同时代的史美钧如此点评朱湘："所以隐居象牙之塔，不写现实事态的原因，一由于放弃；他觉得痛哭的人生无可救了，不如求变质的安慰。二由于厌恶；他觉得现状一切是丑陋的，岂肯制成诗篇，扰乱诗路？"②

在朱湘那里，"载神道"的概念极为关键。所谓"载神道"，就是彼岸性，就是逃避作为"原质力"（elemental force）之一的恐惧。朱湘认为诗歌是"载神道"的，"诗歌本是情感的产品，好像宗教那样，它本是人类的幻梦的寄托所，人类的不曾实现的欲望的升华"③。由于这种寄托、升华的彼岸性，诗歌在朱湘那里实际上是没有古今区别的，由于取消了"当下性"，诗歌的使命便退守为"想象"，通过"想象"来连接此岸与彼岸，沟通现实与理想；同时，由于时间意识的丧失，一切书写和语言都归于超然王国的永恒，现实世界也丧失了时态的具体性、多维性与言说的开放性，在他那里，"通感"成为超格之物，就像穿越到蒸汽时代的计算机一样，在诗学功能上并没有超出修辞的意义，甚至作为修辞也是有问题的；象征，亦远未发育为一种"主义"，其核心的"暗示性"等手段反而没有"想象"那样可以直接深入无意识领域，与自我对话。"怨恨"最终形塑了独特的朱湘式的诗学观念——既不同于革命乐观的郭沫若式的浪漫主义，也未从中孕育出自觉的象征主义、意象主义及更为综合的现代主义，对他来说，"愤怒出诗人"不仅是一种条件空间的自然生产，更是其全部的美学。

---

① 朱湘：《说作文》，见《朱湘全集·散文卷》，安徽文艺出版社，2017年版，第352页。
② 史美钧：《朱湘论》，载于《中国文艺》，1939年第1卷第4期。
③ 朱湘：《异域文学》，见《朱湘全集·散文卷》，安徽文艺出版社，2017年版，第249页。

三、文化与诗的链：文化国家主义

朱湘译有一首魏尔伦的"Chanson d'Automne"，整齐的五言歌行的形式完全消解了原诗将短句切分为细碎的字词再分行的视觉与听觉呈现。这样的处理自然沿袭了吴宓等人以古歌行来翻译外国巴俚曲（ballad）、chanson 等民间歌谣体的习惯做法，另外也反映了朱湘对其时风头正健的象征主义的无感，并没有深刻地推究魏尔伦诗歌中的形式与精神之间的关系。

在论及中西古今文学的"比较"问题时，朱湘曾明确指出其关注的重心在于"题材"和"体裁"，他说，"比较的方法是比较西方文人与东方文人，古代文人与近代文人，此文人与彼文人"，"比较并非排列先后……只是想求出各人之长处及短处，各人精神所聚之所在（题材）以及各人的艺术（解释及体裁）"。① 对他而言，"文人所最要注意的不外三件事，题材体裁艺术"②，题材可以来自个人的经验，来自中国古典诗人的传统，也可以借鉴外国诗人"别的高尚快乐的源泉"；而体裁之于新诗而言便是诗体的建设。

在一篇讨论引介巴俚曲的文章里，朱湘给予诗体本身以自觉性。他认为新文学要成为"伟大"的文学，必然要"兼收并蓄"，从《荷马史诗》到日本俳句，从但丁到维庸，世界各国"各形各色的诗"，除了客观上能达到的"复杂丰富"，他还格外强调其中的"主观"因素——

> 主观的，我觉得，新诗的未来便只有一条路：要任何种的情感、意境都能找到它的最妥切的表达形式。这各种的表达形式，或是自创，或是采用，化成自西方、东方，本国所既有的，都可以，——只要它们是最妥切的。由这个立场来说，我是赞成自由诗、俳句、长短句的创作的。只能说作得并不充分满意，却不能否定外来，古有的表达形式的采用。③

---

① 朱湘：《朱湘致友人书》，见《朱湘全集·散文卷》，安徽文艺出版社，2017 年版，第 334 页。
② 朱湘：《致罗念生》，见《朱湘全集·书信卷》，安徽文艺出版社，2017 年版，第 250 页。
③ 朱湘："巴俚曲"与跋》，见《朱湘全集·散文卷》，安徽文艺出版社，2017 年版，第 320 页。

从这里可以看出朱湘是从为诗情寻找合适的诗体形式的角度来看待西方诗歌资源的。对于诗情，朱湘亦在一种中西比较的视野中，认定中国旧文学中的情感在唐宋之后遗失或退化了许多："一千年来，中国人的情感受尽了缠足之害，以致发育为如今的这种畸形。"① 新文学人的任务之一便是参考援引外国资源以有益于建设新诗和新的中国文化，在闻一多那里，新诗要做中西艺术的"宁馨儿"，而在朱湘那里，则是"暂时借助于西方文化"，最后完成一个"表里都是'中国'的新文化"②，"决计复活起古代的理想，人格，文化，与美丽"③。早期新诗人青睐外国资源的主要动机大致有三：一是涉及合法性问题，比如郭沫若等人对波德莱尔的推介便是为"内在律"的散文诗张目；一是增多诗体，如刘半农所说"在形式一方面，既可添出无数门径，不复如前此之不自由"，"其精神一方面之进步，自可有一日千里之大速率"④；一是把弱小民族或复兴民族的诗歌之路作为建设中国新文化的参照，或一种文化想象和国家想象的象征，田汉在介绍弥尔顿的时候便言："意者其药石英国之大精神，或亦能药石今日之中国"⑤，朱湘亦对闻一多的理想表示赞赏："极盼他所提倡的'文化的国家主义'成功而与'爱尔兰的文艺复兴'东西辉映。"⑥

在朱湘那里，这三种动机都兼而有之，而其底色尤与"文化的国家主义"联系紧密。在借鉴外国的诗歌资源时，他发现格律诗的普遍，意识到"我国的诗所以退化到这种地步，并不是为了韵的束缚，而是为了缺乏新的感兴、新的节奏"⑦，不过，即便是从西诗的感兴、节奏上得到"鲜颖的刺激与暗示"，也需要同"祖国古代诗学昌明时代的佳作"相参照，并不是直接从西方做"横的移植"。对他来说，一方面，介绍西方的"真诗"是可以作为参照，开辟新的诗的道路；另一方面，"嵌

---

① 朱湘：《"巴俚曲"与跋》，见《朱湘全集·散文卷》，安徽文艺出版社，2017 年版，第 209 页。
② 朱湘：《致彭基相》，见《朱湘全集·书信卷》，安徽文艺出版社，2017 年版，第 168 页。
③ 朱湘：《致彭基相》，见《朱湘全集·书信卷》，安徽文艺出版社，2017 年版，第 186 页。
④ 刘半农：《我之文学改良观》，载于《新青年》，1917 年第 3 卷第 3 号。
⑤ 田汉：《蜜尔敦与中国》，载于《少年中国》，1923 年第 4 卷第 5 号。
⑥ 朱湘：《为闻一多诗〈泪雨〉附识》，见《朱湘全集·散文卷》，安徽文艺出版社，2017 年版，第 310 页。
⑦ 朱湘：《说译诗》，见《朱湘全集·散文卷》，安徽文艺出版社，2017 年版，第 197 页。

入国人的想象"又是处理译诗的一个重要因素，"译者觉得原诗的材料好虽是好，然而不合国情，本国却有一种土产，能代替着用入译文将原诗的意境更深刻的嵌入国人的想象中……译者是可以应用创作者的自由的"①。也就是说，如果存在一种诗，其形式与精神在诗学意义上都是好的，但是倘若并不符合至少是当时的国人的审美趣味和期待视野，那么它就需要变形为一种"洋改土"的改写形式。在通过这一层过滤装置时，我们可以清楚地看到朱湘对新诗的文化国家主义想象：新诗需要容纳与表现中国人的情感；为了达到这样的目的，首先需要寻找种种妥贴的诗体形式；妥贴既是就表情达意而言，亦是就复兴中国古代诗歌精神而言。

朱湘自认"我作诗是为中国做事"②，在他那里，诗歌具有一种克里斯马类型的气质，"文化是一条链子，许多时代是这条链子上的大环，诗便是联络两大环之间的小环"③。如果"新文化"的真义是要建设现代中国的民族文化，那么，新诗作为其中的一种精华形式便亦承担着未来中国的文化想象。应该说，朱湘这样的观念不仅仅是出于文化国家主义的规训，同时也符合他浪漫主义的诗学精神，特别是受到丹纳（Taine）"种族、时代、环境"三要素说的影响，对文学有一种具体的历史时空感的把握。丹纳曾以不同的地带生长的植物种类也不同来作比，指出不同的时代和民族造成了各个特定的环境并因此决定了不同的艺术："要了解一件艺术品，一个艺术家，一群艺术家，必须正确地设想他们所属的时代的精神和风俗概况。这是艺术品最后的解释，也是决定一切的基本原因。"④ 根据这一论述，种族成为艺术（植物）的种子，而时代与环境则成为其生长结果的"精神气候"，"环境只接受同它一致的品种而淘汰其余的品种；环境用重重障碍和不断的攻击，阻止别的品种发展"⑤。这种建立在进化论、生物学基础上的实证主义观点特别强调了每一民族自身的民族特性，将之视为无法根本改变的第一性。在朱

① 朱湘：《说译诗》，见《朱湘全集·散文卷》，安徽文艺出版社，2017年版，第196页。
② 朱湘：《海外寄霓君》，见《朱湘全集·书信卷》，安徽文艺出版社，2017年版，第122页。
③ 朱湘：《致赵景深》，见《朱湘全集·书信卷》，安徽文艺出版社，2017年版，第209页。
④ ［法］丹纳：《艺术哲学》，傅雷译，广西师范大学出版社，2000年版，第41页。
⑤ ［法］丹纳：《艺术哲学》，傅雷译，广西师范大学出版社，2000年版，第41页。

湘看来，"政治经济物质"方面的进步并不是一个国家现代化的根本条件，像日本那样实现近代化的国家其实是单方面的西方化，要想保持民族的独立性，就必须在"学问艺术精神"方面独立发展，要用自己的语言、视野与方法来研究包括少数民族文化在内的中华文化，代表它们发声，而不是用西方的学问与艺术来解剖演绎。[1] 由这样一种民族文化的眼光，朱湘认识到自己作为一个诗人和文化人，其使命便在于自觉地成为华夏文化的"种子"，处于三千年未有之大变局的"时代与环境"中，要"创造新文学，整理旧文学"，完成"一代之文学"，结出"精神气候"下壮硕的果实。

如果说丹纳的三要素说强化了朱湘对某种民族形式的文化国家主义观念，部分造成了他过滤掉魏尔伦等象征派诗人的一些技法和新的诗学精神，那么朱湘本人对屈原等民族诗人的认同亦促使他形成强烈的"文化情结"，成为他在具体诗境中进行意象生成的主要驱动力。《长城》《招魂辞》《哭孙中山》《国魂》等诗作为一种赵景深所说的"民族思想"的书写，其间的意象、诗体形式等都较多地与近代以来的"国族构建"的想象有关，其中一个显著的特征便是将"长城""昆仑""黄河""国旗"等塑形为一种民族象征物的发明，这种象征与屈原、杜甫、文天祥等民族诗人的精神谱系融会在一起，直接塑造了早期新诗国家书写的经典模式。巴什拉曾从意象的物质因与形式因两重视野出发，讨论其中一种综合形式，即"文化情结"。在他看来，文化情结是一种精神能量的转换器，"诗人将自己的感受同某种传统结合起来，以此来整理这些感受"，"文化情结在其良好的形式下再生并使传统变得年轻；在不良的形式下，它是无想象力作家的一种课堂习惯"[2]。对早期新诗坛的浪漫主义诗人朱湘来说，诸如屈原的"招魂""国殇"等诗歌原型也成为他自身感受的"转换器"，在这些话语模型里其"文化国家主义"的情绪才有了合适的载体，这也是他前面所说的对"精神所聚之所在"的题材的承继与更新。

《一个省城》又是另外一种家国观照。诗人通过对"省城"一个秋日的喟叹，以写实主义的笔法将种种社会与国家的情态作扫描式速写，

---

① 朱湘：《致彭基相》，见《朱湘全集·书信卷》，安徽文艺出版社，2017年版，第167~168页。
② ［法］巴什拉：《巴什拉文集·第4卷 水与梦》，顾嘉琛译，商务印书馆，2019年版，第25页。

如开篇：

> 江水已经算好了，喝井水的/多着呢。全城到处都是臭虫，/卑
> 鄙的臭虫。最销行日本货，/价钱巧，样式好看。菜蔬与肉/比上海
> 贵。夏天，太太们时兴/高领子……还不曾看见穿单袍/没领子的男
> 人。通城院子/有一个树木多——那是教会的。

整诗对形式的突破与译魏尔伦诗 "Chanson d'Automne" 的保守形成
强烈的反差，全诗的结构完全是由眼前事物之间的关联性塑造的，跨行
的句子所形成的强制性停顿突出了前后词组的相对独立性，使其亦在一
种综合的氛围中参与了诗歌的意向性生成，产生更多的蕴藉。这样的写
作在朱湘诗歌中十分罕见，我们基本上可以判定，此种诗歌方向并不是
出自其对象征主义或现代主义的学习，恰恰相反，他是在"文化国家主
义"的情结驱动下，以浪漫主义者的写实眼光，直接打量一个省城的现
实。作为一个深度在场者，诗人以沉浸其中的体验介入，透过无限逼近
真实的镜的映照触及背后抽象的社会、民族问题，实现了从直觉主义到
经验主义的反转，从而在白描式的描绘中升华了意象的内涵。这样的诗
歌方向，其实对朱湘是具有开创性意义的，展示了其利用文化国家主义
的情结整理已有诗学资源的某种努力和可能性，不过遗憾的是，他并没
有于此发力，代表其最高诗学水平的大型组诗《十四行英体》《十四行意
体》仍处于一种在当时看来十分有光明希望的中西诗体的塑形上，故其
文化国家主义的追求最终还是主要以诗体形式的"中国化"来完成的，
而缺少在"物质因"的深掘中作精神的拓展。

四、猜想与尾声：浪漫主义者的通感问题

通过朱湘，我们可以发现一个浪漫主义诗人身上的问题，即对想象
的过分信任和对通感的迟钝麻木，这两种共生并现的"诗病"又在很大
程度上存在因果关系：在朱湘及同类诗人那里，正是想象阻碍了通感的
发挥。不能说在浪漫主义诗人那里就没有通感，不过，其使用的层级
（多为"听声类形"等语言习惯）和规模（频次上不会超过明喻等）都
较为弱势。钱锺书注意到，"十九世纪末叶象征主义诗人大用特用，滥

用乱用，几乎使通感成为象征派诗歌的风格标志"①。对朱湘来说，想象是诗歌最主要的思维术。通过想象，世界的一切成为有机，自我可以如龙之变幻，"能大能小，能升能隐；大则兴云吐雾，小则隐介藏形；升则飞腾于宇宙之间，隐则潜伏于波涛之内"②，一面是诗人自我的抒情主体，一面是世界万物的自然客体，或抒或描，或寄或表，都是自由的，而唯一需要遵循的是"奇而不怪"的情理性。

在英国浪漫主义诗人那里，"想象"的重要性得到反复确认和强化，无论是布莱克认定全部的自然都是"想象本身"，还是柯勒律治关于主要次要想象力的"感知中介"说，抑或雪莱将想象力视为"综合的原则"，他们都强烈地认识到"想象力"是诗人沟通自然，创造自我世界的主要媒介。韦勒克说得好，"关于诗的想象力的本质和宇宙的这种概念，对诗的实践产生了明显的影响……全部伟大的浪漫主义诗人都创作神话，都是象征主义者；必须从他们对世界所作的全面的、神话的解释的尝试中去理解他们的实践；因为诗人掌握着打开整个世界的钥匙"③。笔者认为，正是浪漫主义诗人这种自然主义化的想象的象征，使得他们对于象征主义及其诗歌技法有一定的视野盲区，因为在他们那里，诗人与世界之间的"象征"关系原本就是存在的，想象力又使得他们能够从一种被解放出来的时空秩序中自由地组合"自然"与"经验"，同时，情绪的速度和力度又卷裹着节奏与色彩，使想象成为一种创造性的综合力量，类似于通感在象征主义诗学中的作用。对浪漫主义诗人来说，想象已然足够，想象就是全部的技术。朱湘说："技术之于诗，就好像沐浴之于美人，雕琢之于璞玉。一方面它是消极的，因它淘汰；一方面它又是积极的，因它综合。"④ 从对自然主义的妥协中，他察知到"淘汰"的消极，而在一个脱离了"自然"的诗歌王国，经验会对"综合"提出更高的要求，甚至可能不必直接面对需要考虑"淘汰"与否的现实成分。这就是浪漫主义同包括象征主义在内的现代主义产生分歧的一个所

① 钱锺书：《通感》，见《七缀集》，生活·读书·新知三联书店，2002年版，第72页。
② ［明］罗贯中：《三国演义》，西苑出版社，2016年版，第87页。
③ ［美］勒内·韦勒克：《批评的诸种概念》，罗钢等译，上海人民出版社，2015年版，第181页。
④ 朱湘：《致汪静之》，见《朱湘全集·书信卷》，安徽文艺出版社，2017年版，第170页。

在，浪漫主义更新了主体意识，发动了想象的机器，进入意识流的领域，却又回撤到了"自然"的领地，而象征主义、现代主义却继续一路高歌，向着更深更远的经验王国走去。

反观通感，作为象征主义的关键诗学构件，从希腊语词源上来说，Synaesthesia 本就是 syn（统合，综合）与 aesthesia（感官）的组合义；通感作为一种修辞手段，突出的是视觉、听觉、味觉、触觉等各种感官刺激的联动与沟通，而作为一种诗歌技术，它更体现了一种意象的融合与感受的复杂鲜颖。波德莱尔吟唱"仿佛从远处传来的悠长回音/混合成幽暗而深邃的统一体/如同黑夜，又像光阴，广袤无际/香味、颜色和声音在交相呼应"①；兰波认为，诗人应该打乱一切固有的感觉，用诗的语言综合一切；魏尔伦则说"音乐先于一切"，"不定和确定结合在一起"。就通感之于象征主义的关系，学者吴晓东认为，波德莱尔通感论中"感性以及精神世界与超验世界的应和观念"，"昭示了象征主义诗学的'超验本体论'"②；象征备受历代文士的青睐，"但象征表现作为一种与省略或暗示这样的表现手段相关的美学理论，则随象征主义出现于19世纪末"，波德莱尔等人对"通感"和"暗示性"的强调"深化和发展了象征表现，并把它真正纳入到一种诗学体系之中"③。

不过，中国早期新诗坛对此的认识却经历了一个曲折的过程，在接触、引入之初不乏冷淡、无感、混乱、误读等情况。朱自清在《〈中国新文学大系·诗集〉导言》里点评李金发的象征派诗歌，注意到中国新诗中第一次出现象征主义诗人的手法，"没有寻常的章法，一部分一部分可以懂，合起来却没有意思"；"要表现的不是意思而是感觉或情感"④，应该说，李金发的呈现主要还是新的句法，试图创造新的语言，其对象征主义的把握亦有技法层面的借用，而朱自清的评论本身亦有浪漫主义、现实主义为宗的既设框架。学者许霆在分析纯诗运动时指出："穆木天、王独清的纯诗论虽然涉及象征主义诗学的重要命题，但他们

---

① 波德莱尔：《通感》，见《法国诗选》中册，郑克鲁译，河北教育出版社，2004 年版，第 538 页。

② 吴晓东：《象征主义与中国现代文学》，安徽教育出版社，2000 年版，第 34 页。

③ 吴晓东：《象征主义与中国现代文学》，安徽教育出版社，2000 年版，第 39 页。

④ 朱自清：《〈中国新文学大系·诗集〉导言》，见《中国现代诗论》上册，花城出版社，1995 年版，第 246 页。

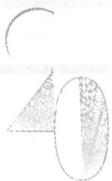

只是针对着初期新诗运动的创作弊端和诗学偏颇，从提高诗艺建设新诗的立场，提出'纯粹诗歌'的观念，在超出'主义'的立场上作理想性的描述，其出发点不是在营造象征主义世界，而是营造'纯粹诗歌'的世界，这个世界还是以浪漫主义传统为砥柱，而以象征主义诗学为其大用的。"① 由于中国新诗的建设原本就有着极其繁杂深刻的社会—政治—文化复合作用的因素，其批评话语构建的语境也与西方大不一样。在莫雷亚斯等人那里，象征主义是对浪漫主义的反动，但是在中国新诗人那里却是补益与混融。这样的立场差异随即影响到包括朱湘等在内的早期新诗人对象征主义诗学的接受。从诗学过滤器装置的角度，既然象征是具象性与幻象性的结合，那么一切都还处于"想象"的领域之内，诗人的想象力也必然受到柯勒律治等人"想象法则"的约束，朱湘基于已有的浪漫主义诗学资源，对于"通感"这一突破之情事，便抵触性地视之为"怪"，"不合情理"。

当然，今天我们回过头来看这一段朱、闻之间因诗生隙的公案，不能苛责朱湘的历史局限，事实上就是闻一多本人对意象主义、象征主义的接受也是持保守态度的，总的来说，他们都是以英诗的浪漫主义传统作为范本而各自进行探索试验的先行者。朱湘当年的认真精神在其头脑中留下了诗学过滤器装置的痕迹，使得我们可以从一个侧面观察他们所处的实际诗学方位，有着怎样的诗学资源和诗学语境，以及他们如何凭借自己的天才做出了怎样的努力。在笔者看来，朱湘的"偏移"与盲点既是早期新诗人文化国家主义追求下的某种产物，也是浪漫主义诗学本身观念驱动的结果。对浪漫主义诗学体系中"想象"的过分信任，一方面限制了他对"通感""象征"的进一步开拓，另一面也使得他在回撤的自然主义领地以"自我"为镜深度掘进，才写出了像《十四行英体》《十四行意体》《石门集》等那样情思真切、内蕴丰富的诗篇。

---

① 许霆：《中国现代主义诗学论稿》，上海文化出版社，2005 年版，第 53 页。

胡怀琛新诗观的变迁与形塑

在中国现代文学史上，胡怀琛是一个备受争议的人物。胡适说他是"守旧的批评家"，戈予认他是新文学"赞助的健将"，陈东卓赞其"是旧文学的专家，也是新文学的巨子"，赵景深惜其"旧文人方面既感到他不够旧，新文人方面又感到他不够新"。① 正因有着如此悬殊的两个形象，学界和评家对胡怀琛的论述常常绕进是非本身的争论，而较少注意到在当时文字官司背后，作为诗人和学者的胡怀琛也同其他新诗诗人一起经历了新诗从草创到渐趋成熟的十余年。不管是对他好为人师给胡适改诗的指责，还是对他是否脚踏两只船做投机的"蝙蝠派"②的猜测，都可从其十余年的文字中找到答案。作为研究者更需要关注的是胡怀琛本人的诗学修为与新诗观念之间到底是什么关系、他的"新派诗"是不是伪新诗、在经历了与新诗阵营的辩论后他的立场是否改变、其旧诗与新诗背后是否有一个可做"公约数"的诗学原理、他又是如何本着这一原理来构建自己的新诗想象的。本文试图对这些问题作一点初步的考察。

一、"尊唐派没做到的新诗做到了"

在著名的胡怀琛为胡适《尝试集》改诗正谬的风波中，不少同情胡

---

① 此处几人对胡怀琛的评价可参看胡适《〈尝试集〉再版自序》、戈予《记胡怀琛》、陈东卓《〈大江集〉序》、赵景深《胡怀琛》等文。

② "蝙蝠派"：1921年9月《文学旬刊》第14号上登载了一篇署名为许澄远的通讯，指责胡怀琛说："你们知道他就是胡寄尘吗？《礼拜六》中也常有他的大著吗？但是这种蝙蝠的行为，我总有些莫名其妙啊！"当代学者胡安定借此词语，利用霍米·巴巴的后殖民主义批评理论来指称处于新文学与鸳鸯蝴蝶派之间的一个驳杂、含混的灰色地带的"第三文学空间"。

适的人觉得这是旧诗阵营主动烧过来的一把火。的确，胡怀琛属于南社，两年后的 1922 年，另一位南社诗人胡先骕更是认为胡适的新诗一无是处，并断言此路不通。在胡适的新诗"假想敌"里，非常重要的一个便是"南社诸人"。1916 年 10 月《新青年》第二卷第二号上刊登了胡适写给主编陈独秀的一封信，信中胡适就《新青年》刊登并夸赞南社谢无量《寄会稽山人八十四韵》一诗表达不满："足下论文学已知古典主义当废，而独啧啧称誉此古典主义之诗，窃谓足下难免自相矛盾之诮矣。"胡适进而发表了对当时诗坛的看法："尝谓今日文学之腐败极矣。其下焉者，能押韵而已矣；稍进如南社诸人，夸而无实，滥而不精，浮夸淫琐，几无足称者；……更进，如樊山陈伯严郑苏盦之流，视南社为高矣，然其诗皆规摹古人，以能神似某人某人为至高目的，极其所至，亦不过为文学界添几件赝鼎耳。"[1] 但众人容易忽略的一个事实是，当胡适把"南社诸人"当作一个整体的旧诗阵营进行批判的时候，南社内部其实已经就诗学观念的分歧分成了两派，而胡怀琛与胡先骕正好分属两营。

据学者张春田、李海珉等人梳理的史料[2]，这场早在 1904 年便显露端倪而在 1917 年爆发的诗歌之争，源自高旭、宁调元等人不满一些南社社员尊崇宋诗而主张学习"唐风"。1911 年，柳亚子曾将自己尊唐贬宋的立场写进《胡寄尘诗序》，称："余与同人倡南社，思振唐音以斥伧楚，而尤重布衣之诗，以为不事王侯，高尚其志，非肉食者所敢望。"[3] 作为柳亚子的同道，胡怀琛对唐诗、宋诗的看法在其《海天诗话》（1913）中可窥一斑："日本人诗本学中土，号为能手，亦不过似宋元而止，唐以前则未窥门户。"[4] 而在后来的《唐人白话诗选自序》（1921）里则直接说破："唐朝是诗学最盛的一个时代。唐朝以前的诗，真意是有的，但是不讲修饰；唐朝以后，又渐渐偏重做工，忘却了真

---

① 胡适：《通信》，见《新青年·第二卷》（当代整理本），中国书店，2011 年版，第 146 页。

② 关于南社内部的唐宋之争及与新文化运动之间的联系，相关文章很多，比如张春田《政治与诗学：南社的唐宋诗之争》、李海珉《南社在五四前后的分化》等。

③ 柳亚子：《胡寄尘诗序》，见《中国文论选·近代卷》下册，江苏文艺出版社，1996 年版，第750 页。

④ 胡怀琛：《海天诗话》，见《民国诗话丛编》第五册，上海书店出版社，2002 年版，第 307 页。

意。所以只有唐诗恰到好处。"①

唐宋诗之争的背景当然与南社内部新旧政治力量的冲突相关，但是文学作为其情志的表达，反过来亦受到现实的影响而强化对趣味、风格等的选择。在学者张春田看来，柳亚子等人在诗词上所谓的贵真斥伪，"显然看重的是诗歌面对社会生活的开放和介入的姿态"②。尤需强调的是，胡怀琛的南社成员身份固然是他介入新诗的一个起点，但是他在南社中的诗学立场比这一身份更切实际，而唐诗、宋诗之争便将这一立场公开化了。循此，我们便能把握胡怀琛在改诗事件以来一系列诗学观点之由来。

在谈到为什么要破坏旧诗建设新诗的时候，胡怀琛用身处旧诗阵营亲历者的眼光检视道："就近来的诗家而论：最高的是王壬父的假古董，其次陈、郑诸公的同光派，再次是樊云老的香奁诗，易哭老的滑稽诗，坏到这样田地，如何再能支持下去？当时也有人反对他们，但是所处的地位不好，又没有具体改造的办法，所以不能发生效力，迨胡适之新体诗出，乃如摧枯拉朽，片刻便倒了。胡适之所处的地位好，这是机会问题，他具有具体的改造办法，这是我钦佩他，旁人所做不到的。"③ 正是因为旧诗被作坏了，所以要破坏，而自己也曾反对过，只是同处旧诗阵营，地位不好，又没有改造的办法，没有成功。由此在胡怀琛看来，如今胡适等人的新诗所反对的大多亦是自己反对的，新诗所提倡的大多亦是自己提倡的。对胡先啸来说新诗是没有前途的，对胡怀琛来说却正是改造旧诗的一个手段，所谓"自由恢复了，新诗岂不仍旧成了古诗"④。

改诗事件中的胡怀琛对自己的诗学立场显然十分自信。他的讨论"诗好不好"的问题，看似持论公允，却将胡适等人的新诗逼到了墙角，即在诗艺的层面上，胡适等人所作的新诗不甚如意，他并不认为自己就是新旧文学的调和论者，他压根就没有新旧问题。他说："调和是从新旧二字生出来的，我对于文学，只知道甚么是好，甚么是不好，不知道

① 胡怀琛：《文学短论》，梁溪图书馆，1924 年版，第 115 页。
② 张春田：《政治与诗学：南社的唐宋诗之争》，载于《读书》，2013 年第 9 期。
③ 胡怀琛：《白话诗谈》，广益书局，1921 年版，第 18 页。
④ 胡怀琛：《新诗概说》，商务印书馆，1923 年版，第 9 页。

甚么是新，甚么是旧。既然没有新旧，又何以有调和呢？"观察当时之文坛现状，他认为新旧相攻的主战场集中在报刊阵地的争夺上实际上是本末倒置，"大家都没有知道文学的真面目，又何以能说调和不调和呢？""新旧调和都不成问题，只要首先认识文学的真面目"①。他认为诗是要变的，但胡适等人的新诗只是一个路子，由此便牵涉新诗的合法性问题。

对胡适的别开新局，胡怀琛是十分佩服的，这与同为南社成员的胡先骕大骂胡适是陈胜吴广造反终归失败的态度截然不同。从诗的原理的角度，他认为新诗至少有两点是很好的，一是表情，胡怀琛常以"诗言志""诗是表情的文字"这样的命题来界定诗歌的本质。他认为时代会变，环境会变，而诗歌之变乃由于情感发生了改变。用佛家"体相用"的概念来分析，情志是"体"，无论是写旧诗还是新诗，写诗歌还是散文，它始终是人心萌动的最初的表达对象，而旧诗新诗具体的诗体则是"相"，成文之后的诗所产生的效果为"用"。胡怀琛认为一般人把新旧文学之争归于白话文言之争，不过是"只争名相，不争本体，无乃太固执耶？"② 诗歌以情感为本质，便是从死文学走向活文学，"我以为活文学的注解，不专是指现代的文学，也兼指自己的文学，在诗里便是有自己的感情。倘然没有自己的感情，硬学胡适之、沈玄庐等于学杜少陵，学黄山谷。因为杜诗、黄诗是他们自己的活文学，人家学他便是死文学了。适之、玄庐的诗也是他们自己的活文学，人家学他，便是死文学了"③。从这个意义上来说，新诗从作者的内心出发，胡适等人的示范作用更多的是在诗歌精神上，而非具体的诗艺上。学者胡安定用"游移"和"暧昧"来说明胡怀琛身处新旧之间的策略与态度——"某种程度上是对新文学群体区分手段的回应"④ ——这或许可以部分地解释胡怀琛此处阐说"活文学"的骑墙摇摆，但毕竟胡怀琛在新旧诗歌阵营的对比中看到了最为本核的不同，他说："在旧诗里作诗的人对于这一点

① 胡怀琛：《文学短论》，梁溪图书馆，1924年版，第43页。
② 胡怀琛：《文学短论》，梁溪图书馆，1924年版，第43页。
③ 胡怀琛：《大江集·附录》，民智书局、崇文书局，1923年版，第10页。
④ 胡安定：《跨越新旧的"第三文学空间"——论新文学发生初期的"蝙蝠派"》，载于《中国现代文学研究丛刊》，2012年第6期。

（指诗以情感为主，引者注）往往弄不清，在新诗里作诗的人比较的能明白这个道理……"① 在他为新诗所设计的"新派诗"方案里，真情实感成为唯一的戒律，所谓"必有真性情，好事实"，所谓"不作浮泛、空疏之诗"与胡适所倡"须言之有物"正有异曲同工之处。

新诗的另一个好处就是白话的使用。胡怀琛首先认为诗歌天然的语言便是白话，通观此一时期胡怀琛的言论，"言"与"歌"是他理解诗歌语言的关键。他引《虞书》里的"诗言志，歌永言"作为诗歌的界说，前半句说明了诗歌的本质及发生，后半句则是具体的赋形为物。由此推论，胡怀琛认定民歌是一切诗歌的源头，"流传在平民口上"，"没染着贵族的彩色"，"全是天籁，没经过雕琢的工夫"。② 作为民歌歌谣最自然的语言，口语或白话在诗歌中的价值便体现出来，"我又以为诗的自身，便是和白话接近，这大概是里巷歌谣的本来面目"③。除了民歌与白话的这种血缘关系之外，胡怀琛还注意到"唐以后以至前清普通的诗"，"诗歌里用的字和当时所谓'文'里用的字不同，诗里往往有白话及方言，这是'文'里所有的"④，他举杜甫诗"一片花飞减却春"的"却"字，李白诗"借问别来太瘦生"的"生"字，元稹诗"隔是身如梦"的"隔是"等为例，来说明诗文用字之不同一大方面便是此类白话俗语入诗。

然而，从诗的原理的角度他对胡适等人的新诗亦流露出一丝不信任。"不好"还只是一个笼统表象的说法，更为具体的是他拎出新诗的三大诗病，即"繁冗""参差不齐""无音节"，分别主要指向语言风格、诗体形式和音乐性。这样胡怀琛的矛头最终有条件地指向了新诗："新诗也非改造不可，但是改造决不是复古。"⑤ 对"繁冗"，他的说明是："诗之所以能美者，简字实为原质之一。今新体诗既犯繁冗，是即与此原则相反，则其不能美明矣。"⑥ 对"参差不齐"，他认为"整齐为中国文字所独有，诗为文字中之尤整齐者也。新体诗之格式，来自欧美，故

---

① 胡怀琛：《诗的作法》，世界书局，1931 年版，第 5 页。
② 胡怀琛：《中国民歌研究》，商务印书馆，1929 年版，第 2 页。
③ 胡怀琛：《文学短论》，梁溪图书馆，1924 年版，第 20 页。
④ 胡怀琛：《中国民歌研究》，商务印书馆，1929 年版，第 7 页。
⑤ 胡怀琛：《中国民歌研究》，商务印书馆，1929 年版，第 7 页。
⑥ 胡怀琛：《大江集·附录》，民智书局、崇文书局，1923 年版，第 19 页。

多参差不齐。殊不知欧洲文字不能整齐，中国文字能整齐，正是彼此优劣之分。今奈何自去吾长，而学其短耶？然在欧文不能整齐之中，偶有整齐之式，彼亦惊为天造地设之妙文……"① 从胡怀琛的解释来看，他把新诗与西洋诗进行对比的事实本身透露出这样的疑惑，即中国文字的简洁、整齐等优点在新诗里消失了，其学习西洋诗之格式，或许正是一种取短弃长的自残行为。这一忧虑在他不厌其烦论证新诗缺少"音节"的时候表现得尤为突出。他说，"诗之所以能感人者，全在音节。帝舜命夔之言，道之详矣，曰：'诗言志，歌永言，声依永，律和声。八音克谐，无相夺伦，神人以和。'古人之诗，节奏之长短，音韵之高下，必求合乎五音六律。雅颂而后，则有乐府。中晚唐以来，此传久失，一变而为平仄声，然声调铿锵，便于口悦于耳。若新体诗则往往不能得天然之音节，读之不能上口，听之不能入耳，何能感人？"② 对新诗三病的批评看似局限于文字层面，或可归于技术手段，但对胡怀琛来说却并不是无的放矢杂乱无章。实际上，这几点正是胡怀琛围绕诗歌的"国民性"来展开的。

胡怀琛曾说中国诗和外国诗在实质上不同，引起郭沫若的质疑。在《小诗研究》一书中，胡怀琛答复道："因为各国的政教风俗不同，所以国民性不同；国民性不同，所以发表在诗里的情也不同了。"③ 接着他分析了国民性的养成与诗歌的关系，简括起来说就是"中国诗的唯一的特点就是他用含蓄的方法，发表他温柔敦厚的感情"，"中国诗的感情是含而不吐的，外国诗里的感情是充分说出来的，较中国诗里的感情要热烈得多"。④ 这种"热烈"与西方文化受科学精神的熏染和基督教的陶冶紧密相关，而中国诗（最初是周民族《诗经》时代的诗）在历史上自然也受周围民族的影响，如荆楚的鬼巫文化与西北胡人的尚武精神。近现代以来，西风东进，胡怀琛推定中国的文学当然要随之变化，"不过，所谓发生变化，要等到血统发生关系以后；决不是抄袭皮毛，就能算是变化。这个唯一的原因，就是诗歌所表现的，是人民的真的情感，这种

① 胡怀琛：《大江集·附录》，民智书局、崇文书局，1923年版，第35页。
② 胡怀琛：《大江集·附录》，民智书局、崇文书局，1923年版，第35页。
③ 胡怀琛：《小诗研究》，商务印书馆，1926年版，第5页。
④ 胡怀琛：《小诗研究》，商务印书馆，1926年版，第8页。

真的情感，非至两个种族发生血统关系后，是不会变的。单是学一些外表，不算是变"[①]。回到诗歌的"中国性"，胡怀琛的保守立场已是昭然若揭，但穿过历史的透镜，我们亦可看到，这不过是他与新诗缘分的一个起点，他的诗学观点随后经历了一系列曲折宛转的修正，正如其所追求的"中国性"也将在"现代中国"这一语境下完成其丰富而华丽的转身。

二、从反口诀化到"散文诗"

1920 年 10 月，《民铎》杂志第 2 卷第 3 号登载了胡怀琛《诗与诗人》一文，其中诗歌与音乐同源一体的论点引起郭沫若的强烈反对。郭沫若致信《民铎》主编李石岑，提出胡怀琛所引"诗言志，歌永言"之"言"当指未有文字之前，按照历史演进来看，诗歌、音乐、舞蹈由浑而分，已有固有领域而不可再合，进而郭沫若引入外在律（External Rhythm，亦称有形律）和内在律（Internal Rhythm，亦称无形律）来说明新诗应该摒弃外在律而采用内在律。所谓内在律，就是"情绪底自然消长"，"内在律诉诸心而不诉诸耳"。[②] 胡怀琛对此辩护称，诗乐虽两分，但仍联系密切，无形的韵律仍是从有形的变化出来的。在他看来，平仄如同乐谱，有诗意的句子只是语言，而这语言按照平仄变化之后才是诗。诗歌的音乐性或者韵律、音节，在胡怀琛与新诗阵营的早期争论中是交火最为激烈的地方。然而到了 1931 年，胡怀琛在《诗的作法》一书中，其论点已经大幅修正而接近于郭沫若等人的了——"诗中的音节是有的，没有音节便不能成为诗。然反转来说，凡是真的诗，凡是好的诗，凡是从心坎里流露出来的真情，都自然有音节，更不必要用什么研究音节的功夫，而后可以作诗……简单一点说，音节是情感的关系，而不是文字符号的关系，音节的好不好乃是情感真假及情感深浅的关系，不是'平上去入'调和适当或'抑扬''扬抑'配置合宜的关系。"[③] 胡怀琛的这一转变是渐变的吗？这与他最初的诗学立场到底相

---

① 胡怀琛：《诗歌学 ABC》，世界书局，1929 年版，第 78 页。

② 郭沫若：《给李石岑的信》，见《诗学讨论集》，新文化书社，1934 年版，第 4 页。

③ 胡怀琛：《诗的作法》，世界书局，1931 年版，第 61~62 页。

异在何处？他又有哪些诗学观点发生了类似的变化？

仍以音乐性为例。改诗事件中的胡怀琛对胡适新诗的删改也多从"音节"入手，由此而引起多人卷入的关于"双声叠韵"等的大讨论。此时的胡怀琛对韵律的看法持有一种外宽内严的态度，一方面，他说"除了自然二字，没有第二个条件，什么古诗啦律诗啦旧体啦新体啦自由诗无韵诗啦，这些名目都要一例打破"；另一方面又说"有一件要紧的事，便是要能唱，不能唱不算诗"①。胡怀琛的诗要能"唱"，用他的话来解释就是"上口顺耳"，但这个"上口顺耳"是有讲究的。首先，正如郭沫若指出的，胡怀琛对于诗歌音乐性的最初认识主要来自中国古典诗学。除了"诗言志，歌永言，声依永，律和声"之外，胡怀琛还常引用朱熹《诗序》里的话："人生而静，天之性也；感于物而动，性之欲也。人既有欲矣，则不能无思；既有思矣，则不能无言；既有言矣，则言之所不能尽，而发于咨嗟咏叹之余者，又必有自然之音响节奏而不能已焉，此诗之所以作也。"不管是前者的"志—言—永—声—律"的声音轨迹，还是后者"自然之音响节奏"的要求，诗与歌几不可分的关系都是确凿无疑的。

其次，胡怀琛把诗歌的"声"分为"调"和"韵"两种，"调是平上去入四声的配置，喉齿牙唇舌各音的调和……韵是句尾的押韵"②。他认为调和韵是相辅相成的，有韵无调或有调无韵所产生的声音都不谐和，而两相比较，调又较韵更加重要。古人的律诗或绝句摘句出来仍很优美就是可以无韵的例证。由此，胡怀琛认为无韵诗是成立的，但必须有调，而且他断言，适宜于短诗而不适宜于长诗。

到了1923年，胡怀琛将自己在沪江大学的讲义集结成《新诗概说》，其中对韵律与平仄的看法已处于修正过渡期的混乱分裂中。一方面，他仍坚称"诗是有音节而能唱叹的文字"，"单是诗，没有歌，胸中的郁塞决不能发泄得尽，自然而然的要唱叹起来"③；另一方面，他又说"诗的音节，并不专靠在呆板的平仄上，而且诗的好处也不是专靠在音节上"，至于"韵"就更不重要了，"南北朝以前的诗，不是跟着诗韵

---

① 胡怀琛：《大江集·附录》，民智书局、崇文书局，1923年版，第36页。
② 胡怀琛：《白话诗谈》，广益书局，1921年版，第1页。
③ 胡怀琛：《新诗概说》，商务印书馆，1923年版，第5～7页。

做的，是自然的韵，可见音韵的问题是很无关系了"①。1929 年，在新诗理论普及读物《诗歌学 ABC》一书里，胡怀琛为了进一步解释"韵"对于诗歌亦有束缚的一面，甚至发明了一个概念"口诀化"来表称机械的整齐而有韵的文字。他认为汉魏以后形成五言诗，唐以后又形成七言诗，律诗和绝句更有严密的字句和韵律要求，他并不觉得这是美学上的进步，相反他指这唯一的原因只是为了便于记忆。口诀与诗歌的混合不分，造成了不少非诗混入诗歌里。词和曲的产生，便是因为"口诀式的五七言诗，不便于歌唱"，"诗变为词，不过脱离口诀式的束缚，而使他便于歌唱而已"。② 胡怀琛对"口诀化"和"歌唱"的剖析，成为其"自然音节"含义转变的一个纽带。在与胡适、郭沫若等人争论时，胡怀琛的"自然音节"有意突出其物理音效"上口入耳"，读者占的比重更大，而绝不同于郭沫若所强调的心理学的"自然音节"，发出者在于作者。而"口诀化"使得整齐的机械的文字不利于"歌唱"（即不利于表达情感时音节的延缓到位），同时也削弱了意的表达，这就间接地承认了长短不一、不押韵的句式，其"自然音节"的效果并不亚于五七言的旧诗，而"自然"的意义随之也偏向了作者。又过了两年，当胡怀琛以指导老师的姿态在《诗的作法》里说"情感有种种的不同，例如表愤怒的情感，音节自然短促；表思慕的情感，音节自然悠扬……"的时候，他在诗歌的音乐性或音节的问题上的看法已经同郭沫若几无分别了。

与音乐性或音节问题相关的"散文诗"也是胡怀琛新诗观念发生较大变化的论题之一。这里的"散文诗"是相对于韵体诗而言的，亦称作"无韵诗"。在《无韵诗研究》里，胡怀琛的看法是无韵诗是可以成立的，但必须有调，"可以偶然做，并不须专门做这一门诗"③，其实更早一点，在他标举"新派诗"时，更称学成者可以不拘韵律，但初学者不可不学平仄，并建议押韵以旧韵为准，适当有一个通行的范围。不能吟唱不算诗，胡怀琛将此条件也加于无韵诗，如果没有此点，诗便不成

---

① 胡怀琛：《新诗概说》，商务印书馆，1923 年版，第 18 页。
② 胡怀琛：《诗歌学 ABC》，世界书局，1929 年版，第 42～43 页。
③ 胡怀琛：《白话诗谈》，广益书局，1921 年版，第 11 页。

立，"至多也只好说有些诗意罢了"①。对于"诗意"，胡怀琛认为那只是由情志转化为诗歌过程的中间物，还只是简陋初级的材料。在 1921 年 3 月《小说世界》杂志里就有这样一篇《诗意并序》，胡怀琛在序言里说：

> 近来许多诗人很提倡散文诗，又有人反对，说："散文不能成诗。"我说："散文未尝不可以成诗，只怕单是散文，而不是散文诗。"因为散文不散文，不过是形式的关系；诗不诗，另有实质在，实质是诗便是诗；实质不是诗便不是诗，形式可不必论。我曾经有几次得了些诗意，觉得很可以做诗，但是没有做成诗的形式，姑且叫他诗意，或称做散文诗。②

这段表白式的文字很清楚地说明了在当时胡怀琛的诗歌观念里，一直有一个"歌"的范围束缚着"诗"的表现。尽管他认为散文诗或无韵诗是有"诗意"的，但是他仍然视其为不成熟的或有缺陷的诗体，缺少一个"诗的形式"。对于此点，郭沫若亦曾以"裸体美"来比喻自由诗的美正在其自然而然，"便不用外在律也正是裸体的美人，散文诗便是这个"，类似的观点胡怀琛在《白话诗与裸体美人》一文中还有引述。据他说，一位白话诗大家曾反对他，称人的美不美不在衣裳，诗的美不美不在体裁，甚至裸体更好；如果见了裸体美人而不见好，只能是见解不广、审美狭隘。对此，胡怀琛辩护说，自己并不是在衣裳上讲究而是要美人本身便是美的，如果人是丑的，裸体或盛装都是不美的，白话诗"废了声调格律之后，仍是不好"③。"美人本身便是美的"便是要求诗在实质上是好的，用胡怀琛当时的眼光视之，当为"诗意"，那么实际上他仍将外在的衣裳（格律声调等）当作了肉体，或者说，便是他固执诗要有一定的形式。

另外，由于胡怀琛所推崇的以唐诗为代表的古诗注重的是情的表达和意的抒写，所以他还是能从表情达意的角度来肯定诗歌散文化的方向，他说："本身含有诗意，所以无论散文、非散文，都是诗；如本身

---

① 胡怀琛：《新诗概说》，商务印书馆，1923 年版，第 18 页。
② 胡怀琛：《诗意并序》，载于《民众文学》，1923 年第 1 卷第 13 号。
③ 胡怀琛：《白话诗与裸体美人》，载于《美育》，1921 年第 6 期。

不含诗意，则虽然硬做成整齐而有韵的文字，终是口诀而不是诗。"①
在韵律与诗意冲突时，胡怀琛也十分欣赏以意为主的创作倾向，例如他
之赞誉李白，便从李白以散文之笔写诗，将南北朝以来的种种束缚扫除
干净的角度出发，认定是诗歌界之一大革命。

到了1931年，在《诗的作法》里，胡怀琛对"散文诗"的认识更
为宽容："我们有了一种感，先把他用散文写出来，然后再把他改成诗。
喜欢作新诗的就作新诗；喜欢作旧诗的就作旧诗，都可以的。但是旧诗
比新诗容易受束缚……我们的感想用散文写出来，可以改为诗，因此推
广一下，把现成的语言改为诗，也可以的，只要是饱含着诗意的语言，
都可以拿来改为诗。"② 在这里，虽然"用散文先写出来"仍带有中间
物"诗意"的意味，但利用"现成的语言改为诗"已然是用一种审美的
眼光来打量白话或散文的"裸体美"了。既然"饱含诗意"的白话或散
文句式可以称为诗，那么其早先对新诗"参差不齐"的指责便不成立
了，"新派诗"所主张的以五七言为正体亦就成了束缚之一，亦需要打
破，反而是勉强接受的杂言换了一个"散文"的说法，登堂入室成为新
诗当仁不让的基本体式。

三、胡怀琛新诗观中的"情"

"我们拿新文学来代替旧文学，是不是要人家得到新文学的真精神
呢？还是只要人家做几句欧化的空架子？"③ 在《给某先生的信》一文
里，胡怀琛以外国传教士来华传教入乡随俗穿中国衣服学说中国话为
喻，来说明新文学革命不应在目的和手段上颠倒主次。平心而论，其对
主体性的强调并非单纯的保守，因为他所立论的出发点并非狭隘的民族
主义或国粹主义。他以诗歌原理作为准则，尽管一些观点被后来的历史
证明并不正确，一些观点似乎也倒向了新诗阵营的论争对手一边，但我
们需要把他个人的局限性同时代的局限性区分开来。

比如，对诗歌韵律的认识，当时胡适说用"现代的韵"，"有韵固然

---

① 胡怀琛：《诗歌学ABC》，世界书局，1929年版，第30页。
② 胡怀琛：《诗的作法》，世界书局，1931年版，第40～41页。
③ 胡怀琛：《文学短论》，梁溪图书馆，1924年版，第98页。

好，没有韵也不妨"，持的是一种试验的态度，并不十分自信，所以当胡怀琛指出押韵方面的问题的时候，胡适的辩护集中于自己使用的是双声叠韵，也是押韵的一种云云；刘半农主张以北平音为标准"重造新韵"，与胡怀琛用旧韵做一个范围的初衷是一样的，这反映了当时国语运动方兴之时牵涉的语言问题比较复杂；而20世纪二三十年代，整个诗坛仍在"诗韵""音节"等问题上进行激烈的讨论，这也说明此一问题不只是旧诗遗留给新诗的问题，也并非一些保守的来自旧诗阵营的才会产生这个问题。其实，细检胡怀琛相关的说法，一些观点可谓远见卓识，比如他认为调子（平仄）比押韵重要，这是后来卞之琳等人有关现代格律的讨论中的核心论题。卞之琳认为，有哼唱型（三字）和说话型（两字）节奏，其将诗歌音乐性的焦点从外在的韵律转移到内在的节奏，亦与胡怀琛调子的观点有不谋而合之处。

胡怀琛对诗歌主情的认识也有着他自己独特而深刻的一面。首先，他认为情感是诗歌的唯一本质的特征，"情"是总括"理"的，"理"是从属于"情"的下一层单位。在《诗的前途》一文对诗歌的组织分析里，胡怀琛认为"理"（哲理）、"景"（自然现状）、"事"（社会现状）同为"意"，也即"内容"的元素；"声"（音节的调和）和"色"（字句的组织）同为"外表"，也即"形式"的组成，唯独"情"是超越凌驾于诸成分之上而成为诗歌最本质的特征。"情"与"理"并不是在同一层级上对立统一的两种东西，"理"是表现"情"的，"理"无法独立地在诗中存在。他说一个时代所流行的哲学和思潮的确可以支配人们的思想，但是哲学和所谓文人的关系较深，和一般平民的关系较浅，故而"文人诗"或许跟着哲学思潮的变化而发生改变的地方多，但是真正反映平民感情的"民歌"跟着发生变化的地方就不多。

他又注意到外国思潮的进入对中国知识分子产生了广泛且深刻的影响，为此他断定，西洋哲学对中国新诗有影响，但不会很大，原因有二：一是他认为西洋哲学偏于求知，范围太狭，和文学接触的机会很少；二是哲学和文学的界限太严，不容易融合。胡怀琛从"诗主情"的角度出发，把诗歌大略分为"文人诗""民歌"两类，这于今日亦有借鉴意义，即当思想界出现语言学转向、文化转向等思潮风向的变化时，我们如何重新估定已有的整体性认识，当诗与思并举时，我们如何重新评判情的价值？情与思之间到底是并立的两种诗歌元素还是有一个主从关系？"文人诗"与"民歌"的差异究竟何在？如果不是乐山乐水自得其乐的差异，那么相互学习交流的地方又以什么为归依？这些问题仍需要像胡怀琛那样真正回到诗学原理才能获得答案。

其次，在诗歌的变化过程中，胡怀琛认为情感是其根本性的决定力量，诗歌实质的变化就是人们情感的变化。他归纳有三种外部因素引起情感的变化进而造成诗歌之变：一是民族的关系，主要是对外文化交流的影响；二是哲学的关系，主要是宗教、哲学等思潮的影响；三是政治的关系，主要是社会环境的变迁所带来的生活方式的改变。可以看出，胡怀琛此论受到丹纳"种族、时代、环境"三要素说的启发，但是他将情感作为其背后的总力量，种族、时代、环境不过是具体的表征，它们的变化最终都将归结体现在诗人个人身上，成为一种个人性的情感。经由如此的内外转化，胡怀琛突出的乃诗人的创造性和诗歌的独特价值。在《诗人生活》一书中，他指称诗人的生活是讲情感的生活，"以情感为出发点，以不受束缚为归宿"，"如痴人，如狂人"，诗人常常是主观感性的，其想象力的丰富与否正是其才能多寡的一个标准。他认为，诗歌有新旧，而情感可以超越新旧；各人的情感有差异，但在时间上是可以沟通共鸣的，不存在时空的鸿沟，我们要创作新诗，先要明白诗的这种价值。我们今天讨论诗歌或文学也多以内外两重眼光检视，文学史上亦几度用"新抒情"之类的命名来指代某种时代之变，但到底哪些是内的需求哪些是外的影响？内外之间，是内的见风使舵还是外的强力下不得不改弦更张？如果内外关系只是一种垂直关系的上下层建筑，那么自由的艺术精神又安放在何处？可以说，胡怀琛展示了他的一种自信和姿态。处在新旧交替的节点上，他并不隐讳自己的知识出身，坚守诗学原理而不断修正具体的看法和观点。他站在旧诗的传统中替新诗谋划，又站在新诗的理念中反思旧诗，其纵深的历史眼光和文体意识交出了一份他对于新诗创制及完善的答卷，至今仍启迪着我们。

闻一多：杀伐气与五彩笔

一

1926 年春的一个周六，徐志摩来到北京西城梯子胡同的一个院子。这里是闻一多、余上沅、陈石孚等人租赁的四合院，早几天，徐志摩才听闻诗人们已然把这里当作一个"乐窝"，有事没事都爱在此处碰头，写诗、画画、聚餐，好不快活。

从院子里看，这里的布局、景致与一般的四合院并无差别，待他踏入闻一多住的三间画室，立刻便被眼前的气象惊呆了：所有的墙壁都被涂成了墨黑，并镶上一道窄窄的金边，"就像一个裸体的非洲女子手臂上脚踝上套着细金圈似的情调"。待客的一间，闻一多在一面墙上还挖出方形的神龛，放着的却是维纳斯一类供写生的雕像，徐志摩见此景象，又发挥他那诗人般的想象，形容说那雕像在一团墨色的衬托下就像是"蒸熟的糯米"，"别饶一种澹远的梦趣"，"看了叫人想起一片倦阳中的荒芜的草原，有几条牛尾几个羊头在草丛中转动"。徐志摩说，本来屋子极小，但因为闻一多这样的布置和装饰，人在里面却感觉不到局促，"带金圈的黑公主有些杀伐气，但她不至于吓瘪你的灵性"，而维纳斯像"免不了几分引诱性，但她决不容许你逾分的妄想"。将房间涂成一团墨，再加上一道金圈，这样的室内装饰恐怕也只有在闻一多这样的画家家里才能一见，徐志摩便感叹这的确是"别有气象的所在"，"不比我们单知道买花洋纸糊墙，买花席子铺地，买洋式木器填屋子的乡蠢"。[①]

---

① 徐志摩：《诗刊弁言》，载于《晨报副刊》，1926 年 4 月 1 日。

　　徐志摩的这一拜访，不但给他本人留下了深刻的印象，也让更多的读者知道了闻一多对色彩的敏感究竟到了怎样一种程度。关于色彩之于闻一多有很多论述，兹不赘述，只提两点闻一多自己的艺术感悟或看法。

　　一是密友梁实秋提到闻一多钟爱的画家是西班牙的委拉兹开斯（Diego Velasquez），此人是西班牙 17 世纪黄金时代的大师级人物，以色彩运用的丰富谐和及人物刻画的冷峻清奇著称，著名的《宫娥》《教皇英诺森十世》等即出自其手。据说委拉兹开斯在用色上十分有个性，常常将颜料径直堆上画布，然后再做局部和细节的功夫，其风格所染竟影响到两百多年后席卷世界的"印象派"。

　　关于"色"的堆砌，闻一多亦颇喜将之应用于诗歌之中，通过词藻的铺陈、意象的密集形成一种"浓得化不开"的情调，梁实秋就指闻一多喜欢韩愈，深受其丰赡堆陈的影响。

　　二是闻一多自述美国诗人佛来琪（今译弗莱契）"唤醒了"其"色彩的感觉"，他举佛来琪诗《在蛮夷里的中国诗人》（*Chinese Poet Among Barbarians*）为例，说"快乐烧焦了我的心脏"[1]，而其实在这首诗里并没有一个表示色彩的词。弗莱契是意象派诗人，注重的是透过画面般的"图像"（image）来传递某种感觉，所以闻一多感受到的"色彩"其实是一种综合的感官感觉，一种"印象"。

　　以《秋色》为例，诗人在美留学时写在异国所见的秋日景象：

　　　　紫得像葡萄似的涧水/翻起了一层层金色的鲤鱼鳞。/几片剪形的枫叶，/仿佛朱砂色的燕子，/颠斜地在水面上/旋着，掠着，翻着，低昂着……

　　　　肥厚得熊掌似的/棕黄色的大橡叶，/在绿茵上狼藉着。/松鼠们张张慌慌地/在叶间爬出爬进，/搜猎着他们来冬底粮食。

　　　　成了年的栗叶/向西风抱怨了一夜，/终于得了自由，/红着干燥的脸儿，/笑嬉嬉地辞了故枝。

　　在诗人眼里，色与形亦被赋予了生命的丰满与气息，故而"紫"是

---

① 闻一多：《致梁实秋》，见《闻一多全集》（第 12 册），湖北人民出版社，1993 年版，第 117 页。

"葡萄"的"紫"，"金"是"鲤鱼鳞"的"金"，剪刀形的"枫叶"如"朱砂色的燕子"，肥厚的"大橡叶"如棕黄色的"熊掌"，成年的"栗叶"的"红"更是"笑嬉嬉"的。接着，他像是一个正在上色的画师，对每一处细节的色彩都有着深刻的敏感与庄重，他知道哪怕是鸽子的羽毛或者小孩的衣裳，其颜色的流光所及之处也将细微而具决定性地影响到整幅秋色图景之色温——

> 白鸽子，花鸽子，/红眼的银灰色的鸽子，/乌鸦似的黑鸽子，/背上闪着紫的绿的金光——/倦飞的众鸽子在阶下集齐了，/都将喙子插在翅膀里，寂静悄悄打盹了。/水似的空气泛滥了宇宙；/三五个活泼的小孩，/（披着桔红的黄的黑的毛绒衫）/在丁香丛里穿着，/好像戏着浮萍的金鱼儿呢。

> 是黄浦江上林立的帆樯？/这数不清的削瘦的白杨/只竖在石青的天空里发呆。

> 倜傥的绿杨像位豪贵的公子，/裹着件平金的绣蟒，/一只手叉着腰身，/照着心烦的碧玉池，/玩媚着自身的模样儿。

接下来，闻一多笔下的树将他的思绪牵引到"金碧辉煌的帝京"和紫禁城，由色彩所凝固的记忆被唤醒，真实与虚构相互渗透，"这些树不是树了"，诗人已然在这色彩的迷雾中找到了他心之所向的"浪漫乐土"，他不但将"看"尽这秋景之美，亦将痛饮其色，同时听其悦，嗅其香——

> 啊！斑斓的秋树啊！/陵阳公样的瑞锦，/土耳其底地毡，/Notre Dame 底蔷薇窗，/Fra AngeLico 底天使画，/都不及你这色彩鲜明哦！

> 啊！斑斓的秋树啊！/我美煞你们这浪漫的世界，/这波希米亚的生活！/我美煞你们的色彩！/哦！我要请天孙织件锦袍，/给我穿着你的色彩！/我要从葡萄，桔子，高粱……里/把你榨出来，喝着你的色彩！/我要借义山济慈底诗/唱着你的色彩！

> 在蒲寄尼底 La Boheme 里，/在七宝烧的博山炉里，/我还要听着你的色彩，/嗅着你的色彩！

诗人说要借"义山济慈底诗"唱颂色彩之歌，正是为自己对色彩的灵敏张目。"沧海月明珠有泪，蓝田日暖玉生烟"，李商隐笔下的色彩是梦境般的，不动声色而自然蕴藉的；而写出《夜莺颂》《秋颂》等不朽名篇的济慈则擅长声色相润，活灵活现地展示色彩的真实与新鲜，他的关于"美即真，真即美"的训诫同样引起闻一多的共鸣。在闻一多看来，自然之工超越了人类一切的美术，有心人只需要像果实一样"榨"出里面的色彩就已经足够带动眼耳鼻舌身意多方的感官享受。

关于画家眼中的自然色彩，不妨多插一句。在梵·高（这也是闻一多喜欢的画家）写给弟弟提奥的信里，他多次提到色彩的深浅和光线的明暗形成的极其丰富的层次感，比如在 1882 年 9 月 3 日的信里，他写道："昨天晚上，我走在被干燥腐烂的山毛榉树叶所覆盖的林地斜坡上时，我发现地面是深浅不一的红褐色，最突出的是，树木明暗交错的阴影形成的纹路穿过地面。我意识到，最难是要抓住色彩的深度以及表现地面巨大的力量和韧性。同时，当我在绘画时，我才注意到昏暗中有多少光的存在——我要让这些光线绚丽夺目，并富有深度。"可以说，色彩正是画家的语言，通过对色彩的运用和调制，画家的个人情感也得以流露。

闻一多可谓是早期新诗创作里面最大规模使用色彩的一个，在《死水》里，他将一沟臭水竟描出"绿成翡翠""锈出桃花""油织罗绮""霉蒸云霞""珍珠式的白沫"等五彩斑斓的色彩，没有对色彩的自觉意识是不容易产生这样的艺术风格的。而闻一多对色彩的运用也不只是陈列涂装，他更追求色彩作为一种独立的美的形式而有自身的生机与灵趣。因此，在他的诗里，色彩与动词之间的搭配和联动便很自然了。"坐看苍苔色，欲上人衣来"，王维这样的超现实主义手法不啻诗中用色的圣手，而闻一多的"春光从一张张的绿叶上爬过。/蓦地一道阳光晃过我的眼前，/我的眼睛里飞出了万只的金箭"（《春光》）亦有同工之妙。

二

前面说到闻一多自陈受美国意象派诗人的影响，美国意象派源于宗法汉唐的庞德，但是其艺术的跨语际实践有他自己的误读与创造，简括地说他们更侧重于画面感，这与讲究烘托的中国比兴手法相去甚远。对意象的关注，早在 1922 年闻一多著名的"诗坛檄文"《〈冬夜〉评论》里便有所表现。其时，闻一多指称"幻象在中国文学里素来似乎很薄弱"，"新诗尤其缺乏这种质素，所以读起来，总是淡而寡味，而且有时野俗得不堪"，细推前后文，这里的"幻象"其实就是指（有"想象力"的）"意象"，他以冰心、郭沫若的诗为例，便直说其诗"不独意象奇警，而且思想隽远，耐人咀嚼"。在闻一多看来，"诗底真精神其实不在音节上。音节究属外在的质素；外在的质素是具质成形的，所以有分析比量底余地。偏是可以分析比量的东西，是最不值得分析比量的。幻想、情感——诗底其余的两个更重要的质素——最有分析比量底价值的两部分，倒不容分析比量了"[①]。这种有"想象力"的"意象"不仅意味着诗人的创造，也是对现实的艺术加工，使之诗化为"驰魂褫魄"的东西，这才是诗歌和艺术的使命所在。闻一多反对当时新诗放任的自然主义和民众文学的定位，他认为诗本来是抬高事物的，但俞平伯等人却将之下拉到打铁抬轿一般的程度。打铁抬轿的人固然可以作诗，但作诗的人要以打铁抬轿的眼光去作诗，显然是不合适的。"意象""想象力"的功用便在于抵制自然主义流于俗陋、粗糙的一面。我们来看闻一多的几首"意象诗"：

> 这里都是君王底红嘴的小歌童：/有的唱出一颗灿烂的明星，/唱不出的都折成两片枯骨。（《火柴》）

写火柴却写得如此童趣，不但将火柴拟人化为"红嘴的小歌童"，而且把擦火柴的动作也形象化地比喻为"唱"——这包含了擦火柴所产生的"呲呲"声，原来诗人层层包裹的还有将擦火柴的声音喻为悦耳的音乐的工巧。新批评派认为，比喻的力量来自异质性所产生的张力，瑞恰兹将比喻说成是"语境间的交易"（transaction between contexts），他认为好的比喻就是将非常不同的语境联系在一起。在这里，"火柴"与"歌童"，"擦火柴"与"唱歌"，"擦火声"与"音乐"，"明星"与"火焰"，"火柴棍"与"枯骨"等之间正是有着云泥之别的两种经验范

---

① 闻一多：《〈冬夜〉评论》，见《闻一多全集》第 2 册，湖北人民出版社，1994 年版，第 76 页。

围的事物，闻一多将之联结在一起，造成了陌生化、形象化的效果，也赋予了该诗更多的意蕴内涵——擦着火与不着火的两种结果与火柴使命之间的关联令人感喟。

> 在黄昏底沉默里，/从我这荒凉的脑子里，/常迸出些古怪的思想，/不伦不类的思想；
>
> 仿佛从一座古寺前的/尘封雨渍的钟楼里，/飞出一阵猜怯的蝙蝠，/非禽非兽的小怪物。
>
> 同野心的蝙蝠一样，/我的思想不肯只爬在地上，/却老在天空里兜圈子，/圆的扁的种种的圈子。
>
> 在黄昏底沉默里，/我这荒凉的脑子里，/常飞出些古怪的思想，/仿佛同些蝙蝠一样。（《玄思》）

鉴于其对韩愈诗歌的特殊偏爱，闻一多此诗或许受到《山石》一诗的影响。韩诗前四句为："山石荦确行径微，黄昏到寺蝙蝠飞。升堂坐阶新雨足，芭蕉叶大栀子肥。"不过，韩愈的"蝙蝠"是对晚景的实写与描绘，而闻诗则是对"玄思"的形象化。

将"思/想"作为诗歌主题始于胡适的《一念》（1918），在那首诗里，胡适的"烟士披里纯"来自科学（地球自转、无线电传播等）的速度与人念头的变幻莫测之间不可思议的量比。1927年，戴望舒写下《我的记忆》，以拟人化的手段将一种纯私人化的"记忆"展露笔下，其"新感觉派"的风气让此诗迥异于《雨巷》。而闻一多的《玄思》发表于1922年年底，其对"思/想"主题的开拓便已显现出融合古今，以形象感人的路径。在中国古典诗歌中，"蝙蝠"意象一是与时间有关，即作为日暮的征兆，如"黄昏飞尽白蝙蝠，茶火数星山寂然"（李郢《题惠山》），"黄昏蝙蝠飞，空堂蟋蟀吟"（苏颂《与诸同僚偶会赋八题·待灯》）；二是与老鼠有关，把蝙蝠视为"鼠仙"而多赋予其正面含义，如白居易"毛龟著下老，蝙蝠鼠中仙"（《喜老自嘲》），黄庭坚"十一月鼠，列十二辰配龙虎，二十二年看仙飞，一朝化作蝙蝠去"（《长短星歌》）。上述两重含义也常常统于一端，如陆机"老蚕晚绩缩，老女晚嫁辱，曾不如老鼠，翻飞成蝙蝠"（《诗》）。

在西方诗歌中，蝙蝠却有一种阴森的死魂灵之惊怖气氛，如里尔克的诗："恍若伊特拉斯坎人的一个幽灵，/出自一位死者，一个空间收容他，/却以安息的形象作为棺盖。/一只蝙蝠无比惊愕，它必须飞翔，/并出自子宫。它因它自身/无比惊恐，它闪过空中，像一道裂纹/划过一只瓷杯。蝙蝠的痕迹/就这样撕裂傍晚的瓷器。"[①]（《杜伊诺哀歌》之八，林克译）。在闻一多那里，"蝙蝠"的"古怪"在于"非禽非兽""不肯只爬在地上""老在天空里兜圈子"，这里已经包含一种负面的评价，即便诗人是要以此来欲扬先抑突出"玄思"的"不可爱的可爱"。这与西方文化中的"蝙蝠"意象更为接近，但其笔法更多的是化用中国古典。不独闻一多，在现代汉语的语境里，蝙蝠以往的仙气、福气（"蝠"通"福"）已然消耗殆尽，由于其喜阴恶光、貌丑冷僻等特点更被人厌恶。日本唯美派大家谷崎润一郎在《阴翳礼赞》里认为过分地追求光洁，对暗的美熟视无睹正是西方在科学熏染下的美学观，"蝙蝠"意象的现代境遇亦是如此，人们在不断升级的现代照明环境中，追求的岂止是亮如白昼，更不能容忍飞虫与蝙蝠这样的异类。

　　闻一多的意象经营更值得引人注意的是，恐怕他是中国第一个有着个人化的"意象系列"、构建起个体的"意象库"的诗人。闻诗以"死水""燃烧"为核心构成两大"意象系列"，而下面又分列出次一级的"子意象系列"，如"死水"下面可派出"监牢"意象系列，"燃烧"下面有"太阳"系列、"红烛"系列等。闻一多的"死水"意象早在其于清华读书时期所作的诗歌中便已露端倪，如《西岸》写"大河"的麻木："这里是一道河，一道大河，/宽无边，深无底；/四季里风姨巡遍世界，/便回到河上来休息；/满天糊着无涯的苦雾，/压着满河无期的死睡"；《回顾》写自己九年的清华生活："这是红惨绿娇的暮春时节：/如今到了荷花池——/寂静底重量正压着池水/连面皮也皱不动——/一片死静！/忽地里静灵退了，/镜子碎了，/个个都喘气了"；《志愿》写青年发愿前的世界："银箔似的溪面一意地/要板平他那难看的皱纹。/两岸底绿杨争着/迎接视线到了神秘的尽头——/原来那里是尽头？/是视线底长度不够！"《春之首章》中关于初春景象的描绘："金鱼儿今天

---

　　① ［奥地利］里尔克：《杜伊诺哀歌》，见《〈杜伊诺哀歌〉中的天使》，林克译，华东师范大学出版社，2005年版，第39页。

许不大怕冷了？／个个都敢于浮上来呢！／东风苦劝执拗的蒲根，／将才睡醒的芽儿放了出来。／春雨过了，芽儿刚抽到寸长，／又被池水偷着吞去了"；《小溪》中死寂力量对活力的压制："铅灰色的树影，／是一长篇恶梦，／横压在昏睡着的／小溪底胸膛上。／小溪挣扎着，挣扎着……／似乎毫无一点影响"；《大鼓师》中对井水有限度的信任："你不要多心，我也不要问，／山泉到了井底，还往哪里流？／我知道你永远起不了波澜，／我要你永远给我润着歌喉"。"死水"之所以"死静""不起波澜"，最主要的是因为它封闭的、有限的环境，这个环境像高墙一样隔绝了生机与可能，而清华校园在诗人眼中竟成了原型，除了前面所举的《回顾》外，在为庆祝清华成立二十周年所作的《园内》中也有这样的句子：

> 寂寥封锁在园内了，／风扇不开的寂寥，／水流不破的寂寥。／麻雀呀！叫呀，叫呀！／放出你那箭镝似的音调，／射破这坚固的寂寥！／但是雀儿终叫不出来，／寂寥还封锁在园内。
>
> 在这沉闷的寂寥里，／雨水泡着的朱扉，／才剩下些银红的霞晕：／雨水洗尽了昨日的光荣。
>
> 在这沉闷的寂寥里，／金黄釉的琉璃瓦／是条死龙底残鳞败甲，／飘零在四方上下。

闻一多十四岁便进入清华学校，中高两科修业前后竟长达十年，其中两头皆不顺，入校时因为到校时间晚，加之英文成绩不佳，故于次年留级，而毕业时因为罢考事件又被延迟一年留学美国。当时，清华的主管部门是外交部，身处五四浪潮的清华学子所感受到的"丧权辱国"的羞耻感要更为强烈。闻一多在清华的生活并不那么称心如意，少小离家，远离父母，早期入读清华更是"碰运气"的冒险之举，这些经历使得他的诗歌中常透露出一种沉郁之风。如果说徐志摩的"浓得化不开"是由于他炽烈而敏感的情感造就的，那么闻一多的"浓得化不开"则是他长年情绪积累沉淀而结成的，他对"园内"的"寂寥"已经忍无可忍，却苦于"风扇不开""水流不破"。

这样的"封闭""封锁"令人产生身陷囹圄之感，闻一多在诗中多次抒写"监牢"意象，如《我是一个流囚》："我是个年壮力强的流囚，/我不知道我犯的是什么罪"，《宇宙》："宇宙是个监狱，/但是个模范监狱；/他的目的在革新，/并不在惩旧"，《烂果》："我的肉早被黑虫子咬烂了。/我睡在冷辣的青苔上，/索性让烂的越加烂了，/只等烂穿了我的核甲，/烂破了我的监牢，/我的幽闭的灵魂/便穿着豆绿的背心，/笑迷迷地要跳出来了！"对闻一多来说，小到一个果实，大到整个宇宙都可视为一个"监牢"，它的存在并不像鲁迅笔下的"铁屋子"，不是旧社会强加于人的枷锁，不是众人沉默的窒息，而是一种灵魂未苏醒、旧的在溃败、新的尚未确立的状态。

在《五四断想》里，闻一多对新与旧有这么一番表白："旧的悠悠死去，新的悠悠生出，不慌不忙，一个跟一个——这是演化；新的已经来到，旧的还不肯去，新的急了，把旧的挤掉——这是革命。"① 闻一多的"死水"世界虽然令人厌恶，但它孕育着下一个新的世界，诗人要做的是加速"死水"的腐败，让新的希望产生，"革命"对此时的闻一多来说，是手段而不是目的，所谓"革命不能永远'尚未成功'"，"青年并非永远是革命的"，"'悠悠'是目的"，"革命若要不乱挤就只得悠悠的变"。通过这些论述，反观"死水"世界我们可以发现，闻一多对待"死水"的态度不是直接埋葬或决堤，而是重新树立新的生机。在《西岸》里，他提出对固守此岸的质疑："分明是一道河，有东岸，/岂有没个西岸底道理？/啊！这东岸底黑暗恰是那/西岸底光明底影子。"在《园内》一诗里，他看到了中西融合的清华精神，以为是新的文化的方向："云气氤氲的校旗呀！/在东西文化交锋之时，/你又是万人底军旗！/万人肉袒负荆底时间过了，/万人卧薪尝胆底时期过了，/万人要为四千年底文化/与强权霸术决一雌雄！//云气氤氲的校旗呀！/你便是东来的紫气，/你飘出函谷关，向西迈往，/你将挟着我们圣人底灵魂，/弥漫了西土，弥漫了全球！"

三

闻一多中西融合的思想在他提出的所谓"宁馨儿"的设想里已十分

---

① 闻一多：《五四断想》，见《闻一多全集》第 2 册，湖北人民出版社，1994 年版，第 412 页。

清楚（"他不要做纯粹的本地诗，但还要保存本地的色彩，他不要做纯粹的外洋诗，但又要尽量地吸收外洋诗底长处；他要做中西艺术结婚后产生的宁馨儿"），而其在诗歌意象上的表现则由来已久。在《剑匣》里，开始工匠工作的"我"如此美饰剑匣：

> 我将描出白面美髯的太乙/卧在粉红色的荷花瓣里，/在象牙雕成的白云里飘着。/我将用墨玉同金丝/制出一只雷纹镶嵌的香炉；那炉上炷着袅袅的篆烟，/许只可用半透明的猫儿眼刻着。/烟痕半消未灭之处，/隐约地又升起了一个玉人，/仿佛是肉袒的维纳司呢……/这块玫瑰玉正合伊那肤色了。

"玉人"与"维纳司"的融合毫不违和，在这里展现的只是一个匠人的匠心与想象：东方的太乙与西方的维纳司（斯）。一个代表生生不息的"道"的力量，一个代表美轮美奂的"美"的魅力，他们共同构成了剑匣纹饰图案整个空间叙事的起始部分。由此，烟云升腾，"气之轻浮者为天，气之重浊者为地"，请看接下来的创造——梵像的异域之风与师謦的高古情操的结合再一次张扬出一种平行和合："我又将用玛瑙雕成一尊梵像，/三首六臂的梵像，/骑在鱼子石的象背上"，"我又将镶出一个瞎人/在竹筏上弹着单弦的古瑟"，"我又将他制成层叠的花边：/有盘龙，对凤，天马，辟邪底花边，/有芝草，玉莲，卍字，双胜底花边"，"若果边上还缺些角花，/把蝴蝶嵌进去应当恰好。/玳瑁刻作梁山伯，/璧玺刻作祝英台"，匠人尽善尽美的工作令人联想起屈原《湘夫人》里对"筑室"过程的细致描绘，芳草配美人，对美的苦心营建正衬托出用情之深以及对德的尊崇。

对于中西融合，闻一多在谈到艺术时曾说："有一桩事我们应当注意，就是我们谈到艺术的时候，应该把脑筋里原有的一个旧艺术底印象扫去，换上一个新的，理想的艺术底想象，这个艺术不是西方现有的艺术，更不是中国偏枯腐朽的艺术底僵尸，乃是熔合两派底精华底结晶体。"[①]（《征求艺术专门的同业者底呼声》）闻一多说这话的1920年前后正是第一次世界大战后中国思想界喷涌奋进的又一转型时期，鉴于战

---

① 闻一多：《征求艺术专门的同业者底呼声》，见《闻一多全集》第2册，湖北人民出版社，1994年版，第15页。

争带来的人类浩劫与政治混乱，一些学人开始重新审视东西文明的优劣，鼓吹东方文明优胜者有之，主张调和东西文明之长短者亦有之。正是在这种背景下，闻一多产生了文化国家主义，即认为抵御帝国主义之侵略首不在武力，而在于文化，武力的侵略尤可以空间的转换求得恢复，文化的渗透则足以使祖国变为异邦。但是固有的中国文化里民不知国，家族主义、宗法主义、地方主义的势力很大，必得采新的文化对之进行改造。

而闻一多对清华及其当时所代表的美国文化也不满，一个很大的指责便是物质主义造成的精神空虚，他认为其补救法就在于美术、美学的兴盛（《建设的美术》）。应该说，这样的思路与蔡元培所谓"以美育代宗教"的精神是一致的。在《剑匣》一诗中，"剑匣"作为容装宝剑的器具，其"无用之用"正在于张表了剑之气度，"我"对剑匣的种种美饰与陶醉，乃至甘愿用剑匣自杀都表现了诗人对"美"的极端信赖——如果说剑之用在于锋芒，那么剑匣则负责"文饰"，就像科学（真）与艺术（美）同为社会进步的两面一样，不可偏废。

回到中西意象融合上来，在闻一多早期的诗歌里曾经出现过一股"《圣经》风"，近似《圣经》中文翻译的语言中透出一种圣徒般的笃信与执着，在《睡者》里他写鼾睡者的快乐："但是还响点擂着，鼾雷！／我只爱听这自然底壮美底回音，／他警告我这时候／那人心宫底禁闷大开，／上帝在里头登极了！"在《志愿》中他写一个心愿祈望："啊！主呀！我过了那道桥以后，／你将怎样叫我消遣呢？／主啊！愿这腔珊瑚似的鲜血／染得成一朵无名的野花"；在《贡臣》里，他向"王"表露信仰与自己的疑惑："我的王！我从远方来朝你，／带了满船你不认识的，／但是你必中意的贡礼"，"还是老等，等不来你的潮头！／我的王！他们讲潮汐有信，／如今叫我怎样相信他呢？"

柏桦认为，新诗中"化欧化古"的传统起始于闻一多而大成于卞之琳。的确，闻一多在新诗应汲取何种资源的问题上很早便作过深入的思考，比如他对平民化的保留态度，对中国古典诗歌意象的利用。如果说评论《冬夜》的闻一多更趋向于西方的诗学资源，那么后来评论《女神》时代精神与地方色彩的闻一多则已然对传统诗学资源持有更为亲近的态度，可以看出，此时他对"洋化"的郭沫若所持的肯定更侧重在

"时代精神"的气质方面，而在"地方色彩"方面则较早注意到"世界文学"与"民族文学"之间的分歧，这与评论《冬夜》时将其树立为新诗的典范已有了很大的转变。

说到郭沫若，闻一多的确很为其激情澎湃的热情所感染，这亦是他借以援引而对抗"死水"的一大力量源泉，由郭沫若的气质与风格，他创造出自己的"燃烧"系列意象。在《红烛》中现代哲学词汇以声音节奏而爆发，"为何更须烧蜡成灰，/然后才放光出？/一误再误；/矛盾！冲突！"在《回顾》里，以超人般的主体形象肯定自我，"看！太阳底笑焰——一道金光，/滤过树缝，洒在我额上；/如今羲和替我加冕了，/我是全宇宙底王！"在《园内》他以超现实主义的笔法描绘出一种原始的冲动的生命，好似上古神话："少年们在广场上游戏，/球丸在太空里飞腾，/像是九天上跳踉的巨灵，/戏弄着熄了的太阳一样。//少年们踢着熄了的太阳，/少年们抛着熄了的太阳，/少年们顶着熄了的太阳，/少年们抱着熄了的太阳；/生命膨胀了少年的血管，/少年们在戏弄熄了的太阳。"而在《红荷之魂》里，他亦如《凤凰涅槃》的作者一样在一种浪漫主义的想象中发挥了一股粗犷神秘的楚风："高贤底文章啊！雏凤底律吕啊！/往古来今竟携了手来谀媚着你。/来罢！听听这蜜甜的赞美诗罢！/抱霞摇玉的仙花呀！/看着你的躯体，/我怎不想到你的灵魂？/灵魂啊！到底又是谁呢？"

闻一多说 20 世纪是"动"的世纪，郭沫若对他的示范意义就在于提供了一种置身"动"的世纪的诗人形象。但这种形象的文化人格从一种并非本质主义的角度来说是西式的、自我的、外向的，这与讲究温柔敦厚的传统诗教是相违的，也不利于诗中思想的锻炼与深掘。早期的郭沫若等人并没有很好地将之消化，闻一多意识到这个问题，所以有地方色彩的驳难，他采取的策略是，一方面，通过对楚地诗歌资源的引用，用屈原等人的抒情人格来取代或统驭那个狂放不羁的西化主体。屈原等人的抒情模式是热烈、真诚而低回沉郁的，闻一多从中嫁接了惠特曼式的自由气质，却也保留了屈原式的责任心，负重而行，这增加了闻一多诗歌的整体性和风格力量。另一方面，闻一多通过意象的大量铺写，来消释、冲淡抒情主体在诗中的表现，有意在一种客观化中隐匿主体。正如我们在《剑匣》《大鼓师》等诗中看到的那样，闻一多以铺排、不厌其繁的笔触，反复摹写剑匣的装饰和鼓师的想象与回忆，使得抒情主体更多地带有东方的富丽堂皇和缠绵悱恻，其抒情的自我当然是浪漫主义的，但其横迈古今汪洋恣肆的狂放气质显然受到了一定的拘束。

闻一多的新诗创作随着他转入古典文学的研究而停歇，一方面，这是令人惋惜的；另一方面，当我们回头来看他在短暂的时间内所作的探索和建设时，却又受惠于他在"三美"、新诗格律等方面的见解，惊讶于他所创造的有着浓郁楚风色彩的、大象在焉的诗歌世界。从闻一多的杀伐气和五彩笔里，我们看到他不仅是一个破坏者、革新者，同时也是一个继承者、建设者。

早期中国新诗坛对罗塞蒂兄妹
诗歌的译介与接受

罗塞蒂兄妹即英国维多利亚时期诗人、画家但丁·加百利·罗塞蒂（Dante Gabriel Rossetti，1828—1882）和他的妹妹——著名女诗人克里斯蒂娜·吉奥尔吉娜·罗塞蒂（Christina Georgina Rossetti，1830—1894）。他们还有一个画家兄弟威廉·迈克尔·罗塞蒂（William Michael Rossetti），学者姊妹玛利亚·罗塞蒂（Maria Rossetti），但因不以诗名，故本文所论中国新诗坛译介、接受之"罗塞蒂兄妹"仅指前两者。

罗塞蒂家族是移民到英国的意大利人。兄长但丁是美术史上著名的"前拉斐尔派"的三位创始人之一。"前拉斐尔派"是指当时一批文艺青年不满学院派技术化的艺术风格，转而推崇拉斐尔之前中世纪意大利的艺术，他们因此而自称。"前拉斐尔派"偏中世纪和神话的题材取向，明丽的用色风格与神秘主义氛围对后来的唯美主义、象征主义产生过影响。但丁的诗歌同他的绘画一样，多采用中世纪元素，充满感性与灵性的力量，富有音乐性和画面感，不过其对欲望的呈露引发了相当多的争议，被批评为"肉欲的诗歌"。克里斯蒂娜是英国维多利亚时期著名女诗人，与白朗宁夫人、艾米莉·勃朗蒂齐名。她的诗歌轻灵柔婉，音韵谐和，简单的语言里却蕴藉丰富，其主题多与宗教、爱情相关。伍尔芙多次在文章中表达对克里斯蒂娜的敬意，称赞她的诗歌"像音乐一样在人们的脑子里回响——像莫扎特的旋律或格鲁克的曲调"[1]，更毫不犹

---

① ［英］弗吉尼亚·伍尔芙：《伍尔芙随笔全集》（1），石云龙等译，中国社会科学出版社，2001年版，第452页。

豫地认为她是英国的萨福——最伟大的女诗人。

罗塞蒂兄妹在中国的译介始于 20 世纪 20 年代初，并迅速引发热潮，跻身早期新诗坛最受欢迎的外国诗人之列。徐志摩、卞之琳、吴宓、张近芬、朱维基、鹤西、丁丁等众多名家都翻译过他们的作品，闻一多、冯至、何其芳、邵洵美等亦曾在文章中提及其阅读与接受。罗塞蒂兄妹的诗歌被认为是唯美主义、象征主义的一大来源，他们富有魅力的作品也一度风靡中国，不过随着 20 世纪三四十年代文艺风向的转变，其影响亦趋衰微。而自承出自新月派传统的余光中，在 20 世纪 60 年代的台湾地区诗坛倒多次提及克里斯蒂娜，如《创作》一诗："济慈说一篇幽美的诗章/要像那绿叶在树上生长，/还有女诗人克里丝蒂娜/说她的写诗像红雀歌唱"①，或可视其为罗塞蒂诗歌在新诗坛影响的余绪。回顾这一段诗歌的译介史、接受史，我们能更细微地考察当时文学场生产生态的迁移与趣味、观念等的转变。

一、早期译介：席卷南北的罗塞蒂旋风

1913 年，杭州《白阳》杂志登载了李叔同（息霜）的文学评论《近世欧洲文学之概观》，文中提到但丁·罗塞蒂的"抒情诗篇写中古之趣味及敬虔之信念"②，这是国内最早介绍但丁·罗塞蒂的文字。1922 年 2 月，《民国日报·妇女评论》登载了署名"C. F. 女士"③翻译的克里斯蒂娜·罗塞蒂的诗歌《歌》（Song：When I was dead），开启了罗塞蒂兄妹诗作的中译。这首诗后来亦被中国众多的诗人、翻译者翻译，从 1922 年到 1947 年，25 年间在媒体公开发表的就有 20 种以上，可见其受欢迎的程度。1923 年，徐志摩所译《明星与夜蛾》为国内首度翻译但丁·罗塞蒂的作品。次年，上海作家、艺术史家滕固发表专论《诗画家 Dante G. Rossetti》对罗塞蒂兄妹的艺术成就进行梳理，尤其指出但丁·罗塞蒂的诗歌作品中"《天女》（The Blessed Damozel）一篇，

---

① 余光中：《创作》，见《余光中集》（第一卷），百花文艺出版社，2004 年版，第 78 页。

② 息霜（李叔同）：《近世欧洲文学之概观》，载于《白阳》（诞生号），1913 年 5 月。

③ "C. F. 女士"即张近芬（？—1939），嘉定人，早期新诗著名女诗人，诗集《浪花》是最早的女诗人作品集之一。

与但丁的天国篇（*Paradiso*）中很有点相通的地方"①，又称"他的诗篇很富，其中《生命之家》（*The House of Life*）一集，在英国文学史上占不小的地位"②。

对此，滕固从但丁·罗塞蒂的艺术观念出发详细阐述其诗歌的主题与审美追求，他解释说，"所谓生命之家，就是爱之家；在 Rossetti 的哲学上，'爱'字占了大半；爱是包含生的一切神秘，这是他作此诗的立意"，"爱是至上的秘密，心、情、灵的一切力的君王；爱与美要相离的，美也可说是独立存在的，不外乎秘密的实际之可见的象征"。③ 在滕固看来，但丁·罗塞蒂诗歌的抒情性、音乐性、美术性都是其唯美主义、象征主义的表征，所谓"美之具体的表现是神秘的唯一关键"。他更认为但丁·罗塞蒂在艺术上有两种倾向：一是早年纯粹从悦乐自然而发生的作品，轻灵而优美；二是晚年由悲哀的经验与灵肉的苦闷而成阴惨的产物，技巧发达、语言华丽，与早年的简朴直截形成鲜明的对照。

1926 年 1 月，《学衡》登载了吴宓译克里斯蒂娜之《愿君长忆我》，附有译序，对其生平、诗歌成就及声名作了简要的介绍。序文称，"罗色蒂女士"是与白朗宁夫人并称的英国女诗人，以文学名声、创作多寡论，罗色蒂不及白朗宁，但是"论其人之情性、品格及其诗之真正价值，则罗色蒂女士实在白朗宁夫人之上"④。因为白朗宁夫人虽然才识皆高，却不如罗色蒂女士的用情自然与意蕴深远，"罗色蒂女士之诗，情旨深厚，音节凄婉，使读之者幽抑缠绵，低徊吟诵而不忍舍去"⑤。文章更指出除了风格感人，"罗色蒂女士"诗歌的价值还在于所塑造的独立女性形象，"虽所作多系颂神说教之诗，不言尘世而始终未能忘情，坠欢犹在，旧梦可寻。每一言及则不胜其幽凄，哀怨如泣如诉者，即其言宗教亲上帝之作，亦足表见女子之天性芳馨独抱，恭默自守，静待缘法之转、机遇之来，为人所爱而不往求爱于人。至于爱深情极，则不难一志牺牲，忘却一己，功利浅见、声华浮誉，举不足以动其心。呜呼！

① 滕固：《诗画家 Dante G. Rossetti》，载于《创造周报》，1924 年第 29 期。
② 滕固：《诗画家 Dante G. Rossetti》，载于《创造周报》，1924 年第 29 期。
③ 滕固：《诗画家 Dante G. Rossetti》，载于《创造周报》，1924 年第 29 期。
④ 吴宓译：《愿君常忆我》，载于《学衡》，1926 年第 49 期。
⑤ 吴宓译：《愿君常忆我》，载于《学衡》，1926 年第 49 期。

若此者始可与之言情，始可与之言诗矣"①。这是国内第一次对克里斯蒂娜·罗塞蒂作出的详细评述，尤其是树立了其情柔意深、至情至性的女性诗人形象，为国内诗人接受其影响的起始。

1928 年是但丁·罗塞蒂的百年诞辰，这成为国内译介罗塞蒂兄妹的一大契机。5 月，天津《大公报·文艺副刊》刊出《英国大诗人兼画家罗色蒂诞生百年纪念》一文及署名"素痴"（即张荫麟）以七言古体所译的诗作《幸福女郎》（即滕固所谓《天女》）。这组推介诗文被《学衡》《国闻周报》等报刊转载，引发了一时热潮。同月，《小说月报》第 19 卷第 5 号刊出但丁·罗塞蒂的自画像、诗歌《天女斜倚在天国的栏杆上》和赵景深的简述《诗人罗赛谛百年纪念》。6 月，《新月》第 1 卷第 4 期以头条登出闻一多著名的《先拉飞主义》，同期还有徐志摩译自克里斯蒂娜·罗塞蒂的《歌》（Song：When I was dead）和刘海粟临摹的但丁·罗塞蒂自画像。7 月，吴宓、张荫麟等人在《学衡》第 64 期刊出《罗色蒂女士古决绝辞》，作为中国唯美主义诗歌代表的邵洵美及狮吼社更推出《狮吼》（半月刊）"罗瑟蒂专号"。从京派的《小说月报》到海派的新月社、狮吼社，从作为新文学先锋的新诗坛再到坚守"昌明国粹，融化新知"立场的《学衡》派，众人争译罗塞蒂兄妹诗歌本身即说明了其作品"撄人心"的文学魅力。②。

闻一多撰文的《先拉飞主义》③对但丁·罗塞蒂所发起的画家派别"前拉斐尔"派作了翔实的评述，对罗塞蒂兄妹的诗歌也作了精彩的点评，成为国内研究罗塞蒂兄妹的早期文献。该文的一个亮点是介绍了但丁·罗塞蒂与济慈之间的关系，因为"先拉飞"派画家最早是以为济慈诗歌作插画而形成的圈子，所以诗与画的结合与表现便成为他们所追求的艺术目标。

---

① 吴宓译：《愿君常忆我》，载于《学衡》，1926 年第 49 期。

② 当时罗塞蒂兄妹诗歌的流行是一股世界性的潮流。据闻一多书信，当他 1922 年前往美国途经日本时，遇见日本诗人井上思外雄，便谈及并背诵 Christina Rossetti 的作品，"我并没有请他背，他的 pronunciation 并不能使我听着而 enjoy。但他似乎着了魔，非背不可的。"《闻一多全集·第 12 卷·书信 24 致吴景超、梁实秋等》，湖北人民出版社）又，邵洵美《D. G. Rossetti》一文记录了自己与 George Moule 先生就 Rossetti 诗歌曾书信往还。

③ 闻一多：《先拉飞主义》，见《闻一多全集》第 2 册，湖北人民出版社，1993 年版，第 151～164 页。

　　《狮吼》（半月刊）"罗瑟蒂专号"收有 3 篇文章，分别是邵洵美的《D. G. Rossetti》、张嘉铸的《"胚胎"与罗瑟蒂》和朱维基翻译的但丁·罗塞蒂的散文《手与灵魂》。在邵洵美的文章里，特别强调了论敌对但丁·罗塞蒂冠以"肉感派的诗"（Fleshly School of Poetry）的偏见，他认为如 Jenny 一诗虽然有对妓女生活的刻画，但实质上"曲曲折折地描写出男性的怜惜性"，完全是一种艺术表现的需要。由于诗集《花一般的罪恶》也被国内不少评论家指为"肉感""暴露"，邵洵美在但丁·罗塞蒂那里获得了巨大的同情，他称赞其有着"中世纪的灵魂"，"他的诗的志愿是何等的伟大；表现得何等深切精美；思想和情感的枝叶是何等丰富；他的那种甜蜜的光明的风格的急流把世界上所有的丑的恶的卑鄙的汗浊的一切完全冲净了。而他的像金子般灿烂的萦想，珠宝般彩色的字儿，却从未将他的辞句的清高忠实来掩蔽"[①]。张嘉铸的文章则从"前拉斐尔派"所办刊物《胚胎》立意，指出罗塞蒂等人的创作正是一种新艺术的胚胎。[②] 狮吼社以"中国的唯美主义"闻名，其与罗塞蒂兄妹及"前拉斐尔派"之间的关系值得深入考察。

　　据笔者不完全统计，从 1922 年到 1947 年，吴宓、徐志摩、鹤西、卞之琳、朱维基、丁丁等 35 人翻译过克里斯蒂娜·罗塞蒂的诗歌作品 26 首（篇），其中翻译次数较多的是《歌》（Song：When I was dead，22 人次），《记忆》（Remember，9 人次），《风》（Wind，5 人次），《生日》（A Birthday，4 人次），《决绝辞》（Abnegation，4 人次）[③]，其他有两种以上翻译版本的还有《上山诗》（Up-hill）、《海伦葛瑞》（Helen Grey）、《虹》（The Rainbow）、《蔷薇》（Song：Oh roses for the flush of youth）等。译者中名家与普通文学爱好者皆有，诗人翻译与专业翻译并出，由此可以看出克里斯蒂娜诗歌的影响范围涵盖从青年学生到学院派诗人、学者，其风行普及的程度一时难寻其匹。

　　同一时期，但丁·罗塞蒂有 24 首（篇）诗歌作品被翻译介绍到中国，数量上虽然与克里斯蒂娜·罗塞蒂旗鼓相当，但影响就小得多。首先，这 24 首作品中的 18 首是翻译家朱维基一次推介的；其次，从译者

----

① 邵洵美：《D. G. Rossetti》，载于《狮吼半月刊》复活号，1928 年 7 月。
② 张嘉铸：《"胚胎"与罗瑟蒂》，载于《狮吼半月刊》复活号，1928 年 7 月。
③ 此节数据基于"全国报刊索引·晚清及民国期刊全文数据库"统计。

情况来看，由名诗人翻译的作品只有一篇徐志摩翻译的《一个女子》，而这首诗本身还是但丁·罗塞蒂翻译萨福诗作的英译本；最后，与克里斯蒂娜的诗作被不同译者反复翻译的火热状况不同，但丁·罗塞蒂除了《一个女子》《幸福女郎》有多位中国译者外，其他作品都只有一位译者。但是，罗塞蒂兄妹作品的中译都存在一个问题，即与波特莱尔、拜伦、济慈等拥有较完整的作品翻译不同，他们的作品至今都只有一小部分被翻译成中文，其大规模、较为集中的翻译是朱维基在 1933—1934 年之交分两期在《诗篇》杂志推介的，第一次在第二期翻译了"Christina Rossetti 诗选" 12 首，第二次在第四期翻译了"D. G. Rossetti '生命之屋' 诗选" 18 首。此外的翻译则比较零散，有追逐热点之嫌，缺少专注力。

二、译本背后：文学场与趣味

从上文的概述可以看到罗塞蒂兄妹的诗歌在中国从最初的译介到后来的风靡经历了三四代学人，其间亦有吴宓、张荫麟、崔钟秀等人以古体进行的翻译。苏贾曾说，差异即空间。以此引入文学场域，那么不同的翻译文本便成为分析他们各自所处位置、层级及文学趣味的线索。

克里斯蒂娜·罗塞蒂的《歌》（*Song：When I was dead*）亦被译作《哀歌》《当我死时》等，它写爱人临死前的呢喃，哀而不伤，一往情深。其第一次由"C. F."（张近芬）翻译并登载于《民国日报·妇女评论》的时候，显然是以歌颂自由恋爱的女性立场示人的：

> 我死了，我最亲爱的，/勿为我唱悲哀的歌；/你不要种玫瑰花在我头上，/也不要种多荫的柏树：/让绿草滋生在我上面，带着微雨和露水的湿气；/倘你愿意的，记着，/倘你愿意的，忘却。//我不愿看见树荫，/我不愿感觉下雨；/我不愿听夜莺的歌声，/仿佛他的苦痛：/在若明若灭的微光中，/我渐入梦境，/快乐我许记着，/快乐我许忘却。[①]

---

① C. F. 译：《歌》，载于《民国日报·妇女评论》，1922 年第 28 期。

译诗后有"一九二二·二·二于南翔"字样。南翔是张近芬的故乡，是位于嘉定与上海之间的古镇。这样的时间与地理正表现了最早接受新文学的一代青年对真善美的追求。其中一个值得注意的地方是，张近芬在翻译第二节时将表示未来时态的"shall"译作表示情态的"愿"，"I shall not see the shadows"被译为"我不愿看见树荫"，通过"你愿意""我不愿"的并置，突出的是男女在爱情中的平等地位。诗人作为"新女性"的形象稍后再次得到确认，1923年，署名"如音"在《妇女杂志》发表了译自克里斯蒂娜的另一首《风》；1935年，署名"琪馨"在《女子月刊》亦发表了译作《赫伦格雷》《最后的祷告》。女性译者（至少是女性化的笔名塑造了这样的形象）翻译女诗人的作品，并在以女性为目标读者的报刊发表，这正是当时广受关注的"妇女问题"在文学上的表征。

1928年6月，《新月》第1卷第4期登载了徐志摩翻译的《歌》：

> 我死了的时候，亲爱的，/别为我唱悲伤的歌；/我坟上不必安插蔷薇，/也无须浓荫的柏树；/让盖着我的青青的草/霖着雨，也沾着露珠；/假如你愿意，请记着我，/要是你甘心，忘了我。//我再也不见地面的青荫，/觉不到雨露的甜蜜；/再听不见夜莺的歌喉/在黑夜里倾吐悲啼；/在悠久的昏暮中迷惘，/阳光不升起，也不消翳；/我也许，也许我记得你，/我也许，我也许忘记。[①]

与张译不同的是，徐志摩的译本用"坟上""盖着草""再也不见"等词突出了死亡意象，大量运用"别""假如""请""要是"等口语化的语气词，模拟了诗人缠绵悱恻的柔婉口吻，尤其是结尾四个"也许"、四个"我"、一个"你"展现了抒情女主人翁表面上看淡生死实际却担心爱人而陷入忧伤不解的处境。这不是徐志摩第一次译克里斯蒂娜的作品，1924年4月的《晨报副刊》就有他翻译的《新婚与旧鬼》（*The Hour and the Ghost*）一诗，但这不是一次成功的翻译，原作的内容与风格都没有得到很好的保持。在原诗中，"鬼"（Ghost）更多的是"新娘"（Bride）在面对婚姻时的迟疑与犹豫，其并不是实际存在的人物，

---

① 徐志摩译：《歌》，载于《新月》，1928年第1卷第4期。

徐志摩的译本却脱离原诗，用"负心""良心"等含有道德评判的词语暗示了"新娘"的不贞，这也改变了原诗的主题，看起来像是"新郎"（Bridegroom）从"旧鬼"（Ghost）那里抢夺"新娘"（Bride）。原诗中虽然有争夺的场景，其强调的却是"新娘"面临抉择时的时机，重点放在讴歌女性在恋爱中独立行动的自由。

从语言风格来看，徐译中争斗场面的激烈与暗含的道德立场使得全诗火药味十足，语词坚硬而强横，原诗却柔情蜜意，充满尊重与宽容。徐译《新婚与旧鬼》在所有的克里斯蒂娜·罗塞蒂的中译诗歌作品中是最"例外"的一例，其时的徐志摩刚刚经历全国瞩目的"民国第一离婚案"，这种"明目张胆"的"误译"或许便与当时的情感经历有关。

徐志摩共翻译罗塞蒂兄妹诗歌作品 5 首，其中哥哥 3 首，分别是《明星与夜蛾》（1923）、《图下的老江》（1926）、《一个女子　译 Sappho》（1931）；妹妹 2 首，即《新婚与旧鬼》（1924）和《歌》（1928）。从后来的传播来看，只有《一个女子　译 Sappho》和《歌》拥有多个译本，而徐志摩翻译这两首诗歌的时间在 20 世纪 20 年代和 30 年代之交，正与但丁·罗塞蒂百年纪念后掀起的热潮相合，这两首译诗后来的风行也与徐志摩的"新月诗风"与罗塞蒂兄妹的气质相契有关。

虽然以旧体为著，吴宓也是译介罗塞蒂兄妹诗歌的重要人物。吴宓翻译了 3 首克里斯蒂娜的诗歌，即《愿君常忆我》（Remember）、《决绝辞》（Abnegation）、《逝矣逝矣》（Passing Away）。这里试引吴宓以五言体所译的《愿君常忆我》，一窥其翻译背后的审美立场及文学趣味：

> 愿君常忆我，逝矣从兹别。相见及黄泉，渺渺音尘绝。昔来常欢会，执手深情结。临去又回身，千言意犹切。絮絮话家常，白首长相契。此景伤难再，吾生忽易辙。祝告两无益，寸心已如铁。唯期常忆我，从兹成永诀。君如暂忘我，回思勿自嗔。我愿君愉乐，不愿君苦辛。我生无邪思，皎洁断纤尘。留君心上影，忍令失吾真。忘时君欢笑，忆时君愁颦。愿君竟忘我，即此语谆谆。[①]

吴宓翻译此诗在 1926 年，同时还有陈铨、张荫麟、贺麟、杨昌龄

---

① 吴宓译：《愿君常忆我》，载于《学衡》，1926 年第 49 期。

四人翻译的版本，俱是用五言体译成。5 个译本中以杨昌龄的版本最为简短，计 14 句 70 字，其余在 20 句 100 字至 28 句 140 字之间。而原诗为"商籁体"，只有 14 句 111 个词，可以看出，吴宓的翻译是建立在对"罗色蒂女士"诗歌整体把握的基础上的，同时又将其意境与中国古典诗歌中的"长相忆"主题作了融汇，阅读时很容易与《饮马长城窟行》《孔雀东南飞》等古诗相联系。1929 年，当年留校做北大英文教授的翻译家钟作猷亦在《景风》杂志发表了题为《忆》的新诗译本：

> 请记着我，当我去的时候；/去到那老远的寂寞之土；/当你不能再握着我的手，/我也不能再那样想走了，终又迟留。/请记着我，当你不能够再那样天天/对我说你所计划的我们的将来；/我只请你记着我；你知道/那时劝告同祈祷都是大迟。/可是若使你偶然忘却了我，/后来记到时，请别要伤心：/因为若使黑暗同朽腐/留下有我从前思想的痕迹，/你还是忘却了我，笑一下吧，/别惦着我，在那里一味心酸。①

钟译《忆》是语义上最为忠实原文的译本，词句基本都能对上，但因为采用自由体并没有将原诗的韵律传达出来。作为商籁体的原诗的押韵规律是"ABBA/ABBA/CCCBCB"，可以看出吴宓的五言体用的是隔行押韵，在这一点上更能表现克里斯蒂娜的愁结情肠和低吟浅唱的情绪。如何用汉语呈现西洋格律诗一直是中国诗界与翻译界热议的话题，除了以自由体翻译之外，在以中文格律翻译方面亦有尽量还原原诗格律特点、以汉语诗歌本来的格律体式翻译两条路径。1944 年 1 月，翻译家朱文振撰文《译诗及新诗的格律》，一方面，他认为十四行体等西式格律体韵律森严，以"自由体"翻译并不合适；另一方面，从"技术"上还原亦不可能，十四行体之于中文，犹如律诗、绝句之于英语或法语。② 在他看来，每一种格律诗都有着它自身的语言基础，受其所处语言系统的控制，因而将十四行体译作"骚赋"和"律诗"或许更为适宜。

对这种从语言学某一角度出发的观点，不少新诗人显然都不会接受

---

① 钟作猷译：《忆》，载于《景风》，1929 年第 2 卷第 3 号。
② 参见朱文振：《译诗及新诗的格律》，载于《民族文学》，1929 年第 1 卷第 5 号。

和认同。在他们看来，旧体诗中的格律虽美，在节奏上却缺少变化。比如吴宓所译《愿君常忆我》多为"2/3"或"2/1/2"模式，而钟译自由诗体的变化则相对要丰富，前五句的节奏即为"1/3/1/3/2、2/1/3/4、1/3/3/3、1/3/3/3/4、1/3/1/2/3/3/2"，变化中又有统一和协调，很容易表现情绪的起伏。1926 年，闻一多译白朗宁夫人十四行诗《白朗宁夫人的情诗》是国内尝试以中文韵律再现"Sonnet"诗体之始。其后，朱湘、孙大雨、戴望舒、梁宗岱、卞之琳、冯至等都曾尝试翻译或创作这一诗体。1947 年 1 月，《妇女月刊》第 5 卷第 4 期登载了署名"江荻"所译《记忆》，其押韵模式与原诗近似，可以视为新诗坛内部对移植十四行体的某种努力：

> 记住我啊，当我去了以后，/我去那辽远静寂的国土，/你再不能将我的手执住，/当我侧身半转，欲行又留。/记住我，当你再不能够/每天讲你计划里的前途：/只请记住我吧，你很知道/思量和祈祷都已过了时候。//但如果你一时将我忘了，/然后再记起时，不要悲哀：/因为如果黑暗和腐毁/还不会带去我陈思的残迹，/你忘掉了我而开颜欢笑，/就远胜于将我记住而哀戚。①

作为民国时期最大规模翻译罗塞蒂兄妹作品的朱维基，其角色和影响显然被低估了。早在 1927 年，朱维基便翻译了克里斯蒂娜的《歌》（Song：When I was dead）这样的名诗，而最引人注目的便是 1933—1934 年在其所主持的《诗篇》月刊以两期分别登载了所译的罗塞蒂兄妹的诗歌。其中，所译克里斯蒂娜·罗塞蒂诗歌计 12 首，包括《歌》《美即空》《三季》《秋的紫罗兰》《春静》《倘若》《黄昏》《熟睡》《梦乡》《休息》《一个结束》《死后》；所译但丁·罗塞蒂诗歌计 22 首，包括《新婚的生产》《爱的赎罪》《爱的景象》《吻》《新婚的睡眠》《至尊的降服》《爱的爱人》《碎了的音乐》等。这里隐藏的一个线索是，作为

---

① 江荻：《记忆》，载于《妇女月刊》，1947 年第 5 卷第 4 期。

海上唯美派文学圈的核心人物①，朱维基翻译罗塞蒂兄妹的诗歌时在数量上对哥哥但丁·罗塞蒂的偏厚，与邵洵美、滕固等人在相关论题上的态度是一致的，虽然在当时的文学界但丁·罗塞蒂的诗歌的传播远不如妹妹克里斯蒂娜，但他们仍然大力为之鼓呼，这与中国唯美主义在当时所陷入的道义危机有着莫大的关系。

三、强力影响：以何其芳、卞之琳的朋友圈为例

在《D. G. Rossetti》一文里，邵洵美首先便以人物对话的方式陈述自己作文的因缘，因为在一般人看来，围绕其《花一般的罪恶》的文讼正与但丁·罗塞蒂的遭遇相同。问话者又认为当此百年纪念之际，赵景深、闻一多等人的文章只是简单地抄抄大要，并不"新鲜和清澈"。言下之意，以邵洵美的研究与心领神会更适合作一篇专论。文中，邵洵美依此"要求"大篇幅地评述了但丁·罗塞蒂的诗文创作及在英语世界对意大利文学的推介。在邵洵美笔下，但丁·罗塞蒂最可贵之处在于"一切伟大的艺术的成功的途径全在忠实——忠实他自己的灵知所感到的美的一切"②。循此，邵洵美等人传承自但丁·罗塞蒂的一条唯美主义精神路径便清晰可见。

1933年年底，以扶植文学新人为号的上海《新时代》月刊登载了一则新诗集的广告，广告里赵景深、邵洵美称誉诗人拾名的诗"很像英国罗赛谛"，"Triolet 和 Villanelle 的试用是很值得注意的"。③ 检视拾名在《新时代》月刊的发表史，在1932—1933年他以"拾名""惠留芳"的署名登载的诗作便有不少直接将上述克里斯蒂娜常用诗体标入题目，如《Triolet 一首寄》《Ballad》《Villanelle》，他也翻译过《当我死时》（*Song*：*When I was dead*）。拾名即祝世德，是何其芳的朋友，在方敬

---

① 据张伟《狮吼社刍论》，狮吼社主要同人包括滕固、方光焘、章克标、张水淇、黄中和邵洵美6人，其中以滕、邵为核心。又，据赵鹏博士学位论文《海上唯美风：上海唯美主义思潮研究》（上海师范大学，2010年），绿社为朱维基、蔡芳信、林微音、夏莱蒂和庞薰琴等人成立于1930年的唯美主义文学团体，先后创办过《绿》《声色》《诗篇》等刊物。笔者认为，狮吼社与绿社虽为两个成员不同的团体，但其交流与合作却很频繁，这从其刊物的作者来源便可一目了然。

② 邵洵美：《D. G. Rossetti》，载于《狮吼半月刊》复活号，1928年7月。

③ 《影像集》广告：载于《新时代》月刊，1933年第5卷第6期。

《其芳最早的文学朋友》一文中说他"很有浪漫派头"，"善以新文学来吸引和感染人"。[①] 1928 年，来到万县教书的拾名与何其芳、方敬等人相识相交；1930 年，他们又先后来到上海求学，并开始在新诗坛崭露头角。同样，何其芳的早期诗歌也被认为"像罗塞蒂"，何其芳自陈："我那时温柔而多感的读着寇列士丁娜·罗色蒂和亚弗烈·丁尼生的诗。一种悠扬的俚俗的音乐回荡在我心里。我曾在一日夜间以百余行写出一个流利的平庸的故事，博得一位朋友称许它的音节。"[②] 这里的"音节"与拾名的借鉴西式格律诗显示了来自徐志摩、闻一多等"新月派"诗人所接受的罗塞蒂诗歌形象：他们更喜欢克里斯蒂娜低吟浅唱的音乐性，突出罗塞蒂兄妹与济慈等维多利亚诗人群体的关联及其所形成的诗风传统。方敬回忆："其芳先是通过读徐志摩和闻一多的诗间接受到英国浪漫派及其后的维多利亚时期诗歌的一些影响。……约翰·济慈的艺术美感使他陶然，觉得他的诗有如醇酒……他喜欢阿尔弗雷德·覃尼生的流畅的语言和悠扬的音韵。他也是克丽思绨娜·罗赛蒂那些带有东方情调的婉转低吟的知音。"[③] 方敬提到一个细节，1930 年秋，何其芳到北平后，还特意写信叫他从上海给买一本克里斯蒂娜·罗塞蒂的《鬼市》（*Goblin Market*）寄去。[④]

　　就在何其芳来到北平继续阅读克里斯蒂娜·罗塞蒂的时候，所认识的新朋友卞之琳翻译了她的《歌》（*Song：Oh what comes over the sea*）：

　　　　呵，是什么从海上来，/过了沙洲过浅滩；/是什么回到我身边来，/航得快，航得慢？//一阵狂风从海上来，/又呼又叫又悲叹；/没什么回到我身边来，/航得快，航得慢。//命数是早有人安排，/随我去罢不用管；/我不管是陆地还是海，/航得快，航

　　① 方敬：《其芳最早的新文学朋友》，见《何其芳研究专集》，四川文艺出版社，1986 年版，第 29 页。

　　② 何其芳：《刻意集·梦中道路》，见《何其芳全集》第 1 册，河北人民出版社，2000 年版，第 189 页。

　　③ 方敬、何频伽：《早年读诗写诗》，见《何其芳散记》，四川教育出版社，1990 年版，第 33 页。

　　④ 罗塞蒂兄妹的书籍在青年学生中极流行，冯至在《〈北游及其他〉序》里记自己于 1927 年初秋乘火车前往哈尔滨，朋友慧修亦"似有意似无意地把一本 Rossetti 的画集放在我随身带着的箱中"。

得慢。[①]

学者西蒙·亨弗里斯（Simon Humphries）认为克里斯蒂娜诗歌的一个主题是探讨"不可见存在力量的视觉存在（the visible presence of an invisible power）"[②] 这一永恒谜题。以《风》（*Wind*）为例，在诗中克里斯蒂娜描述树叶因风而瑟瑟作响，人们不知道这无形的风从何而来，却在低头之间任由它径直穿过，西蒙认为，树叶的颤动（trembling）既是一种物理现象，也是一种臣服于无形力量的姿势。虽然这样的观点来源于她的基督教信仰，但也显示了其诗歌的丰富性，在她那里，诸如诗歌的韵律等可感的艺术形式亦像颤动的树叶一样，捕捉或反映的是无形的美的观念与美的力量。《歌》（*Song：Oh what comes over the sea*）亦是克里斯蒂娜对这一主题的书写，面对澎湃的大海，诗人感到那些拍打而来的海浪带来了什么，但是什么呢也说不清楚，"命数是早有人安排，/随我去罢不用管"。这首诗让人联想到卞之琳稍后写成的《一块破船片》：

> 潮来了，浪花捧给她/一块破船片/不说话/她又在崖石上坐定，/让夕阳把她的发影/描上破船片/她许久/才又望大海的尽头，/不见了刚才的白帆。/潮退了，她只好送还/破船片/给大海漂去。[③]

极其近似的形式里蕴含的是相同的主题，只不过更像是针对克里斯蒂娜诗的回答。大海送来的"破船片"或许暗示着被无形力量摧毁的前人的命运，但诗人已经做好接受一切命运的准备了，他不但面对大海敞开了心胸，同时他更要主动走进"大海"，把"破船片"送还。在这里，卞之琳高扬的是人的主体精神，面对"无形力量"不是像"树叶"一样只能"颤动"，他希望的是人能主动接受"无形力量"的召唤与安排，让自己能以一种更为自由的状态成为这力量向他人或这个世界显形的一部分。在同一时期的《投》一诗中，卞之琳又以上帝视角的形式探讨了

---

① 卞之琳译：《歌》，载于《诗刊》，1931年第3期。

② Simon Humphries：Introduction，*Christina Rossetti / Poems and Prose*，Oxford University Press，2008—10，p. xvii.

③ 卞之琳：《一块破船片》，见《卞之琳文集》（上），安徽教育出版社，2002年版，第14页。

这一主题：

> 独自在山坡上，/小孩儿，我见你/一边走一边唱，/都厌了，
> 随地/捡一块小石头/向山谷一投。//说不定有人，/小孩儿，曾把
> 你/（也不爱也不憎）/好玩的捡起，/像一块小石头，/向尘世
> 一投。①

小孩投掷石子的游戏在旁人看来是漫不经心的，石子被捡起并被抛出亦是稀松平常的，这本来只是一个极其普通的场景，但诗人笔锋一转，以上帝视角道出：这小孩原本亦是冥冥中被抛向人间的"石子"。这样的思想在何其芳的笔下同样有迹可循，在《蚁 浮世绘第一》中，他借"劳子乔"与蚂蚁的对话将"投石"的情景再度演绎——"你无辜的旅行者呵，今天，用我们人类的语言说来，你遭遇了一次奇异的命运，我可以用我最小的指甲把你一下掐死。但是，我怎么知道今天我不也是在奇异的遭遇之中呢？我怎么知道是不是也有一种巨大的语言在我头上响着而我听不见呢？"② 在《燕泥集后话》中，何其芳有一段内心独白："我是芦苇，不知那时是一阵何等奇异的风吹着我，竟发出了声音。风过去了我便沉默。我不愿意我成为一管笛子或者一只喇叭。我甘心倾听。"③ "风"的意象和内涵亦直指克里斯蒂娜的《风》，而在《预言》中，诗人从夜风、月光、森林等种种征兆中感知到"年轻的神"的到来，却最终又抽身离去——

> 我激动的歌声你竟不听，/你的脚竟不为我的颤抖暂停！/像静穆的微风飘过这黄昏里，/消失了，消失了你骄傲的足音！/呵，你终于如预言中所说的无语而来，/无语而去了吗，年轻的神？④

"命运"是古今中外诗人都吟咏的主题，对命运的神秘保持敬畏亦是普遍的人类心理，但卞之琳、何其芳何以如此钟情克里斯蒂娜的演说

---

① 卞之琳：《投》，见《卞之琳文集》（上），安徽教育出版社，2002年版，第13页。

② 何其芳：《刻意集·蚁 浮世绘第一》，见《何其芳全集》第1册，河北人民出版社，2000年版，第195页。

③ 何其芳：《刻意集·燕泥集后话》，见《何其芳全集》第1册，河北人民出版社，2000年版，第184页。

④ 何其芳：《预言》，见《何其芳全集》第1册，河北人民出版社，2000年版，第5页。

呢？与为神秘而神秘的宿命论者、神秘论者不同，在克里斯蒂娜那里，首先，"无形力量"是无形的，本身并无意识，就像卞之琳所说的"也不爱也不憎"；其次，"无形力量"给了人类充分的空间和自由，何其芳对此更认为这种空间和自由大得可怕："一只白鸽，一片阳光，一个半开的窗户，有时会使我们十分迷惑，仿佛在刹那里窥见了完全静止的时间：没有限制的悠久，不可思议的广大。所以我们失掉了自己。"① 再次，"无形力量"的不偏不倚使得万物之间形成了平衡与和谐，此亦即"道"，在卞之琳与何其芳笔下的相对性便为其中一种。最后，克里斯蒂娜身上的中世纪气质亦成为吸引卞、何等人的一大魅力，何其芳借"劳子乔"之口说："我们的观念，一位希腊人说，不是从经验来的，而是幽暗的蕴含在灵魂之中，不过被一些事物所唤醒。"② 类似这样反现代的古典现代性不仅让何其芳早期的作品沾染上一种文艺复兴时期的新鲜、活泼气息，同样也是他思考、理解现代社会的一个维度。

经由何其芳、卞之琳、拾名、方敬等人的文学朋友圈，我们可以看到当时罗塞蒂诗歌（尤其是克里斯蒂娜）的强力影响。如果说，他们从新月派徐志摩、闻一多等人那里接受到的还是一个注重音节、诗体形式等风格化的"罗色蒂"形象，那么通过卞之琳、何其芳等人对其诗歌主题、艺术观念的演绎发挥，一种本土化的"罗色蒂"诗学已确然建立。只是在此期间，除邵洵美等唯美诗人曾短暂支撑推介过之外，但丁·罗塞蒂已悄然缺席。

---

① 何其芳：《刻意集·蚁 浮世绘第一》，见《何其芳全集》第 1 册，河北人民出版社，2000 年版，第 194 页。

② 何其芳：《刻意集·蚁 浮世绘第一》，见《何其芳全集》第 1 册，河北人民出版社，2000 年版，第 194 页。

第 四 辑

何其芳与祝世德交往初考

方敬在《其芳最早的新文学朋友》一文中回忆说："有一个人是何其芳少年时期最早的新文学朋友，就其芳开始接触新文学来说，似乎应该谈到他。"① 这个出现在何其芳尚未走出万县时的"新文学方面的朋友"就是祝世德，也即诗人拾名。他如此介绍："一九二七年下学期，其芳和我都在家乡万县的初中读书。意外地一个外地来的小学教员突然来到我们一些初中学生中间。他来得好。给我们初次带来了新文学。可以说他是我们的第一个新文学的信使。"这篇文章为我们了解何其芳早年的文学活动提供了重要线索，同时也直接牵出另外一位诗人祝世德（拾名）的文学事迹。

在方敬的文章里，可以看出何其芳与祝世德的交往主要有两个时期：一是祝世德到万县一小学任教，与读中学的何其芳等人交流；二是何其芳到上海中国公学读书时，祝世德亦到上海，二人有过比较熟络的联系。但是方敬的回忆有一些意犹未尽之处，比如对二人之间的文学交流介绍较少，对他们后来的分道简单地归结为祝世德"热衷于仕途"后的"志不同，道不合"，笔者梳理了一些一手材料，以期补充丰富这一段诗人之间的交往史。

一、对方敬笔下祝世德形象的补订

方敬谈到祝世德用过的笔名，举出的实例有"祝笑我的""拾名"

---

① 方敬：《其芳最早的新文学朋友》，见《何其芳研究专集》，四川文艺出版社，1986 年版，第 29~31 页。本文所引方文皆出于该文。

"夏留仁""惠流芳"。目前的几种笔名录，如《中国现代文学作者笔名录》、《中国现代文坛笔名录》、《二十世纪中国作家笔名录》（台北）等均收录为"祝实明：拾名"。笔者查阅这几个笔名下的诗文，发现它们都归属同一个人，即祝世德，比如 1945 年，任汶川县县长的祝世德出版专著《大禹》，在自序中他说："六年前，尝草《释浪漫》与《论双料可怜的动物》……"后文发表于 1938 年第 18 期《青城》周报上，署名为"祝实明"；1944 年左干臣为祝实明文集《白的悲哀》所作的序文称自己经常看到作者以笔名"拾名"发表的诗歌；1933 年 4 月《新时代》月刊第 4 卷第 3 期登载了《拾名的信》，"拾名"解释了自己的笔名从"惠留芳""留芳（女士）"改为"拾名"的原因等。① 这些都足见几个笔名之间互通同一的关系，不过，关于笔名还有几点需要说明。

其一，祝世德为人注目、在文坛造成一定影响的笔名是"惠留芳""拾名""祝实明"。1936 年出版的《现代中国作家笔名录》收录一条"惠留芳（女）　拾名"，将"惠留芳"指认为女作家，这是因为祝世德最初在《新时代》发表诗文时即采此名，并同时使用"留芳""留芳女士"，其作品也多以浪漫、感伤之爱情诗出现，故而让文坛以为其为"女作家"。《新时代》第 3 卷第 5、6 合期新年号上有一则征订广告，凡订阅当年《新时代》者可获赠虞岫云、惠留芳、沈紫曼等女士的诗歌合集《女友们的诗》，可见就是直接与祝世德联系的《新时代》编辑也仍将"惠留芳"认作"女士"。

方敬所说"惠流芳"实际上就是"惠留芳"，在他看来，"惠流芳"的笔名与祝世德的浪漫主义形象相关。他谈到当时祝世德在上海对一个云南小姐一见钟情，但"女倔男狂，爱情似朝花夕落"，"祝世德听说那个倔女子背地里骂他'下流'（应该说是'浪漫'）"，"一气之下，针对着她反其意而用与'下流人'谐音的'夏留仁'作笔名，同时又用'惠流芳'这个笔名在文学刊物上发表诗"，"就这样用正反两面的笔名来反击那位出言不逊的密司（Miss）"。笔者使用"晚清及民国期刊全文数据库"查询"夏留仁"，名下诗文仅见一篇《空庙》，载于 1931 年 5 月《现代学生》第 1 卷第 7 期。又据方敬回忆，1931 年 6 月，何其芳与杨

① 拾名：《拾名的信》，载于《新时代》，1933 年第 4 卷第 3 期。

吉甫在北平仿照《语丝》办了一份刊物《红砂碛》，在第 3 期上便刊载了夏留仁的《闪电》（短诗六首），可见"夏留仁"使用时间极短，只约半年。再看"惠留芳"，目前所见几乎全部与《新时代》月刊相关，使用时间从 1932 年年初延续到 1933 年 5 月，大约一年半，与"夏留仁"的使用发表并不同步。

署名"惠留芳"的作品涉及的体裁有诗歌、小说、散文、诗歌翻译等，展示了祝世德此时的文学才能较为全面。方敬在谈到祝世德此时的文学趣味时，说他有"对郭沫若的《女神》之热，对丁玲女士的《莎菲女士的日记》之狂，对法国浪漫主义戏剧家罗斯当的浪漫喜剧《西哈罗》之迷"，从"惠留芳"翻译的英国诗人 Christina Rossetti、爱尔兰诗人 Thomas Moore 和他本人的创作实践来看，其对 19 世纪浪漫主义的不列颠诗风较为偏爱，题材重心兼有感伤的个人情恋和炽烈的爱国主义。

关于爱国主义，值得特别指出的是，与方敬所说的"浪漫派头"相并存的这一点后来成了祝世德作诗写文的一大源头。1932 年，他写下《无名英雄》《怀屈原》《怀荆卿》等爱国主义诗歌，随着日本侵华战争的扩大化和全面化，他又写下了《吊吴淞》《剑吟》等缅怀十九路军英雄、渴望自己能效死疆场的作品。在抗战期间，他出版了抗战诗集《垦殖集》、文学理论著作《文学与战争》、历史著作《明季哀音录》等，都是以赤子热忱写成的爱国主义作品。这一形象在方敬的回忆里并没有得到呈现。

"拾名"是祝世德发表诗歌作品时最主要的笔名，他以此笔名出版了第一部诗集《影像集》，在一些纪实性作品如《枫秋》中，他也以此作为自己诗人形象的名字和化身。"祝实明"主要使用在抗战之后，且多用于散文、小说、杂文等体裁，以及诗集、文集等专著。从当时登载的文坛资讯来看，在抗战之后，时人对"祝实明""拾名"的认知较为牢固，祝世德也经常在诗文里通用这两个笔名，在"祝实明"的文章里提及自己署名"拾名"的作品，反之亦然。

其二，祝世德笔名拾遗。在上文提及的《拾名的信》里，祝世德提及自己常换笔名，到当时已用到 9 个之多。方敬在文中提及，祝世德来到万县任教时，曾在《语丝》发表过讽刺小品文。1937 年北新书局所出赵景深编《日记新作》，最后一篇拾名的《人间日记选录》，原载于《青年界》第 12 卷第 1 期上。拾名在日记中提及此前在《语丝》上发表诗歌《月下歌》的过程，查《语丝》1929 年 9 月第 5 卷第 28 期所刊《月下歌》，作者署名即"杜宇"。该笔名出现在《语丝》上有三篇作品，其中第一篇《解颐录四则》就是小品文。

二、万县时期何、祝交往史的背景（1927—1930）

祝世德使用"杜宇"的笔名在《语丝》发表作品的时候，正是其与何其芳、方敬等人密切交往的时期。有关祝世德此时的年龄、籍贯等，方敬的文章里并没有交代。从笔者整理的线索来看，祝世德是今四川省巴中市恩阳区人，出生于 1908 年 5 月或 6 月，父亲早亡，早年便到上海求学。[①]

巴中与万县之间的直线距离不超过 200 千米，一个在大巴山南麓的丘陵地区，一个处于大巴山东端与长江交合的峡谷地带，同属四川盆地东北角，民情相近、风俗相通，共同的生活环境使祝世德与何其芳、方敬等人有了相知相交的基础。后来祝世德与何其芳反复在文章中提及当时川东北的两大苦难：一是匪多，二是军阀暴虐。在《还乡杂记·街》中，何其芳回忆道："我七八岁时，四川东部匪徒很多，或者说成为匪徒的兵很多。在×县这素称富足的一等县里，更骚扰得人民不是躲避在寨子里便逃往他方。"[②] 何其芳所说的"寨子"并不是一般意义上的村寨，而是为躲避匪患在地势险要的山地建成的避难所，在《还乡杂记·我们的城堡》里他这样详细描述道："在二十年以前我们家乡开始遭受着匪徒的骚扰，避难者便上洞上寨，所谓洞是籍着岩半腰的自然的空

---

① 关于祝世德生平，可参见喻汉文：《草鞋县长祝世德》，见《巴中故事》，四川人民出版社，2006 年版，第 78~81 页。但喻文存在错讹，如祝世德生年，其称为 1910 年，但笔者考其发表在 1948 年 2 月《青年生活》第 22 期上的《婴宁》一诗，诗后附记"三十六年五月二十六日至三十，脱稿于四川筠连，时距我三十九岁生日相隔仅十三天，写此聊以为寿"。祝世德有在诗后标注"民国纪年"日期的习惯，据此推断其生年当为 1908 年，日期约为 5 月 13 日或 6 月 12 日（亦可能是这两个日期对应之农历）。

② 何其芳：《街》，见《何其芳全集》第 1 册，河北人民出版社，2000 年版，第 257 页。

穴，筑一道城墙以防御"，"寨则大小总是一座城了"，"居住着数十家人"。① 对这样的独特的土匪记忆，祝世德也以"拾名"的笔名描述过，不过在他的笔下，土匪问题略显复杂与特殊。在小说《德政碑》中，祝世德讲述了川东北一个叫梁县禹镇的地方在 1925 年所经历的一次剿匪变屠杀的悲剧。在写到土匪绑架勒索的情形时，祝世德作了镜头式的扫描："一间墨一般黑的房间里，'横列十字'地躺着几十只并不十分肥的肥猪（人质），这些肥猪们不知道昼夜，因为那房里永远是黑暗。"② 本来梁县的"棒老二"（土匪）就层出不穷，在经历了空前大旱灾之后更是四乡皆匪，而所谓的知事、团总更是出于各种私心而对"过去当过匪的""现在正当匪的""将来一定要当匪的"以及因藏匿等"与匪同罪的"都举起剿灭的屠刀，身后却是滚滚的银元掉入当权者的口袋。

20 世纪 20 年代的四川处于军阀连年混战的黑暗时期，所谓"速成系"与"保定系"之间的派系争斗，川军与滇军、黔军等的内侵与外斗，拥护广州革命政府与北京北洋政府的"革命"与"反动"等轮番登场，烽火连天。万县与巴中正处于各种势力犬牙交错的东线，暗流涌动，冲突激烈。何其芳的《还乡杂记·县城风光》描写了此时的杨森及其治下的万县："他到了这县城不久便把那一圈石头垒成的古城垣拆毁，以从人民的钱袋里搜括来的金钱，以一些天知道从哪儿来的冒牌工程师开始修着马路，那些像毒蟒一样吞噬了穷人们的家的马路。"③ 何其芳在文章里自陈，"提起这件事并不是责备那位现在已流落到川省偏僻处的军阀"，"倒是想说明他在当时的军人中还算一个维新党"，"不仅拆城墙修马路"，"而且还礼贤下士"，"他设立一个政治训练学校，想把他统治的区域'系统化'起来"，"他对那些未来的县长，教育局长，或团练局长常常举行'精神谈话'"。这样的"维新"做派，祝世德也并不陌生，在《德政碑》中，他刻画梁县学监的"东洋派"作风也是在礼堂训话，"那讲话姿式在我们这一股儿就从来没有看见过"，张口闭口便是

---

① 何其芳：《我们的城堡》，见《何其芳全集》第 1 册，河北人民出版社，2000 年版，第 281～282 页。

② 拾名：《德政碑》，载于《新时代》月刊，1937 年第 7 卷第 3 期。

③ 何其芳：《县城风光》，见《何其芳全集》第 1 册，河北人民出版社，2000 年版，第 268～269 页。

"×总司令""保国卫民"等大而不当的词汇。对军阀带给民众的苦难，祝世德在小说《偷鸡贼》开头便写军阀为了打仗而下乡拉壮丁，"没有学会拿枪打靶"就要"开到前线"；在诗歌《乱后》里，他面对满目疮痍的故土感叹道："屋后，有一堆一堆的坟墓，/墓里，花蛇在爬，髑髅在叫苦，/干吗这慎终追远的民族/也没有人管，没有人看护？"①

1927年前后，正是北伐军胜利北挺，席卷长江南北之际。而四川此时刚刚经历1925年的倒杨（森）战争，1926年春夏刘湘、杨森联手驱逐黔军袁祖铭的驱袁战争，在1926年8月9月之交更是发生了英军炮击万县的"万县惨案"，蜀中局势之动荡、社会之飘摇可谓达到极点。1927年下半年，当19岁的祝世德刚刚跨出校门来到万县以"新文学使者"的形象出现时，"万县文学圈"后来的代表人物何其芳15岁、方敬13岁、吴天墀14岁。年龄相近的何、祝二人相对来说有更多共同关心的话题。关于到万县任教，祝世德有过这样的回忆：

> 记得我跨出大学时，眼看同学们都高就了，自己因为不善钻营，简直就要空闲下来，那时心里的确有些发慌。一天，一个朋友来看我，言谈中，说是某一个乡村小学需一位教员，我当时便表示我可以去。那位朋友吃了一惊，随即表示决不相信的样子。我即刻诚恳地告诉他，说是我一生最怕闲，一闲便感到无聊，无聊便要找方法来消遣时候，这一来便是堕落的开始了。因此我得找事做。小学教师虽然清苦，但有事可做却是真的，因此我愿他就介绍我去。后来那朋友相信了我，我便算第一次找到了职业。②

1927年，第一次走上工作岗位的祝世德当然是来到一个新的环境，而从私塾进入新式学校的何其芳显然也是"带着一种模糊的希望，生怯的欢欣，走进了新奇的第一次的社会生活"。他回忆道，"那时候人们对于学校教育仍抱有怀疑和轻视的态度，尤其是乡下人，他们总相信这种混乱的没有皇帝的时代不久便要过去，而还深深的留在记忆里的科举制度不久便要恢复起来，所以他们固执的关闭他们的子弟在家里读着经

---

① 拾名：《乱后》，载于《青年界》月刊，1933年第4卷第3期。

② 拾名：《我以为》，载于《青年界》月刊，1936年第9卷第1期。

史"①。

祝世德带来的新文学无疑打开了何其芳等人的视野，一个崭新的世界敞露在他们面前。在方敬的回忆里，祝世德在万县的文学活动包括给学生"开了新文学，介绍新文学书刊，提倡写白话文"；"他自己已开始文学习作，爱写新诗"等。据祝世德在诗集《不时髦的歌》自序里所述，他"学新诗开始于民国十三年"②，也即1924年，此时当为其在上海求学时期。目前所见祝世德最早发表的作品是1929年3月以"杜宇"为笔名发表在《语丝》上的小品文《解颐录四则》，而何其芳最早发表的作品是1930年3月以"禾止"的笔名发表在《新月》上的小说《摸秋》。在此之前二人的作品见刊与否，与笔名的收录情况、期刊的保存状况等密切相关，我们只能揣度，万县时期何、祝等人的文学创作主要还是同仁之间的交流切磋。但二人在《语丝》《新月》上发表作品的时间如此接近，又都在二人先后离开万县到达上海之际，说明万县时期的习练正是他们文学才能总爆发的酝酿期，其间的互动对于彼此都十分重要。

三、上海北平时期何、祝的交往（1930—1933）

1929年秋，何其芳与方敬等中学朋友东出夔门，来到上海中国公学求学。1930年5月19日，何其芳在写给吴天墀的信里谈及此次出川到沪读书的友朋，结尾补写道："祝世德君亦来上海，前来校相晤。"③这说明至迟到1930年5月，祝世德也离开了万县，重返上海。据祝世德后来的文章回忆，1930年自己在上海一所学校读书，当年下半年又离开上海，"在九江汉口一带营谋衣食"④。

祝世德在万县教的是小学，这在当时作为职业并不被看好，对个人的发展也颇多局限。何其芳便在给吴天墀的一封信中为他脱离乡村小学

---

① 何其芳：《街》，见《何其芳全集》第1册，河北人民出版社，2000年版，第257页。

② 祝实明：《自序》，见《不时髦的歌》，晨钟书局，1945年版，第1页。

③ 何其芳：《致吴天墀信六封·信一》，见《何其芳研究专集》，四川文艺出版社，1986年版，第151~154页。

④ 拾名：《西行笔砚录序》，载于《青年生活》半月刊，1947年第16期。

到成都谋划继续深造而高兴。他说："知道你已到了成都，准备升学了。这是好的，老在涪陵住着教小学不是办法。"[①] 据祝世德自述，"我虽然也勉强算是一个大学生，却做过一月十八元薪金的乡村小学教师，也做过月薪一百余元的高中教员"[②]，此处的"做乡村小学教师"正是指自己在万县任教的经历。1930 年《新月》的征订广告显示，一份《新月》零售价为三角，全年为三元；而同期的征稿启事显示，当时的稿酬为每千字二至五元，佳作从优。也就是说，一个小学教员一月的工资仅够订阅 6 种《新月》这样的期刊一年，也不及五六千字文章的稿酬（中位数）。

1930 年秋，何其芳去往北平，先后就读于清华大学和北京大学，进入一段相对稳定的校园生活。而祝世德则以上海为中心，在沪汉、江西等地颠沛流离，直到 1932 年在九江一中学谋得教职才安定下来。不过，这段时期二人还是通过书信等方式保持着联系。方敬回忆何其芳与杨吉甫办《红砂碛》时曾向祝世德约稿，在第三期上发表了他的《闪电》（短诗六首）即是一例。在刊载于《新时代》的多篇诗文中祝世德提及与何其芳的友情，如《拾名诗论》里，他举出自己就诗作《相思树》征求何其芳的意见，"记得其芳曾在我未发表这诗以前写信来告诉我说：'形容得有些矛盾似的。'我的回信却辩护道：'你忘记了宋玉的着粉则太白，施朱则太赤了吗？'当时不知是为了护短或是为了没有那才干修改而这样地回答了他，但从此便有些不放心这两句"[③]。这是 1932 年年底（诗歌写作时间）至 1933 年 4 月（发表时间）之间发生的事，说明两人此时仍多信函往来。

在这篇论文里，祝世德还引用何其芳的《夜行歌》与自己的《剑吟》一诗作了诵读时声音效果的比较，这也部分地间接反映了二人在诗歌创作上气质的不同。在祝世德看来，首先，在内容上，何其芳的《夜行歌》"是因为一个幼年时的朋友从几千里以外给他写了一封长信去，诉说'社会的黑暗'和'自己前途的渺茫'，又加上一些'人生意义的

---

① 何其芳：《致吴天墀信六封·信二》，见《何其芳研究专集》，四川文艺出版社，1986 年版，第 154 页。

② 拾名：《我以为》，载于《青年界》月刊，1936 年第 9 卷第 1 期。

③ 拾名：《拾名论诗》，载于《新时代》月刊，1933 年第 5 卷第 4 期。

纠纷'，而结局于'我要走哪一条路才好?'于是他为这一个朋友写下这一首诗。诗句的温和中正，恰如其人，但如不细细地诵读，我相信也不会'看'得出的。"而《剑吟》是自己"在庐山过了将满两月的类似隐士的生活，其实山下的事有许多是须得我去作的，因此耐不住了，便这样地叫了起来，不久便下了庐山。诗里是用的侠士的口吻，那一种豪爽的语调……显出一种沉雄的气概来"。其次，从吟诵的声音效果来说，"我那首《剑吟》恰像我们川戏中的大花脸，秋若这首《夜行歌》却像京调中谭派的须生。前者不吝惜他的声音，几乎令人担心他会叫破喉咙；后者却音调娴熟，抑扬有致，使人听着时感到中心悦服。这两种不同的作风，不诵读确不能感到呵!"①

《新时代》月刊是祝世德早期发表作品最主要的阵地，也是与何其芳共同亮相的舞台。《新时代》月刊的主编曾今可是祝世德的文学伯乐之一，他不仅在《新时代》及旗下刊物、出版社为祝世德提供展示其诗歌、小说、评论等多方面才能的机会，而且还积极把祝引荐给赵景深、邵洵美等人。在《新时代》月刊②，祝世德使用"惠留芳（女士）""留芳（女士）""拾名"的笔名从1932年1月到1937年4月共发表诗歌37首，小说9篇，翻译作品2篇，评论3篇，散文及其他4篇。何其芳使用本名在《新月刊》也发表了诗歌5首，散文1篇，时间是1933年2月到1933年7月。

四、何、祝二人诗中的相互致意

在诗歌《梧桐词》开篇题注里，祝世德写道："这首诗题献给：/上海的今可，/北平的其芳，/和常在我意念中/注视着我的那人。"③ 此时，祝世德刚从江西回到四川璧山中学（今属重庆）任教，写作此诗的时间是1933年10月，而稍后的12月远在北平的何其芳便写下《岁暮怀人（一）》，同样怀念着朋友祝世德。

---

① 拾名:《拾名论诗》，载于《新时代》月刊，1933年第5卷第4期。
② 《新时代》月刊1931年8月1日创刊于上海，1934年3月至1936年12月停刊，1937年4月后因战争、经费等因素最终完全停办。
③ 拾名:《梧桐词》，载于《新时代》月刊，1934年第6卷第1期。

关于《梧桐词》，有两点或许可以引起读者的注意。其一是梧桐，对祝世德和何其芳来说，这正是他们共同熟悉的校园环境中的标志性景观。在《还乡杂记·街》里，何其芳如此描述万县中学："学校的地址是从前县考时的考棚。一条又宽又长的石板甬道的两旁，立着有楼的寄宿舍和教室和几株高及瓦檐的孤零的梧桐。这便是我的新世界，照样的阴暗，湫隘，荒凉，在这几及两百人的人群中我感到的仍是寂寞。"而在诗里，祝世德以感伤没有凤凰驻足的梧桐立意来抒发自己才能不能伸展、知音难求的心绪。他写道："春不属于你；你总相信/草的柔软，蝶的轻佻，/卖弄风情的柳腰，/若即若离的莺莺鹧鹧，/迷不了你，媚不了我，/似笑非笑的花花朵朵/也不配使我唱春的赞歌。"全诗多次出现"别了吧，窗前的梧桐"，弥漫了一股浓郁的失落伤怀之情。何其芳随后写下的《岁暮怀人（一）》则回应了这种失意和悲痛——"驴子的鸣声吐出/又和泪吞下喉颈，/如破旧的木门的鸣泣，/在我的窗子下。/我说，温善的小牲口，/你在何处丢失了你的睡眠？"[1] 最后何其芳鼓励他这位亦师亦友的亲密文侣道："我曾在地图上，/寻找你居住的僻小的县邑，/猜想那是青石的街道，/低的土墙瓦屋，/一圈古城堞尚未拆毁，/你仍以宏大的声音/与人恣意谈笑，/但不停地挥着斧/雕琢自己的理想……"

需要注意的第二点是祝、何二人这两首诗都不是单一的怀念诗，两诗写作时间距离如此之近，一定是有什么原因使得一人对另一人的发声必须及时做出回应，来抚慰和鼓励对方。祝世德写作《梧桐词》时已从江西回到四川，这次回归不是探亲或走访，而是他遭遇了一次重大的人生打击。祝世德此一时期写成的《枫秋》一文透露了些许线索。《枫秋》写的是"诗人拾名"从江西回到重庆寄居在友人家中的事，在文中祝世德毫不避讳地写道："像被人驱逐一般，我从江西回到四川来。"[2] 在表露这一段经历的心路时，他回忆道，在九一八事变后，自己参与抗日救国会的讲演，暗自发誓要献身祖国，"以后我在江西，因此便做了一些可以问心无愧的事。然而结局呢？却是江西当局变象地放逐了我！"

---

① 何其芳：《岁暮怀人（一）》，见《何其芳全集》第 1 册，河北人民出版社，2000 年版，第 36 页。

② 拾名：《枫秋》，载于《国论》周报，1938 年第 7 期。

祝世德是进步青年吗？为何遭遇如此迫害？早在1928年，祝世德便写成一篇小说《梦》来表明自己的国家主义信念。国家主义是20世纪20年代经少年中国会、大江会等社团积极倡导的一股思想潮流，因代表刊物有《醒狮》又被称为醒狮派。国家主义以主权国家概念出发，主张塑造"国魂"，振兴国权，反对破坏国族文化，反对分裂，反对列强的侵略与干涉，反对内战等。国家主义与社会主义、无政府主义并称为当时的三大思想潮流，1929年该派成员以中国国家主义青年团为主体组成中国青年党，公开成为政治政党而与国民党分庭抗礼。在小说《梦》中，祝世德讲述了主人公子筠在梦中参与国家主义的武装活动，结果在巷战中受伤昏迷，苏醒过来发现梦想已经成真，不但中国人过上了安宁幸福的生活，世界也统一成为"地球共和国"，而就在他陶醉时却被人从梦境中叫醒。[①] 1938年12月，祝世德在中国青年党所办报刊《国论》上发表《我们应有的建国运动》更是清楚明白地阐述了自己的国家主义主张："建立十族以上的真正民主共和国，对内平等联合，互助互惠，对外不欺弱小，不畏强圉。"[②] 这些材料说明，祝世德的国家主义信念萌芽早，思想成熟，意志坚定，而且切实地参与了中国青年党的组织活动。

根据曾辉的博士学位论文《中国青年党研究（1923—1945）》，1932年11月，国民党中宣部公布宣传品审查标准，将国家主义与共产主义视为反动而禁止，在查禁的过程中，不少青年党籍的公教人员被辞退或逮捕。[③] 又据《江西省政府公报》1932年第11期，当年6月江西省政府颁布训令开展查禁《民声周报》等国家主义"反动宣传品"[④]；同时由于时值国民政府围剿苏区，江西此一时期先后发布了一系列"整肃戡乱"的法令，阴云密布，空气凝重。正是在这种背景下，祝世德才说自己"做了问心无愧的事"，却反被"江西当局变象地放逐"。何其芳《岁暮怀人（一）》的第二节"饮鸩自尽者掷空杯于地，/一声尖锐的快意划

---

① 参见拾名：《梦》，载于《新时代》月刊，1934年第6卷第1期。
② 祝实明：《我们应有的建国运动》，载于《国论》周报，1938年第9期。
③ 曾辉：《中国青年党研究（1923—1945）》，华东师范大学博士学位论文，2014年，第188~189页。
④ 参见江西省政府秘书处编译室：《江西省政府公报》，1932年第11期。

"在心上"刻画的正是一个变态的加害者实施阴谋的形象，或许便与祝世德遭受的迫害一事相关。

五、1938 年何、祝二人最后的分道

1938 年初，何其芳从家乡万县来到成都，这时的祝世德也已结束璧山的教职在成都觅事。他们有没有见面，目前没有看到公开的文字材料，不过，当年 6 月成都学生创刊的《雷雨》杂志同时登载了何其芳的《给雷雨周刊社的一封信》和署名"拾名"的以台儿庄大捷为题材的抗战诗歌《前线》。这是他们的名字最后一次同时出现在同一张民国期刊的纸页上。

到了 8 月，何其芳与卞之琳、沙汀夫妇四人北上延安，他最后找到了一条光明的道路。关于这次事件，1946 年 7 月上海的《青年生活》半月刊创刊号上却有这样一条短讯："与方敬、何其芳齐诗名之祝实明（拾名），渠与方何二人本属中学同学，且极友好，惟中途志趣相异，方何另入阵营，名益大噪。实则祝诗较彼等高明，其近作《不时髦的歌》在蓉出版，颇为风行……"[①] 考虑到该年何其芳受党派遣，在重庆任新华日报社副社长，此时又是国共和谈前夕，各路舆论纷杂，有着青年党背景的《青年生活》不免带有偏见，但其中透露的一个信息却也并非空穴来风。那就是，方敬所说的何、祝"志趣相异"和"道不同"其实是各人的政治选择不同。

而关于何其芳、祝世德、方敬与中国青年党的关系，1948 年 2 月《青年生活》第 2 卷第 3 期上又有这样一条短讯："中国青年党之前期文艺作家，有胡云翼、刘大杰、田汉、唐槐秋、左干臣、袁道丰、何仲愚、宋树人、李辉群、庐隐、徐懋庸、方敬、何其芳、姜华、魏思恣、侯曜、春晖等人。后期文艺作家有张葆恩、左华宇、拾名、陈秋萍、辛郭、徐沁君、许杰、周蜀云、田景风、王秋逸、王维明、王慧章等人。"[②] 这里虽然将方敬、何其芳标为中国青年党的早期作家，将拾名

---

① 郭：《文化公园》，载于《青年生活》半月刊创刊号，1946 年 7 月。
② 浪：《文化公园》，载于《青年生活》半月刊，1948 年第 2 卷第 3 期。

（祝世德）标为后期作家有"一面之词"的嫌疑，也不排除中国青年党的宣传刊物有把持国家主义主张的人士同正式党员混淆的情况，但这或许提供了一条了解何其芳等人与国家主义之间联系的线索。一个可以肯定的事实是，在国难当头的关口，何其芳、祝世德都为国家的前途深深担忧，他们都用文字写下了或激愤或激昂的抗战诗篇，何其芳不愿自我沉沦而喝道："成都，让我把你摇醒"；祝世德眼见空袭后的惨况而喊出："成都，你不过受了重伤。"① 虽然立意不同，其爱国的出发点与内心的真诚却是无可置疑的。

在方敬的文章里，祝世德"热衷于仕途而对文学和写诗若即若离，后来竟至完全撒手了"，事实却并非如此。在祝世德的回忆里，1938—1940年的三年间正是其生活最为困窘的三年。② 查《历届高等考试及格人员题名录》③，祝世德参加的是1939年第五届高等科考试，此次是国民政府改革文官考试的第一届，初试通过后考生须集中培训，再经复试通过后才能录用，而从当时的报考及审核情况来看，祝世德当时拟定的类别是教育行政人员，这说明祝世德对"仕途"并无特定的兴趣，此时仍寄寓了从事教育与文化事业的职业理想。但天不遂人愿，到了1942年，他被安排出任汶川县县长。

虽然步入地方官场乃情非得已，但祝世德对文学的热爱却不减一分。1946年第10期《青年生活》的文坛消息栏目"文化公园"刊登短讯："熊猫产地'汶川'县长祝拾名，长汶四年，境内称治。祝氏原为文人，近于公余之暇，又恢复写文工作，已脱稿者有《明季哀音录》《战斗语录》《娑罗树》《大禹》等作。"④ 笔者梳理这一时期祝世德的著述情况，发现他在《青年生活》《青年中国》《国论》《青城》《鬼》等刊物发表了大量的爱国诗歌、小说、杂论等。这些刊物多有中国青年党的背景，或带有地方刊物的色彩，但运用文学场域的眼光回到当时的历史

---

① 参见何其芳：《成都，让我把你摇醒》，见《何其芳全集》第1册，河北人民出版社，2000年版，第325~328页；祝实明：《成都，你不过受了重伤》，收入《垦殖集》，文通书局，1944年版，第7~9页。

② 拾名：《西行笔砚录序》，载于《青年生活》半月刊，1947年第16期。

③ 《历届高等考试及格人员题名录》收于国立政治大学编《国立政治大学高等科第十一期毕业同学录》附录二，1946年版，第10页。

④ 浪：《文化公园》，载于《青年生活》半月刊，1946年第1卷第10期。

时空，成都与重庆、昆明、桂林等同是战时大后方的文化中心之一，其发出的激励抗战鼓舞士气的铮铮铁音同样是中华民族艰苦卓绝浴火重生征途中的伟大诗篇。

这一时期，祝世德另一个令人注目的成就是出版了不少专著，包括文艺理论著作《文学与战争》（1939）、《新诗的理论基础》（1947），诗集《垦殖集》（1944）、《不时髦的歌》（1944），小说集《白的悲哀》（1944），史学专著《明季哀音录》（1942）、《大禹》（1946）等。此外，祝世德在汶川县和筠连县任职期间，编著了《汶川县县志》（1943）、《汶川图说》（1945）、《筠连县志》（1948）等地方志书。另据学术公论社丛书之一的《法国革命时代之物价问题》所附广告内页，祝世德有一本署名"祝实明"的学术专著《陈子昂年谱》拟定于 1944 年作为该丛书第一期四种之一出版，但此书目前不存。这些文学实绩为我们展示了此时祝世德作为地方文人与新文学作者的两幅面孔，可以看出，他对文学与诗歌的热爱始终如一。

随着滚滚的历史洪流向前狂飙，国家的历史选择与个人的命运深深地交织在一起，何其芳与祝世德在 1938 年的分道也最终成为生死殊途。1949 年 12 月，珙县解放后，作为原县长的拾名被放归原籍。1951 年，拾名身故。中华人民共和国成立初期，已经转向文艺理论和古典文学研究的何其芳似乎淡忘了早年的文坛旧事，在 1956 年写成的《写诗的经过》里不再提及自己如何进入文学圈，文中同样也没有了祝世德的身影。1983 年 2 月，何其芳去世近 6 年之后，方敬写下《其芳最早的新文学朋友》，对这段历史作了印象式的、同时也是负责任的陈述。

（本文原载于《现代中国文化与文学》总第 28 辑，2019 年 6 月）

诗人拾名与国家主义派文艺

回到民国时期的文学舆论场，拾名（祝世德）曾是与何其芳齐名的新秀诗人[①]，他们先后在 20 世纪 30 年代初崭露头角，又因投身不同的政治阵营而分道。方敬的回忆文章《其芳早年的新文学朋友》称拾名（祝世德）的文学路只走了半程便热衷于仕途，但笔者考其经历却发现拾名确实做过几任县长，而其文学创作也长盛不败。在 20 世纪 40 年代，此人正是扬名大后方的"青年系"作家群[②]的代表诗人，而其与国家主义文艺的联系更可追溯到 1928 年的万县时期。

一、拾名：消失的国家主义派诗人

如果给拾名编写一份个人简历，可能不是很抢眼，但如果要开列一份他发表的作品的清单，则不逊于那个时代大多数的作家。在 1929—1948 年近 20 年的时间里，拾名先后出版《影像集》（1934）、《垦殖集》（1944）、《待题集》（亦名《不时髦的歌》，1944）三部诗集，文集《白的悲哀》（1944），文学理论著作《文学与战争》（1939）、《新诗的理论基础》（1947），学术著作《明季哀音录》（1942）、《汶川图说》（1945）、《大禹》（1946）等，另外有出版信息而因战争等因素未面世的还有《梁

---

① 如 1946 年 7 月上海《青年生活》半月刊创刊号《文化公园》栏目短讯："与方敬、何其芳齐诗名之祝实明（拾名），渠与方何二人本属中学同学，且极友好，惟中途志趣相异，方何另入阵营，名益大噪。实则祝诗较彼等高明，其近作《不时髦的歌》在蓉出版，颇为风行……"

② "青年系"作家群包括集中在《青年生活》《青年中国》《国论》等期刊的一批作家，这些刊物大都具有中国青年党的政治背景，倡导"集团主义"的文学。代表作家有常燕生、拾名、宋树人、陈秋萍、张葆恩、柳浪、左右、李唯健等。

山伯与祝英台故事诗》（1937）、《人间集》（1937）、《陈子昂年谱》（1944）等。

从笔者粗略统计的拾名作品见刊情况来看，他在报刊上发表的新诗76首，译诗2首，小说13篇，诗论5篇，散文7篇，其他文章15篇。接触过拾名作品的人也许会产生一个疑惑：如此产量的作家何以会销声匿迹？贺麦晓在论及吴兴华几度重建文学声名的尝试时提出一个观点，即对一个诗人的经典化努力跟其时的文学风气息息相关，它直接推动这个诗人重返"文学场"。[①] 以此眼光打量，或许对拾名的重新发掘便需要一种不一样的诗学批评话语来激活。

1934年元旦，拾名的首部诗集《影像集》出版，《新时代》月刊登载了广告，引赵景深的赞语称其诗"像王维，更像杜牧，也很像英国的罗塞蒂"，对西诗中"Trialet 和 Villanelle 的试用"也得到邵洵美等人的好评。此一时期，拾名的作品多发表于《新时代》月刊、《青年界》和《现代学生》，情调凄婉，语词清丽，音节圆润。所谓"像王维，更像杜牧"大概主要是指拾名早期诗歌中的清秀气息和对历史的慨叹，一轻一重的谐和常营造出缠绵反复的氛围，比如拾名取材于《搜神记》卷十一"韩凭妻"一节的长诗《相思树》[②]，堪与王维《扬州三首》《早春行》、杜牧《秋娘诗》《张好好诗》等相比。

《相思树》的故事大意是宋康王见舍人韩凭之妻貌美便横刀夺爱，韩凭自杀，其妻亦投台自尽，后来二人坟墓生出大树交错合抱，人们取名"相思树"。全诗分为四章六十六节（22－21－21－2），第一、三章为每节四行，第二、四章为每节六行。四行一节的押韵格式以AABA居主导，以第一章为例，22节中16节即为此格律，其余ABCA式3节，ABCB式1节，AAAB式1节，AABC式1节；六行一节的押韵格式以AABBAA为主导，以第二章为例，21节中11节即为此格式，其余的变化较多一些，包括ABCCBA式、AAAABA式、AABCDD式、ABCCAB式、ABCCDE式等。在音节上，全诗每行的字数为8～11字，音组多为4～6个，形式整齐，韵律自然而精严，其中也可见对中西格

<hr>

① 贺麦晓：《吴兴华作为现代诗人的生成》，载于《中国现代文学研究丛刊》，2017年第12期。
② 拾名：《相思树》，载于《新时代》（月刊），1933年第4卷第3号。

律兼收并蓄、融会贯通的用功，这也是赵景深所谓"像英国罗塞蒂"的原因。

拾名对诗歌的音律极为看重，他将情感的音乐化与具象化、白热化、纯净化视为诗歌的四大要素。他认为，新诗的韵律一是指音韵（"韵"），二是指形式的规律（"律"）。具体来说，新诗的"律"包括四点：第一，避免五言七言的形式与音节；第二，行与行间，字数相差不远；第三，每行至多不超过二十字；第四，非有艺术的功效一行不致只写一字。① 可以看出，这些主张与新月派、闻一多所主张的"三美"有沿承发展的轨迹，他亦将此种诗体称为整齐体，以与自由的错综体、散文诗体等区别。值得注意的是，拾名从标点入手将音律加以"视觉化"的观点，丰富充实了闻一多关于以"音尺"为基础的格律理论。在拾名的论述中，"音尺"即"音段"，他把句号作为一个长停顿，如乐谱中的全音符；"分号较短，约当句号四分之三；逗点更短，约当句号的四分之二"，而"一行结尾无论何标点者，读时相当于行中的'音段的停顿时间'，当句号四分之一"。② 通过将一字到三字的"音段"（一个词）和诗行的行断纳入标点停顿的长短标准，拾名发现了一种塑造诗歌声音的方法，在比较了自己的《剑吟》和何其芳的《夜行歌》之后，他说正是节奏停顿的不一使得自己的声音偏于豪爽，和后者的抑扬有致相区别，由此形成了两种不同的风格。

拾名对当时诗风嬗变的态度在中立中偏保守，他说："新月派的作者每每看不起错综体，认为那一群作者都不懂（至少是不够）诗律。错综派（让我暂用这样一个名词吧）却又反讥新月作者为'截豆腐干'。到意象派钻了起来，于是前两者又都在被讥之列。谁要能如昌黎一般地不鄙俳体，如少陵一般地不薄初唐，如山谷一般地不薄西昆，且'识同体之善'，亦知'异量之美'，那么他便是能'虚己下人'了。"③ 在拾名所构想的诗歌版图中，当时以李金发为代表的象征派诗歌和以戴望舒为代表的现代派诗歌只是新诗的一个支流，它们一起组成"意象体"而

---

① 祝实明：《诗在文学中的地位》，见《新诗的理论基础》，商务印书馆，1947年版，第4页。

② 拾名：《拾名论诗》，载于《新时代》（月刊），1933年第5卷第4号。

③ 祝实明：《新诗中的民族精神》，见《新诗的理论基础》，商务印书馆，1947年版，第91～92页。

从"散文诗"中分流出来，因其对音律的部分排斥而属于分行的"散文诗"。拾名没有料到的是，此后现代主义诗风的大盛，旁支成了主流，且有并吞八荒之势。冈恩曾引宋淇的话来说明浪漫主义大大缩小了诗的范围，这也是宋淇关心吴兴华诗歌的一个原因——那种融合古典诗歌的形式探索所反映的某种反浪漫主义特质。[①] 站在拾名的立场，现代主义又何尝不是 20 世纪初浪漫主义滥觞的一个翻版，至少从形式主义的眼光来看，它也像宋淇说的那样——"缩小了诗的范围"，或许就此意义来说，当我们再次重拾拾名这样的现代格律诗的话题的时候，其所反映的某种反现代主义的特质正是思考其形式探索的一个基点。

　　回到《相思树》，从内容上来看，全诗 66 节中，直接叙事的有 22 节，包括人物出场（6～7）、韩凭还家与妻相会（25～32）、刺狼护妻与康王夺美（33～36）、信中约死与韩凭自杀（42～43）、国王登台与韩荷自坠（52～54）、遗请合葬及国王的反应（56～58）；摹状韩荷之美的有 5 节（8～12）；描写韩荷梦中相思的有 8 节（15～22）；描绘相思树传奇的有 6 节（59～64）；用情景交融的手法描写景物、环境的有 8 节（13～14、23～24、44～46、51、55、65～66）；用陈述、议论的手法带出引子、穿针引线的有 9 节（1～5、44～46、49～50）。由此粗略的结构分析可见，拾名主要采用的是情景交融、烘托渲染的笔法，辅以铺陈、议论、对比等，极力营造的是一种婉转凄恻、声色活现的氛围，而故事本身并不占主导。这样的布局和手法与王维、杜牧等人将人事淡隐而着笔墨于情景的方式是一致的。而在将这个凄美的爱情故事古意新拟时，拾名的一大发明就是将韩凭塑造为为国征战的勇士，勇士还国却被要求献出自己的妻子作为忠心的证明，这增加了整个事件的悲剧性。

　　从题材上看，拾名的诗歌大致有三类。一是像《相思树》这样的被他称为"故事诗"的作品。关于"故事诗"，拾名认为它虽然有叙事，但故事之中却有若干"需要歌咏，需要韵律"的地方，偏于抒情，这与篇幅较长、事校繁复，且偏于叙事的叙事诗是大不相同的。[②] 与《相思树》写作时间几乎同时的还有《杨妈》，这首诗歌由凌叔华的同名小说

---

　　① ［美］爱·冈恩：《吴兴华——抗战时期的北京诗人》，张泉译，载于《中国现代文学研究丛刊》，1986 年第 2 期。

　　② 祝实明：《诗在文学中的地位》，见《新诗的理论基础》，商务印书馆，1947 年版，第 6 页。

改编而来，原型是北大教授高一涵家中的保姆寻儿的故事，当时胡适、徐志摩、凌叔华、丁西林四人约定以此为题分写诗歌、小说、剧本等体，而最后只有凌叔华这篇小说。受到两个故事的感染，拾名写下了诗体的《杨妈》，几度写信征求胡适的意见。蒲风在《五四到现在的中国诗坛鸟瞰》[①]一文中曾专门提到此诗，表示称誉。拾名的"故事诗"在20世纪40年代达到巅峰，如《香囊集》写龚自珍与太清的"丁香花案"、《无双行》写秦少游与无双之间凄美的爱情悲剧、《临沂老妇行》写山东敌占区民众的遭遇等。拾名的第二类题材是爱情诗和抒情小诗，如《你曾来叩门》《琴歌》《影像》《古意》《云与树》《葬》《春游》《梧桐词》《五老峰》等。这些作品中有一部分是以"惠留芳"的笔名发表的，一个饶有趣味的插曲是，拾名最初是以"惠留芳女士"的笔名在《新时代》月刊露面的，1933年《新时代》将刊发的女诗人的作品编为诗歌合集《女友们的诗》，作者包括虞岫云、沈紫曼、惠留芳等，可见就是直接与拾名联系的《新时代》编辑也一度将其误认为女诗人，对其诗风格调于此也可揣度一二。第三类题材是充满爱国热情而抒写的家国诗篇，涉及历史、内战、饥荒、抗战、国族想象等，如《怀荆卿》《乱后》《题在一幅灾民图上》《吊吴淞》《石鼓口》《亚洲兄弟歌》等。

在20世纪三四十年代，拾名持续开垦着自己的文学园地，虽然诗名在上海、成都等地得到了一定程度的传播，但最终还是风吹云散。戴杜衡曾提出"第三种人"，他说："在'智识阶级的自由人'和'不自由的，有党派的'阶级争着文坛霸权的时候，最吃苦的，却是这两种人之外的第三种人。这第三种人便是所谓作者之群。"[②] 蒲风在"鸟瞰"1935年的诗坛时，便将拾名作为"诗人之群"的代表之一。据曾辉对中国青年党"穷党无宣传"的研究，国家主义派虽然也办过《醒狮》《民生周刊》等刊物，但因经费紧张，大多中途而废，而文艺作家的作品更无专门的刊物登载，故而此派作家作品的发表十分散乱，直到抗战时期全国结成统一战线后，才从国民政府获得部分经费，情况才有所改

① 蒲风：《五四到现在的中国诗坛鸟瞰》，见《现代中国诗坛》，诗歌出版社，1938年版，第32～85页。

② 苏汶：《关于〈文新〉与胡秋原的文艺论辩》，载于《现代》，1932年第1卷第3期。

观。① 以文学史的眼光来看，国家主义派新诗人早期以闻一多、康白情等人为代表，继之者则有拾名、宋树人、孙佳讯等人。从拾名的情况来看，虽然早在 1929 年便在《语丝》发表作品，但他真正登上文坛却是在以扶植文学新人而闻名的《新时代》月刊。抗日战争爆发以后，身处大后方的拾名亦将自己的文学活动"归队"于此时在成都等地崛起的中国青年党，其发表作品的主要刊物《青年生活》《青年中国》《国论》《青城》等都处在这个范围内。这样的文学道路和文学场域最终为拾名文学声名的渐趋消亡埋下了伏笔。

二、"新浪漫"：国家主义派文艺观的投射

早期新文化运动大张浪漫主义而生出"滥情病"，连带抒情诗尤其是爱情诗也受到质疑，国家主义派文艺的早期倡导者胡云翼指责说："试看这几年来中国新文艺所给予我们的是什么？……是沉醉于象牙之塔，是据烘炉而高歌，是梦想死在爱人的身旁，是迷恋于乐园、月宫、天国，或是肉欲主义的追求，或是花前月下的幽思；不是要为爱人跃自昆仑山之巅，就是愿为火山烈焰中的殉情者……好像没有几分病态，就不成其为作品，好像没有几分痴狂，就不成其为作家。"② 拾名也说："十个诗人，你仔细研究时总有九个不脱女性的习气，愁呵，病呵，爱呵……令人读他的诗时也软弱起来。"③ 为了解决抒情与滥情之关系问题，拾名提出要把感情白热化和纯净化。所谓白热化，就是"感情必须先燃烧到白热度，然后声音从内心里冲口而出，真诚而不空洞，奔进而不忸怩"④；所谓纯净化，就是说"不是所有的感情都可成诗"，它"需要一些酝酿的时候和一些选择的功夫"⑤，经过诗人的提炼才能进入诗中。白热化和纯净化是情感将入诗而未入诗时的准备，而具象化和音律化则是将情感化为诗的基本手段。所谓具象化，拾名将之主要归纳为

---

① 曾辉：《中国青年党研究（1923—1945）》，华东师范大学博士学位论文，2014 年，第 90 页。
② 胡云翼：《国家主义与新文艺》，载于《醒狮》，1925 年第 59 期，第 1～3 版。
③ 祝实明：《论诗人：一封公开信》，载于《国论》（周报），1938 年第 9 期。
④ 祝实明：《自序》，见《垦殖集》，文通书局，1944 年版，第 5 页。
⑤ 祝实明：《自序》，见《垦殖集》，文通书局，1944 年版，第 5 页。

"比"和"兴"的手段，目的是避免"抽象的感情不能使人感动"的缺陷；所谓音律化，就是通过韵律、节奏、音节等声音的控制，来传达诗人的感情和情绪。① 拾名认为文学是"表现"的，即"对思想作事实的暴露，不作抽象的议论与说明；对事实作片段的精彩的刻画，不作历史式的叙述"②，他对感情的具象化与音律化也是出于此种"表现主义"的立场。

作为感情具象化的手段，"兴"与出自法国的象征主义相似。拾名说："所谓象征诗便是把抽象的诗意或诗情，用具体的暗喻（诗境）表现出来，而这种暗喻的解释却是没有一定的。"③ 他认为"兴"就是"托物言情"，"有了某种情感，那么见了实物而感而写出，与并未见实物却想像有此实物（或假托有此实物）而感而写出，都可叫做托物言情，都可叫'兴'"，其与象征的区别在于，"'象征'的解释不一定，而'兴'则可解释可不解释。如要解释则不一定有二个以上的解释。'象征'多是双关语，而'兴'却决不双关"。④ "'兴'又与比喻不同：'比喻'例须抽出二者相似之点，以此物说明彼物。'兴'则二者仿佛相似，又仿佛不相似，更用不着要什么说明。它是介于'象征'与'比喻'二者之间的一种手法。"⑤ 拾名曾举"朋友屏"的诗歌《剧场》来说明"兴"。他解释说，这首诗是写学校放假后诗人无法见到已萌生爱意的同事，由此为了表达"人散了"的落寞而假托"剧场"的环境写成的，但读者并不一定需要了解这个故事就可做自己的心理投射。由"本事"和"寄托"的这种关系，他把诗人起兴的范围从物延伸到史，"托史与托物也正是一种兴体"。拾名对象征、兴、比的看法，其最大的见解在于他并不简单地认为只是一种修辞手段或写作手法，他是从作者情感由内而外生发、赋形的角度来理解的，也即他所说的"由情感生境界"，情感（内）—具象（外）—手段（外）—风格（内）正是一个完整的闭环。

拾名的这一见解实际上已经突破了法国象征主义的内涵，也可以说

---

① 祝实明：《自序》，见《文学与战争》，国论社，1939 年版，第 6~7 页。
② 祝实明：《自序》，见《文学与战争》，国论社，1939 年版，第 2 页。
③ 祝实明：《诗在文学中的地位》，见《新诗的理论基础》，商务印书馆，1947 年版，第 7 页。
④ 祝实明：《答客问》，见《新诗的理论基础》，商务印书馆，1947 年版，第 123 页。
⑤ 祝实明：《答客问》，见《新诗的理论基础》，商务印书馆，1947 年版，第 124 页。

呼应了 20 世纪 20 年代初早期国家主义作家如李璜、周无（太玄）等人在引介象征主义时所产生的犹疑。在李璜那里，象征主义"便是不要照着逻辑的意义去求道理的了解，是要本乎觉照去发现个人灵感上的特有现象"①。所重的不是"物体的外形"，而是"对于事物的反应关系"②，换言之，"在外形的流动和主因的永续中间，他们觉得物体的特别真实都是渺茫不可见的；所有的自然界只是一些摇动的外象，一些被四周条件所隐遮的象征体"③。这种依靠"灵感"去发现"外象"与"象征体"的诗意生成方式，在本质上与浪漫主义是一致的，有着"滥情"的危险。在周无那里，象征主义是"神秘的虚凌的"，自然主义是"机械的必然的"④，只有新传奇主义（即"新浪漫主义"）回到了"日常的平凡的人的生活中间，要寻出综合的完全的意象的美"。他认为，"新传奇主义"虽然立足一个"情"字，但这"情"不是具体的个体的"情"，而是"普遍的人生中间最深邃的情绪"。周无以亨利·巴塔耶（Henry Bataille）和安德烈·纪德（André Gide）等为"新传奇主义"的代表，认为从"新心理学中去寻求踏实的立脚地"才是现代文学发展的方向，所谓"新心理学"就是指要用科学的客观性、普遍性去限制和引领文学的主观性、情感性。在解读李璜对象征主义和法国诗歌格律的介绍实绩时，学者金丝燕认为其出发点和目标"反映出当时新诗的需要：诗的语言、形式、节奏音韵均为新诗诗人所关切所思考的迫切问题"⑤。以此观之，国家主义派作家对象征主义的译介与发明便体现了其对五四文学早期自然主义、个人主义的警惕，尔后高张的"新浪漫主义"的思想渊源正立根于此。在《释浪漫》一文中，拾名认为一般青年所谓"浪漫主义"实际上是伪浪漫主义，他说浪漫文学有深刻的精神内涵，虽然有重情感轻理智的一面，但这情感是深刻的、理想主义的，与盲从、虚浮、物质的风气绝不相同。⑥

---

① 李璜：《法国文学史》，中华书局，1928 年版，第 231 页。
② 李璜：《法国文学史》，中华书局，1928 年版，第 239 页。
③ 李璜：《法国文学史》，中华书局，1928 年版，第 239 页。
④ 周无：《法兰西近世文学的趋势》，载于《少年中国》，1920 年第 2 卷第 4 号。
⑤ 金丝燕：《法国象征主义诗歌在中国的接受（1915—1925）》，见《文学接受与文化过滤：中国对法国象征主义诗歌的接受》，中国人民大学出版社，1994 年版，第 138 页。
⑥ 祝实明：《自序·释浪漫》，见《大禹》，晨钟书局，1946 年版。

在拾名看来，由于真的浪漫主义者彰显了主体性，其托物言情、依史起兴是自然的事情，以古化今、古意新诠也就成了题中应有之义，如此正如周无所说——"新古典主义"发轫于象征主义。在《答客问》（中）一文中，拾名详述了自己对中国古典诗歌的借鉴和实践。在题材内容上，《相思树》《香囊集》等对古代题材的改写是一种，《感遇》《谖草吟》等古意新拟、脱古化新又为一种。此以《感遇》组诗中的其二、其八两首为例：

> 山道边，古道旁，/一座高楼，矗立在冈上，/楼上的窗户，长掩着/一个美丽的姑娘。//古道旁，山道边，/一个姑娘，长住在云端，/可望不见她的形影，/在早晨，或在日间。

> 一颗星，像一盏灯，/我在群星的星光下飞；/一颗星，像一双眼睛，/它们注视我倦的背。//我原是孤独的，不错，/我孤独地从海上飞来，/别怜悯我的孤苦吧，我说，/我甘心我这孤苦的世界。

《感遇·其二》原题作《古意》，这是一个在古典诗歌中被反复拟写的母题，多写女子思人或觅知音之苦，如袁枚"妾欲自申明，有泪声不扬"（《古意》），王绩"幽人在何所，紫岩有仙躅"（《古意》），于谦"妾颜如花命如叶，嫁得良人伤远别"（《古意》）等。拾名此诗直接将高楼佳人的意象塑造出来，而舍弃了怀人、求知音等原有的"古意"，这是用新的诗歌观念（"意象诗"）、新的手法（"象征"）改造古典诗歌原型而获得新境界的典型事例。《感遇·其八》的来源，拾名自称是受张九龄《感遇》一诗的影响："孤鸿海上来，池潢不敢顾。侧见双翠鸟，巢在三珠树。矫矫珍木巅，得无金丸惧？美服患人指，高明逼神恶。今我游冥冥，弋者何所慕！"两首诗对照来看，核心意象都是"孤鸿"和"大海"，所不同者，拾名以新诗的"有我"手法来写，拉近了抒情主体与对象之间的距离，营造了舞台般的环境"群星的星光下"，突出了主体感受"孤独"，这样的脱古化新正充分利用了新诗的长处。

除了题材改写、诗意的"脱"与"化"，拾名对古典诗学的吸纳融会还有较"隐蔽"的方式。一是对手法的借用，他举《相思树》描写韩凭失去妻子悲伤地回家一节："山巅上，斜射着夕阳的光芒，/夕阳里，归来的人带着凄怆。/带着凄怆的心情出了山林；/出了山林，慢慢地跨过城门；/跨过城门，走过街上；/走过街上，踱进门墙；/踱进门墙，升着阶层，阵阵地冷。"① 此节以"顶格"的手法来摹状韩凭失去妻子后的丢魂失魄、心情郁结、茫然无助，正是参照了元曲《汉宫秋》写汉元帝送昭君出塞一曲："他部从入穷荒，我銮舆返咸阳。/返咸阳，过宫墙；/过宫墙，绕回廊；/绕回廊，近椒房；/近椒房，月昏黄；/月昏黄，夜生凉；/夜生凉，泣寒蛩；/泣寒蛩，绿纱窗；/绿纱窗，不思量。"又如《待题》一诗中第二节两句"不管花红果青草绿霜白，/不管燕南雁北日西月东"② 是对李白"草绿霜已白，日西月复东"（《古风五十九首·其二十八》）的仿写。二是将一首或多首古诗的布局、结构嵌入自己的诗中，他举《垦殖》一诗为例，诗的上半部分写东北人民辛苦垦殖却被无能的政府丧失，化用了《诗经·魏风·硕鼠》一诗的对话结构；诗的下半部分用反问等句式来表达对国民政府一味忍辱的愤怒，则借鉴了《诗经·郑风·扬之水》。

感情是会变的。抗日战争爆发后，拾名同大多数作家一样，将自己的至诚同全国抗战军民的热情打成一片，《垦殖》这种包含了民族血泪的诗已大不同于写在九一八事变后抒发个人报国志向的《剑吟》。不过，这背后的思想渊源却与左翼文学或民族主义文学有所差异。他说："我尝以生物史观视文学，以为文学之演化，亦与其他生物相似。"③ "生物史观"正是国家主义派的理论纲领之一，它由常燕生首提，而为何鲁之、左舜生、陈启天等人所倡导。常燕生认为，历史观可以分为无元史观、一元史观、二元史观和多元史观。无元史观如英雄史观，它并没有对历史的原动力进行探讨；一元史观可分唯心论和唯物论两大类，前者如唯神史观、唯理史观等，后者如物理史观、地理史观、经济史观等，它的局限在于强调唯一的"元"；二元史观是拿两个对立的原则来说明历史的演进，如善恶二元史观、精神物质二元史观、遗传环境二元史观等，它的局限在没有"中心观点"；多元史观认为历史是多种原动力共

---

① 拾名：《相思树》，载于《新时代》（月刊），1933 年第 4 卷第 3 号。
② 祝实明：《不时髦的歌》，晨钟书局，1945 年版，第 18 页。
③ 祝实明：《答客问》，见《新诗的理论基础》，商务印书馆，1947 年版，第 138 页。

同造成的，但其"说明更少"。① 常燕生自认所倡之"生物史观"亦是一种一元史观，但它并不是广义上的以生物学的观点来看待历史，他说广义的生物史观亦可分出若干派别，如以达尔文进化论和克鲁泡特金互助说来分别立论，则至少在表面上来看是相互冲突的。他强调自己所谓的"生物史观"是侧重于"人类社会的有机组织上"②。基于这种有机的生物史观，常燕生认为人类社会是由生物个体进化到群体社会的产物，人类社会内部的进化也由个人主义和集团主义两种力量推动，而集团主义则是演进的大方向。以文学言之，"个人主义者起来本自由的见地，廓清摧陷已死的僵壳，替将来的新文化扫开了道路，这是它们的正当的功用。但在旧皮已蜕之后，必须要赶快生出新皮，这却不是个人主义所能为力的。一个民族若想不至因旧文化的崩灭而陷入怀疑失望及一切虚无主义的深渊，就必须赶快勇猛地，积极地建设一个新的集团主义的文化"③。

从个人主义文学与集团主义文学的两分，国家主义派文艺对五四文学中的浪漫主义、写实主义展开了批判，常燕生指责浪漫主义有贵族气，写实主义"客观的力量太大，而自身的力量太小"，他提议中国文学和世界文学都应该走向更生动、更光明、更有人味的新浪漫主义，这新浪漫主义"既不是旧浪漫主义的离开现实，虚构理想，也不是写实主义的受现实束缚，莫能自拔"④。陈启天也异曲同工地主张一种新理想主义，要求"个人生活与国家生活的合一"（集团主义）、"个人历史与国家历史的合一"（集团主义）和"物质生活与精神生活的合一"（人格主义）。⑤ 正是从国家主义和文学的社会效用的角度，拾名说："感情原是有传染性的，'一人向隅'自然'举座不欢'，而'一人善射'也会'百夫决拾'。集团底感情尤其是富于传染性，群众心理多由此养成"，

---

① 常燕生：《历史科学上的几种观点》，见《生物史观浅说》，中国人文研究所，1947年版，第1~5页。

② 常燕生：《何谓生物史观》，见《生物史观浅说》，中国人文研究所，1947年版，第16~24页。

③ 常燕生：《对于现代中国个人主义文学潮流的抗议》，载于《国论》（周报），1936年第1卷第7期。

④ 常燕生：《新浪漫主义与中国文学》，载于《青年生活》（半月刊），1946年创刊号。

⑤ 陈启天：《新理想主义》，载于《国论周刊》，1939年第18期。

"好的作品一定是最大集团（或说最大多数的人）底'心底呼声'"。[1]

三、家与国：拾名诗歌中的国家观念与想象

既然选择国家主义作为自己的政治观，拾名对"家""国"的理解与感受便有某种具有合理性的自觉与清醒。如果说1917年拾名的父亲被人诬陷私通敌对的军阀而被收狱处死给他带来了童年的阴影，并让他开始思考军阀、国家这些根源性因素在构成父亲悲剧中所占的位置，那么从一开始，诸如政府、宪法、民国等现代政治学术语对他来说就不仅仅是冷冰冰的词汇，而是渗入了他生命的体验和情感的沉淀。

"天下未乱蜀先乱，天下已治蜀后治。"保路事起，民国肇兴，四川的政治军事力量渐渐演变成"保定系"与"速成系"彼此的争斗，护国与拥袁、南北的和战等国内形势的变化传递到川内，便演化为大小派系之间的地盘再分配。川北的巴中一带先后处于石青阳、郑启和、田颂尧等军阀的管制下，连年的战争和军阀的横征暴敛造成的是"白骨露于野，千里无鸡鸣"的悲惨景象。1932年，刘湘、刘文辉"二刘夺川"大战在即，天津《大公报》曾评论四川局势道："查川省养兵百万，巨酋六七，成都一地，分隶三军，全省割裂，有同异国。……故夫人欲横流，百般诈谲，捐输苛酷，并世无两……论其民生困苦之情状，则此天府之国，早陷入地狱底层……"[2] 拾名的诗作《乱后》正是描述各种变乱与战争后死寂的乡土，其中第二节写道："屋后，有一堆一堆的坟墓，/墓里，花蛇在爬，髑髅在叫苦，/干吗这慎终追远的民族/也没有人管，没有人看护？"[3] 死亡是人间苦难的终极形式，废弃的房屋后一堆堆的坟墓诉说着无法言尽的乡村的悲惨，但死亡并不是终结，"花蛇在爬，髑髅在叫苦"，亡魂未得安宁，在死后仍遭遇"花蛇"的侵凌。活人遭罪，死后仍是凄惨，诗人追问那个"仓廪实而知礼节""死生亦大矣"的礼仪之邦如何竟堕落到如此境地？在这里，"花蛇"的出现既

---

① 祝实明：《释题》，见《文学与战争》，国论社，1939年版，第9页。

② 转引自吴光骏：《四川军阀防区制的形成》，见四川省文史研究馆编：《民国四川军阀实录》（第一辑），四川人民出版社，2011年版，第235页。

③ 拾名：《乱后》，载于《青年界》，1933年第4卷第3期。

是屋舍荒废坟墓冷清的一种自然结果，同时也是一种邪恶力量的象征，它玩弄着尘世的一切，连尸骨亦不放过。

在专著《文学与战争》一书中，拾名说："说起内战，没有人不感到痛心疾首的。这可以说是一个不祥的名词。一个国家内底的人们，本来不分上下，不问阶级，都应该团结一气，通力合作；但如竟不幸而发生了内战，这就表示政治或社会组织，有了毛病。"[1] 在以川北饥荒为背景的诗歌《尸窃》中，他对偷食尸体的"恶"与遭受伤害的"无辜"进行了一种细致的心理学探源。窃尸人"战栗地剥下死尸的衣服，/一人说：'惊动了，真对不住！'/一人又低声地说明：'怪天，怪年岁，休怪我们！'"[2] 罪恶在灾难面前似乎获得了豁免权，如果诗人只是依这两人的说法，将一切的不幸和罪恶归于世道和苍天，那么这幕悲剧便赤裸裸地成为某种丛林法则的注脚，是不值得同情的。拾名笔锋一转，以福尔摩斯侦探的眼光指认出天灾亦为人祸："死尸身上有肥肥的肉，/可知在饿荒中不曾受苦；/谁料这苦难终于他有份，/死了，还得受裂尸的残刑！"在中国传统乡土社会的精神世界中，善恶与报应构成一个轮回循环的生态，而拾名发现，一个没有向心力与国魂的社会，它只会积弱积贫，只会如窃尸人所担心的，"今天我们吃了别人，/明天，别人也许会吃我们！"

"谁能否认美的消失，不是人间最伤心的事？"[3] 这是拾名小说《白的悲哀》中的一句话，这篇小说被左干臣认为是去了头尾便是最美的散文诗，事实上，文中所含的新诗《白的悲哀》便被拾名单独发表并收录于诗集。从诗歌《白的悲哀》到小说《白的悲哀》，构成了一个如"照花前后镜"的互文，前者是后者高度的提纯，后者则是对前者的注释和扩展。小说《白的悲哀》写七年前的冬天，在庐山脚下甘棠湖畔，年轻教师（诗人"我"）在雪中对恋人说要是有一个"白衣人"在雪中将会更美。第二次下雪时，恋人便身着夏天的白衣裙跑来，"我"大受感动，而"白衣人"却因此生病，最终不治。两年后，在白色的槐花雨中，诗人写下了纪念"白衣人"的诗歌，其中有"白的坟墓"的句子，"白衣

---

① 祝实明：《战争文学的内容》，见《文学与战争》，国论社，1939年版，第20页。

② 拾名：《尸窃》，载于《新时代》（月刊），1937年第7卷第2号。

③ 祝实明：《白的悲哀》，见《白的悲哀》，大文书局，1944年版，第9页。

人"的母亲便因此而真把坟墓、坟前石凳涂成白色。不料，这白色随后竟成为日军空袭的目标，正在祭扫的"白发母亲"亦遭惨死。几年后，"白衣人"的弟弟放弃诗人梦想参军抗日，敌人的鲜血染红军装，他成为"红衣人"。诗歌《白的悲哀》实际上描写的正是"白发母亲"祭女的情形：

> 白的山，/白的丛树，/白的坡侧，/白的小茅屋，/白的檐下，/白的门户，/白的阶前，/白的小路，/白的一堆——/白发的老妪。
>
> 她冒着/白的雪，/白的寒冷，/走过/白的小径，/白的湖滨，/穿进/白的郊野，/白的园林，/坐上/白的土凳，/注视着/白的坟。①

全诗所有的形容词皆为"白的"，这"白"来自"白的雪"，也来自"白的坟""白的痛苦"，但所有的"白"实际上隐而不显地指向诗人因为酷爱白而造成的悲剧，这才是背后的"白的悲哀"。但拾名并不打算沉湎于凄美的爱情，他让"槐花雨"埋于小说中，而赋予"白的悲哀"以独立的生命，正是因其引领主题进入"家仇国难"的新境界，空袭之后，灰色的弹坑和山林昭示着作为美的"白"已被现实的"灰"毁灭殆尽，"槐花雨"的个人感伤已然不足挂齿：

> 槐花雨/像江南的雪。/在大雪中，/白山，白岭，白的原野，/原野里立着白衣人。/我是白衣的怂恿者，/而白衣在我心里，/却留下白的悲哀。/墓中人，请安息吧！/我将在我心中，/描绘着白的图画，/披上白的衣服。②

在小说《白的悲哀》中，拾名对"白衣人""红衣人"的隐喻，实际上指向了对作为浪漫主义和个人主义的"我"的批评，不管"我"的悼念如何悲痛凄婉，也只能"葬人在我的记忆里"，把诗文压于箱底。而"红衣人"走上前线，却改变了"灰"的现实，给了"白的悲哀"以真正的安慰。但拾名的手腕是高明的，他的这种批评是含蓄的，隐于情

---

① 祝实明：《白的悲哀》，见《白的悲哀》，大文书局，1944年版，第11~12页。
② 祝实明：《白的悲哀》，见《白的悲哀》，大文书局，1944年版，第9~10页。

节的，正如左干臣所指出的："里面没有热闹或紧张的场面，只有几件小事的淡淡描写，然而你一定可以闭着眼睛理想到其他一切事情……在那白茫茫一片中，立着静穆而清寂的白衣女像，你将被那白的颜色所感染，被那凄怆的情调所激动。"①

关于美的争论纷纷芸芸，舍勒肯斯提醒人们，在讨论艺术价值的时候，需要将所谓的外在价值（extrinsic value）同工具价值（instrumental value）区分开来，因为它们并不是等同的概念，他以毕加索的名画《格尔尼卡》来说明画家对西班牙内战恐怖的揭露及其公义的展示正是外在价值参与艺术价值的一个范例。② 由此，康德关于"美是道德的象征"的说法便增加了一个最新的注本。从拾名身上，我们亦可看到美学与道德的冲突及融合。从技术上来说，拾名认为取决于作者的修养工夫和化的技巧，他说，直露如标语也不一定不能入诗，岳飞《满江红》里的"踏破贺兰山""收拾旧河山"等亦是一种标语，却用得极自然。③ 这极自然的"化"，又何尝不是将爱国主义的道德价值同人们情感的美学价值合一的结果。《亚洲兄弟歌》写于1937年南京陷落五日后，拾名在展开亚洲秩序想象的背景中抒发了自己的国破之痛——

> 玄武湖畔染遍了血腥，/血腥也染遍了明孝陵，/大哥却还是神思昏昏。/我们总想有这样一天：/五都在国内——中东北西南，/亚洲总统东封富士山；/十余兄弟团聚一家，/亲切地偎依，亲切地筹划/且救灾恤邻，不侮鳏寡：/华族天然是老大哥，/平等地待遇兄弟伙，/撕破奴隶们的大网罗。④

这首诗以南京陷落后玄武湖和明孝陵的血腥起笔，国都城破，诗人并未停留在战争本身带来的灾难，而是由明太祖的东亚朝贡体系展开想象：在中华大哥的带领下，亚洲国家组成邦联，友爱互助，促进共和，人民安居乐业。但是这样的梦因为"三弟"的好斗与侵略破灭了，在诗人眼中，日本作为亚洲秩序破坏者的形象要大于其作为侵略者的形象，

---

① 左干臣：《序》，见《白的悲哀》，大文书局，1944年版，第2页。
② 舍勒肯斯：《艺术的价值》，见《美学与道德》，王柯平等译，四川人民出版社，2010年版，第25~37页。
③ 祝实明：《自序》，见《垦殖集》，文通书局，1944年版，第2~4页。
④ 祝实明：《亚洲兄弟歌》，见《垦殖集》，文通书局，1944年版，第50页。

而"华族"的抗击，其理直气壮之处也是以老大哥维护秩序的一面大于抵抗侵略的一面——"不愿费辞时便不必多讲/举起巨掌来，理直气壮，/赏你那三弟几记耳光！"这样的"家—国"意象在另一首《我梦想》的诗中亦有体现，诗人记录了一个军人的梦想："鸭绿江南岸/踏着中华战马，/汉城——朝鲜京都/有青天白日满地红旗/高挂"[1]。朝鲜半岛人民争取独立的斗争同中国仁人志士的目标追求是一致的，20世纪20年代初康白情便写下《鸭绿江以东》《阿令配克戏院底悲剧》等诗歌，同情其复国运动，比如《鸭绿江以东》："鸭绿江以东不是殷家底旧土了！/但我也不愿她还是他底旧土，/让她就是她自己底旧土好了！/……呀哈！'溅我黄儿千斗血，/染红世界自由花！'/——朱家郭解底侠风哪里去了？/但我相信这个还终归睡在我们底骨子里的。"[2] 康白情早年亦有国家主义思想，1923年以"新中国的国家主义"为号召曾组建"新中国党"，遭到国民政府的压制。此诗亦想象中国与朝鲜各自在独立自主的前提下相互扶助，共建亚洲的新秩序。

在《我们应有的建国运动》中，拾名描绘了自己的国家蓝图：第一步，汉满蒙回藏五族共和；第二步，扶助亚洲各弱小民族，争取十族以上的民主共和国；第三步，在互助互惠的前提下，促进人类共和国的实现。[3] 以此构想，拾名心目中的"中国"不单是"中华"的"民主国"，更是未来人类共和国的中心力量。这样的国家主义理想早在20世纪20年代初的思想界即有表露，如余家菊在《国家主义的教育》一书中便明列国家主义派的建国目标为："反抗侵略，保全国权，合汉满蒙回藏为一家，东西南北侨胞为一体，这是第一步；第二步呢？东扶朝鲜，南扶印度，还我香港，收我台湾，助我南洋侨胞以建立自由邦，于是合亚细亚、澳洲各国以创立一大联邦。"[4]

拾名《亚洲兄弟歌》一诗观念的背后是否反映了"国家主义"中"泛华夏主义"的扩散或人类大同的终极理想[⑧]，在此并不是本文探讨

---

① 祝实明：《我梦想》，见《不时髦的歌》，晨钟书局，1945年版，第10~11页。
② 康白情：《鸭绿江以东》，见《草儿》，浙江文艺出版社，1997年版，第61页。
③ 祝实明：《我们应有的建国运动》，载于《国论》（周报），1938年第9期。
④ 余家菊、李璜：《民族主义的教育》，见《国家主义的教育》第一集，中华书局，1923年版，第25页。

的内容和范围，不过从文学文本的角度，其已然成了一个时代标本。同样，拾名与国家主义文艺的思想及创作实绩受时代所限有着这样那样的保守性，但其赤诚的爱国情怀与积极的艺术探索对我们理解历史情态下民国文学的丰富性亦是一个非常重要的窗口。

［本文原载于《四川师范大学学报》（社会科学版）2019 年第 5 期，收入本书有删改］

诗人拾名与民国"熊猫外交"

诗人拾名（1908—1951），本名祝世德，又有笔名实明、惠留芳等，四川省巴中市恩阳区人，早年与何其芳、方敬等人因诗文交谊，是 20 世纪 30 年代活跃于沪上、40 年代闻名大后方的爱国诗人，其主要著作包括诗集《不时髦的歌》《垦殖集》，文集《白的悲哀》，专著《新诗的理论基础》《文学与战争》《陈子昂年谱》《明季哀音录》等。拾名 1939 年通过第五届高等文官考试，经培训合格后于 1942 年至 1947 年出任汶川县县长。正是这一经历，使他成为民国"熊猫外交"重要的参与者——国民政府所赠英国、美国的熊猫正是猎自汶川。拾名所著《熊猫日记》（又名《记熊猫》）、五古长诗《熊猫行》等作品皆是此一事件重要的实录，从中可以还原当年"熊猫外交"在经办环节的重要细节，并以亲历者与诗人的两种视角留下了历史的余温。

一、铁鸟载走兽："联合小姐"的赴英

"熊猫外交"始自 1941 年宋美龄为感谢美国公益团体支持中国抗战发起的募捐活动而提出的一项特别回赠。当时，纽约白朗克斯动物园仅有的一只名叫"潘多拉"的中国熊猫不幸死亡，引发了民间普遍的哀惜与悲痛。宋美龄闻此生念，便向美国有关方面提出愿以中国政府的名义赠美大熊猫，以慰友邦人士的伤感，同时敦睦两国邦交。稍后，宋霭龄也宣布向美赠送一只大熊猫。1941 年 12 月 25 日，作为亲善大使的两只赠美大熊猫抵美，旋即引发一轮"熊猫热潮"。这是中国首次以政府名义外赠大熊猫。次年 4 月，经公众征名，两只大熊猫分别被命名为"班棣"（Pan Dee，雄性）和"班达"（Pan Dah，雌性）。

1944 年年底，英国伦敦动物园购自民间的大熊猫"明"死亡。英国政府随后向中国国民政府提出赠予一对熊猫的请求，愿意以提供中国留学生全额奖学金名额的方式作为交换。拾名所经历之猎熊猫外赠正是为此，不过，其间横生枝节的是 1945 年 10 月，此前赠美之"班棣"在美罹患腹膜炎，不治而亡，为弥补此一遗憾，国民政府决定再赠美一只大熊猫。在《熊猫行》序文里，拾名如此叙述此一缘起："三十四年秋，四川汶川县奉命猎取熊猫二头，作赠送盟邦英人之物。……至三十五年春，始获其一，而又奉命须猎取第三头以赠美人矣。"

1941 年赠送美国的大熊猫由国府委托华西协和大学博物馆馆长、著名人类学家、美国人葛维汉（David Crockett Graham）率队捕猎，其中一只猎自川康交界处，一只猎自汶川草坡乡。当时，国民政府急欲争取美国对抗战的支持，故捕猎一事大动干戈。此次赠英大熊猫的捕猎，在拾名看来却是十分低调。在 1945 年 8 月 8 日的日记里，他写道："奉教育厅厅长郭有守先年来函，谓'行政院来令，嘱猎取小熊猫一对，送伦敦动物园，并派专家送去。过去曾有找熊猫之举，地方颇欲借此索巨款，故此次省府暂不来令，由弟私函。……便为试探猎人，或设计一办法，可以达任务时，即派专家来守取。万请勿声张为感！'"原来，政府当局害怕经费铺张，故而由四川教育厅厅长出面，绕过省府以私人信函的方式交代接洽。

拾名当即复函领命，但他查遍档案却无法找寻 1941 年捕猎时的资料。不过，经过几天的调查，他从当地民众那里了解到当时的一些情况。8 月 16 日日记载："据土人云，三十年上季猎得之熊猫一头，各项用费，合计当在二十万以上。按是时汶川米价，每旧斗不及五十元，现时售价四千元左右，约高出当时八十倍，故以物价论，不啻费去今日之一千八百万元。真令人咋舌不已。"到了 8 月 25 日，省府派员带来正式的文件，拾名方才知道此次捕猎熊猫的具体要求是一岁之内的大熊猫一对。由于当时省府、教育厅均未对费用钱款有任何预案，故而召集猎人的工作进度极为缓慢。10 月 14 日，拾名收到熊猫主要产地之一的耿达乡乡长明仲修 9 月 11 日的信函，始知地方捕猎的实际困难。一是"近年以物价日涨，生活增高，致老练猎夫全已改业，新进猎人甚少，技术尤疏"；二是"猎犬耗费甚大，故近年养之者甚少，且熊猫臭味似豹，普通猎犬不敢相逐，必须猎豹之犬方能使用，而此种猎豹之犬，以耿达言，实已绝迹"。以此信传递月余，拾名知道对自己来说，另一层困难在于汶川地广人稀，交通不便，往来联系异常滞后。据刊于 1947 年第 33 期的重庆《时代周刊》上的《熊猫的产地汶川》一文，当时汶川"除了一条沿岷江的大道南通灌县，北通茂县以外，其余概是连峰高耸，原始森林满布。有些山头还终年积雪，根本无法通行旅。岷江在灌县以下虽然造成了天府的四川，但在本区里不但不能行舟楫，且因水流湍急，无法架桥"，"至于交通工具，在陆上除了用骡马运输以外，纯赖人力，纵是原始车辆的影子也从没有在这里出现过"，可以说此时的汶川交通极为艰难。

在信中，明乡长还建议定出限期给奖的办法，他的意见是基本奖金为三十万元，只要猎得所需熊猫即奖，此外以一月、四十天、五十天、六十天的期限分别给奖二十万元、十五万元、十万元、五万元；六十天以上不另再奖。拾名采纳此一建议，又传达给草坡乡。汶川熊猫产地有草坡、耿达和飞龙三乡，分布在天成山、纳凹山一带。此次捕猎，拾名确定在草坡、耿达二乡进行，主要是考虑到二乡所在之天成山较之飞龙的纳凹山范围要小，交通亦相对方便一点。

11 月 13 日，教育厅派来四川大学生物学教授马骥群（马德）督理捕猎事宜。此时，大雪已经满山，捕猎工作更增困难。在《熊猫行》中，拾名如此描述捕猎现场："猎夫群应命，日日相追逐，攀援登岩峰，匍匐入榛木，惊心兔弄草，动魄风摇竹，日中林里穿，月下岩间宿。孟秋便入山，严冬未归屋，露顶犯骄阳，血枯头发秃，鹑衣御寒风，恶雪裂肌肉。人力本不敷，猎犬苦未蓄，兜鸡既不得，反失一把谷。"感于追踪围猎的艰辛与久劳不获的焦灼，拾名的压力倍增。到了 12 月，零星有发现熊猫的进展传来。一下乡的指导员回城讲起一次未遂的捕猎行动：当时，一头极白的大熊猫被人犬合围，逼上一棵树，一切仿佛全在猎人们的计划里。一位猎人迅速爬上另一棵树，定睛看准抛出绳套。大雪满山，树上积雪正与熊猫的毛色相同。众多猎犬只有一只能逐豹熊的，在树下狂吠，而其余则尾随其后。绳子碰触到了熊腰，熊猫受惊，坠树发狂而逃。

1946 年元旦，拾名接到耿达乡明乡长喜报，12 月 30 日已获重约

30斤幼熊猫一头。1月11日，六名猎人护送大熊猫到县，拾名第一次看到身负国之重誉的明星："熊猫头胸腹背白，项爪部分作黑色，两眼之四周亦绕以一黑圈，如戴眼镜然。"虽然捕猎一对熊猫的任务只完成了一半，但长日的操劳终于有了收获，拾名不由得心生感叹。在这一日的日记里，他写道："熊猫，熊猫！科学家与世人以汝为稀世之珍，英美人士亟思一睹汝之容颜，中央及省府欲以汝与盟邦联欢，余亦以事关国际信誉为言而日责吾民必欲得汝，致吾草坡耿达人民，日踪汝于冰天雪地，深山老林及巉岩绝壁之间，汝亦可以自豪矣。"

据护送的猎人说，雄性大熊猫较雌性大熊猫更擅健走，故每获多为"小雌"，此次亦然。熊猫的到来及围绕它的精心照料让小小的县府有了某种"新诞"之喜，人们开始呼它为"熊小姐"，其所住房间则自然成了"闺房"。由于它太过调皮，"闺房"竟遭到损坏，不久便被转移到一所小学新修的宿舍。一件难堪而意外的事是，省府数次拒绝拾名所提转运熊猫的要求而一再坚持须两头熊猫一并送来，对于经费却只字不提。这给拾名带来了非常大的困难，一方面，包括奖金、日常开销等垫支费用早超百万，汶川财政疲软根本无能为力，以致到了1946年2月中旬县府食堂便出现伙食危机；另一方面，时近年关，第二只熊猫的捕猎进程遥遥无期，而圈养在县的熊猫也照料不易，唯恐节外生枝。

3月，拾名派人到成都领到部分款项，形势稍安。4月，国府与英国军事代表团就运送熊猫事宜磋商洽妥，议定先将捕得的大熊猫经成都、重庆，空运至印度再转伦敦。4月20日，马教授携熊猫启程，队伍浩大，"凡滑杆四乘：一抬人；二抬熊；三抬熊食物；四抬熊猫所食竹类样本"，又因熊猫的"待遇"更厚，一乘由四人抬，相当于抬人的两乘。5月5日，马教授与这头被命名为"联合"的熊猫飞渝，第二天经加尔各答飞英。5月29日，捕猎第一头熊猫的尾款到县，拾名一算，此次猎运熊猫，各项费用约一百四十余万元，省府拨款总计一百二十余万元，地方仍需承担约二十万元。即便如此，拾名还是满意的，因为此次费用以物价计算，不及1941年那次捕猎一头熊猫的十分之一。

"盟邦铁鸟临，志士妒深衷：安得如彼物，万里乘长风？铁鸟载走兽，走兽变飞鸿，飞鸿目送去，目送离乡衕。"就在"铁鸟"与"走兽"拼接的超时空般的想象中，拾名的捕猎工作交出了第一份答卷。

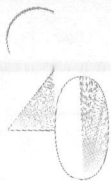

二、和戎身先死：赠美"熊小姐"的政治隐喻

"联合小姐"抵英后受到万人空巷的欢迎，国内媒体亦一片喧腾，有报刊称这是中国有外交以来获得的最高规格的隆遇，堪称超过国家元首出访。而此时的汶川，拾名与基层行政人员、捕猎队伍却仍马不停蹄地为捕获第二头熊猫披星戴月。为了加快进度，6月2日，拾名带人亲往草坡等地调查督促。天成其美，6月5日，两名猎人背负一头幼熊猫从耿达赶来参见仍在天成山巡查的拾名。第二头熊猫捕到了，不过背后的代价却极其惨重，由于路遇土匪，两队人马交手发生枪战，致3名猎人死亡，还有两人被土匪绑架。

关于这一事件，拾名在这一天的日记里引谭区长公函称："飞龙乡乡长明玉廷……及人民被匪蹂躏，不堪其苦，寄居耿达……飞龙壮丁明以俊约集……十五人，分编两组，前往飞龙深林，一面捉捕熊猫，一面借探匪情。本月二日（即6月2日，笔者注），明以俊来所探称：民等……前往捉捕熊猫，于五月二十五日，在觉牟山后捕得一头，次日送解，行至觉牟山牛厂时，即与匪遇……匪约三十余人，携有机枪二挺……与民等接触，互相鸣火攻击，约二小时，该匪即用机枪扫射，将我张思明击毙，王吉成、张鹏程二人腹部负伤。民等……以四人防护熊猫在前，余在后方抵御，即向耿达乡方面撤退。我明维国、明维本在后，弹尽被擒……家财搜刮罄尽……负伤之王张二人，亦于是夜因伤重毙命。民等出本月二日，同熊猫安抵耿达……"

由于出了人命，拾名在安排好送熊事宜后便赴耿达抚恤家属，但款项迟迟没有拨下，他不得不尴尬地待了将近一个月，直到县府紧急筹集了两百万元派人送来，才将各种后事办妥。这次捕获的熊猫仍是一头"小雌"，念及其中风波，拾名在日记中感叹："嗟乎，此盖往昔所称之'尤物'，无怪其为'祸水'也。"其中虽暗含红颜祸水的狭隘眼光，却也饱含了痛惜人力的爱民热情。这或者是此后其消极对待捕猎第三头熊猫赠美的一个情感因素。

7月4日，拾名返回汶川县城，始知6月11日省府发下公文，令汶川县猎取第三头熊猫，以便赠送纽约动物园"敦睦邦交及加强国际学术研究"。拾名在日记中记录了自己的想法："余思第二头方在县中，送英送美，自当由省府决之，然余固愿其先送美人，俾吾汝人略有休息机会也。再者，熊猫饲养，颇为不易，当第一头猎获时，马德先生在此，渠专以此事为务，有时亦感辣手……"早在半年前与马教授等人商议时，拾名便担心各国以外交名义索取熊猫，则会在产地形成生产荒废、人力及各种资源耗费过多的苛政。在《熊猫行》里，他这样写道："盟邦虽云多，奇兽皆珍视，各怀好奇心，兹例从兹始。奖金何其薄，劳役遍乡里，众分一杯羹，何足润唇齿！生致何其难，熊猛似虎凶，如徒手缚狮，如升木求鲤。违我耕种期，秋收安足恃？费我烧碱时，何以佐甘旨？年年赠邻邦，岁岁劳庶士，相将驱入山，扰扰何时止？"

整个 7 月、8 月，县府与省府就运熊猫、经费等问题协商数次仍无进展，而熊猫却已出现不进食等征兆，情况似乎不甚乐观。9 月 4 日，第二头猎熊猫的经费一百三十万元到县，此次汶川地方更需负担缺口七十万元，前后两次已近百万元。9 月 20 日，县府终于收到省府的行政令，立即运送熊猫到成都，再经上海转美。9 月 23 日，护送队伍启程。10 月 19 日，上海传来熊猫死去的噩耗。据当时的媒体报道，"熊猫小姐"被安置在上海虹口屠宰场，其身体有伤，又不思饮食，加之屠宰场血腥之地，细菌滋生，环境嘈杂，种种因素累积，皆被疑与其死相关。

赴美"熊猫小姐"在沪死亡的新闻迅即引爆舆论，《沪光》杂志称，"熊猫香消玉殒的消息，是阮玲玉自杀后社会新闻版上最大标题"，一时间，悼文挽词、消息评论充塞大小报刊。这些诗文有的惋惜，如"小百姓"的《熊猫小姐祭文》："熊猫小姐，百媚千娇，不堪长征，玉陨香消！遣嫁未成，有碍邦交，呜呼哀哉！令人心焦！……"（刊于《秋风》杂志）；有的嘲讽，如署名"三毛"的《熊猫之死》："在这古怪的年代，民命反轻如蝼蚁，而一头熊猫则因其'稀'而被过分珍视……如其说这是近代的笑话，毋宁说也太滑突，化上成万的款项供奉之、维护之，而仍然迄于'死'！反过来看，目前各地在高物价狂涨下的民生疾苦和因战乱而流离失所的老百姓们，这似乎是冥冥之中的天理的讽刺吧！"（刊于《海燕杂志》）也有的将之与当时中国在国际上的地位和外交环境相联系，把"熊小姐"赴美比作王昭君出塞和亲，只是红颜薄命，"出师未捷身先死"，如老谷的《吊熊猫病死虹口屠舍句》"承恩反怨毛延寿，底事和番遣阿娇。千古艰难唯一死，伤心岂独此熊猫"（刊于《茶话》杂志），又陈南村的《熊猫小姐挽歌》："白宫别筑黄金屋，选美穷探蜀山高。灌县汶川获佳丽，遵空珍护上飞艘。朝发蓉垣夕歇浦，明来万里凌云涛。昭君出塞琵琶怨，小姐临嫁肺肝熬。兽医无能创自舐，加餐却劝痛频搔。红颜自古多命薄，玉体惨向水橱抛。聊得秋青呻吟苦，杀身无益羞恨交。吁嗟乎！杀身无益羞恨交，香魂西返恋蓬蒿，为求悦彼美人意，不惮捣我小姐巢……"（刊于《南光报》）

　　从广播里得知熊猫的死讯后，拾名百感交集，捕猎之不易、猎人之牺牲、官场之腐败、外交之孱弱、对内之威权、地方之混乱等感触一齐袭来，默哀半晌后，拾名写下一首五言诗悼念熊猫："江岸一童子，投石入江流，流波永不息，余痕到美洲。熊猫汶川别，一去不回头，怀乡沪滨死，消却去国愁。举世同哀悼，他年更索求。物贵人何贱，功费劳未收。岷江流日夜，长江日夜流，遥望天成山，殷殷我心忧。"

拾名（祝世德）传略及著作年表

一、拾名传略

拾名（1908—1951），本名祝世德，又有笔名祝实明、祝实民、惠留芳、留芳女士、夏留仁、杜宇等，四川巴中市恩阳区人。拾名是国家主义文艺的代表诗人，其创作时间从 20 世纪 20 年代初持续至 20 世纪 40 年代末。一般认为，国家主义文艺自 1925 年胡云翼在《醒狮》刊文《国家主义与新文艺》首倡以来，创作实绩乏善可陈，在数量上屈指可数，又由于此派人士多持文化保守立场，领导人物如曾琦（1892—1951）、左舜生（1893—1969）等人都热衷于旧体诗，故而该派新诗创作趋于贫弱与落后便成为一种普遍的观感。不过，拾名的存在则在很大程度上为我们提供了一个绝佳的观察样本，首先，在国家主义文艺不多的诗人中他的创作经历贯穿 20 世纪 20 年代至 40 年代，具有完整的"标本"性质；其次，拾名是创作与理论并重的诗人，其评述文章对基于生物史观的文艺思想、个人战斗精神的阐述等都为我们理解国家主义文艺发明了拼图。

1917 年春，拾名父亲因被疑里通敌对军阀郑启和而被当地处死。[①]因此，拾名从小便开始了飘摇不定的生活。在当地教师、乡贤的帮助资助下，拾名得以免费完成在恩阳文治高等小学的学业，随后进入阆中川北师范读书。1924 年，在师友的资助下，拾名前往上海吴淞一所大学继续深造，由此开始与新诗结缘。1927 年，在动荡的局势中拾名从学校毕业，在一段时间内并未找到工作，不得已于 1927 年秋在朋友的介

---

① 参见喻汉文：《草鞋县长祝世德》，见《巴中故事》，四川人民出版社，2006 年版，第 78 页。

绍下来到万县的一所小学任教。在这里，拾名结识了中学生何其芳、方敬、吴天墀等人，并为他们带来了"新文学的种子"。1928年，拾名创作小说《梦》透露了其最早的国家主义理想，即通过一定的联合形式，首先实现国内的五族共和，然后扶助亚洲各弱小民族，争取十族以上的民主共和国，最终在互助互惠的前提下促进人类共和国的实现。同年，拾名亦曾到上海威海卫路某学院与后来中国青年党的文宣骨干左干臣等人接受培训①，此一时期与所谓的国家主义派联系紧密。1930年，拾名再次来到上海进修，与何其芳等人过从甚密，到了下半年又前往九江汉口一带谋生。

1931年九一八事变后，拾名北上，在平津一带盘桓数月，参加救国运动。1932年，拾名在江西九江第四中学谋得高中国语教师教职。②在此期间，拾名通过投稿、书信等结识曾今可、赵景深等人，在《新时代》《青年界》等期刊发表诗歌、小说等。拾名称曾今可是自己在文学上的伯乐，正是曾今可将他介绍给赵景深，而赵景深主编的《青年界》杂志亦成为拾名在20世纪30年代发表诗作的主要渠道之一。从曾今可编《女友们的诗》将拾名（惠留芳）误认为女诗人来看，他们此前并不认识，很有可能是因为拾名身处九江，让来自江西的曾今可感觉到地缘上的亲近。不过，拾名进入文学场的努力显然不仅于此，他曾多次与胡适、李小峰等人通信，并在江西自办刊物。

1933年10月，拾名因参加抗日救国活动受到江西当局的迫害，被革除教职，逐出江西。返回四川后，在重庆璧山中学代课，兼为《新蜀报》等重庆本埠报刊撰稿。是年，拾名的母亲与妹妹亦从家乡来到重庆安顿。秋，拾名与同乡李玉荃成婚。重庆时期，拾名与在渝作家往来甚密。1934年，他参与赵其文、龚灿光、王野芹、叶菲洛、毛一波、金满城、陈翔鹤、陈炜谟、柯尧放等人发起组成的"沙龙社"，这是抗战前内地最大的文艺社团。据《中国现代文学社团流派辞典》关于"沙龙社"的词条，"他们借《济川日报》的副刊版面编刊机关刊物《沙龙》，

---

① 左干臣：《序》，见《白的悲哀》，大文书局，1944年版，第1页。

② 1932年2月，"惠留芳"发表在《新时代》月刊的诗歌《梦》结尾题"通信处：九江阜昌洋行"，可知此时其已在江西落脚，喻文称其1933年在江西当上教师疑有误。据拾名《白的悲哀》《我以为》等文对学校面对甘棠湖、所教的为高中国语课程等的描述，其教书的学校当为江西九江第四中学。

每 10 天出 1 期，1935 年改为 16 开本小册子单独刊行"。而拾名在《送毛一波赴香港》一文中回忆与毛一波的交往时曾透露"沙龙社"的情况，"在八月沙龙文艺社开成立大会时见过一次面……再便是沙龙常会见过二次，一次是在他的住处，一次是在一个报社内"。从拾名的记述来看，"沙龙社"成立于 1934 年 8 月，这比《中国现代文学社团流派辞典》记载的"1934 年秋"要早，同时，"沙龙社"并非只是一份刊物，日常的沙龙集会也较为密集。当时，沙龙社集合了川渝地区众多诗人和作家，据吕进《20 世纪重庆新诗发展史》介绍，《沙龙》文学旬刊创刊号上便刊载了邓均吾、陈翔鹤、柯尧放、巴金等人的诗文。

1938 年春，拾名因重庆璧山中学欠薪问题辞聘。3 月，拾名来到成都觅事，时在四川大学历史系任教的常燕生分屋让其居住，并让其做个人的助教。1939 年，拾名参加第五届高等科文官考试，报考类别为教育行政。经过笔试和集中培训后再复试，拾名最终被录用，随后到重庆受训。1940 年 9 月至 1942 年，受训结束后的拾名先后在成都、茂县等地政府任职。1942 年，拾名被任命为汶川县县长。在汶川期间，拾名兴办教育，平息匪患，查禁鸦片；考察了大禹传说与史迹，整理地方文献；参与了地方地理、经济考察，并实际组织实施了 1945—1946 年国民政府"熊猫外交"前期的捕猎工作。当时的四川省政府主席张群称赞他"用事之勤，赴事之勇，且可为各县导其先路"[①]。1947 年春，拾名改任筠连县县长；1949 年 2 月，又改任珙县县长。1949 年 12 月，珙县解放后，拾名被放归原籍。1951 年，拾名身故。

拾名笔耕甚勤，在 1929—1948 年近 20 年时间里，创作了大量的新诗、旧体诗、小说、散文等。先后出版了《影像集》（1934）、《垦殖集》（1944）、《不时髦的歌》（亦名《待题集》，1944）三部诗集，小说集《白的悲哀》（1944），文论集《文学与战争》（1939）、《新诗的理论基础》（1947），专著《明季哀音录》（1942）、《汶川图说》（1945）、《大禹》（1946）。有出版信息而可能因战争等因素未出版的还有诗集《梁山伯与祝英台故事诗》（1937）、《人间集》（1937）、专著《陈子昂年谱》（1944）等。此外，他还自编了五言旧体诗集《感怀集》，曾在《中华时

---

① 张群：《续修汶川县县志序》，见《汶川县县志》，1944 年，第 1 页。

报》（1948）连载。

拾名的文学成就主要集中在诗歌和小说。在诗歌方面，主要有三方面的特点引人注意。一是故事诗，故事诗是胡适等人作为弥补中国诗歌传统中缺少叙事诗体的缺陷而大力倡导的，朱湘《王娇》、冯至《帷幔》、穆旦《玫瑰的故事》等皆是故事诗的探索之作。拾名认为，虽然故事诗有叙事，但故事之中却需要诗人利用韵律歌咏，同时赋予强烈的抒情色彩，这与篇幅较长、偏于描述情节的叙事诗有着根本的区别。拾名的故事诗创作与朱湘的路数最为接近，用韵严谨，长于渲染，代表作品有《相思树》《香囊集》《无双行》等。二是地方诗史，20世纪二三十年代，四川军阀混战，相互攻伐，加之天灾连连，人民生活十分悲苦，拾名对此常有冷峻的揭示与悲愤的抒写，如《乱后》《尸窃》《旅店行：荒年景象之一》《掘米行：荒年景象之二》等。这类写作纵向上继承了屈原、杜甫等古代诗人的诗史传统，横向上与新诗内部以平民视角关心民间疾苦的精神相勾连，比如周启祥的《灾荒年代的风景线》、刘心皇的《犬吠》、郭伯恭的《饥饿》等亦是同时期诗人发出的震耳巨响。三是对新诗格律的探索，在《拾名论诗》等诗论中，拾名对新月派格律诗（"整齐体"）和现代自由诗（"错综体"）作了比较，认为诗歌的韵律和节奏是体现诗人不同气质和性格的手段，他以自己和何其芳的诗为例，证明了诗歌表现的豪爽与抑扬有致背后正是音节的作用。作为早年的文学同路人，拾名对新诗格律的探索也影响了何其芳，他所提出的用标点符号视觉化地表现停顿长短的观点便可旁注为何其芳在新诗格律问题讨论中的一个线索。

在小说方面，拾名的成就亦不小，甚至以后来者的眼光视之，要比诗歌的成就大。题材内容方面主要有两类：一是有个人经历影子的"成长小说"，写进入都市的青年知识分子的迷茫、挣扎与斗争，如《杜君曼》《枫秋》《柠檬水》等；二是以20世纪20年代四川防区制为背景所写的乡土小说，如《广壳子》《偷鸡贼》《杜祥生》《德政碑》等，对军阀的腐败多有揭露，也对四川社会的风俗民情作了详尽的描绘。拾名还有一类风格上近于"诗体小说"的作品，隽永清秀，不疾不徐，令人回味无穷，如《微笑》写青年教师"我"扶助弱童却在一次误会之后反受感动与教育，《白的悲哀》则在唯美的冰雪之境中展示国难给普通人带来的转变。

拾名的文名在 20 世纪三四十年代的大后方较有影响，但因其不意离世，最终烟消云散。不过，随着现代文学学科视野的扩大与纵深的展开，湮没的文坛往事遂有了被"再发现"的可能。笔者限于所见，草拟成这份著作年表，期待先进同道能补漏完善。

二、拾名著作年表

1929 年

4 月 1 日，小品文《解颐录四则》刊于《语丝》第 5 卷第 4 号，署名"杜宇"。

9 月 2 日，短篇小说《成功者》刊于《语丝》第 5 卷第 26 号，署名"杜宇"。23 日，诗歌《月下歌》刊于《语丝》第 5 卷第 28 号，署名"杜宇"。

10 月，儿歌《渔人的儿子》刊于《小朋友》（半月刊）第 381 期，署名"杜宇"。

1931 年

5 月，诗歌《空庙》刊于《现代学生》第 1 卷第 7 期，署名"夏留仁"。

1932 年

1 月 1 日，诗歌《你曾来叩门》刊于《新时代》第 1 卷第 6 号，署名"惠留芳"。

2 月 1 日，诗歌《梦》刊于《新时代》第 2 卷第 1 号，署名"惠留芳"。

6 月 1 日，诗 3 首《琴歌》《忆》《影子》刊于《新时代》第 2 卷第 2—3 号，署名"惠留芳"。

7 月 1 日，诗 2 首《Triolet 一首寄》《逃》刊于《新时代》第 2 卷第 4—5 号，署名"惠留芳"。本月，诗 3 首《无名英雄》《怀屈原》《怀荆卿》刊于《现代学生》第 2 卷第 10 号，署名"拾名"。

8 月 1 日，诗 3 首《影像》《题在一幅灾民图上》《你拿着笔》刊于《新时代》第 2 卷第 6 号，署名"惠留芳"。

9 月 1 日，诗 3 首《吊吴淞》《游仙曲》《晨曦与夕阳》刊于《新时代》第 3 卷第 1 号，署名"惠留芳"。

10 月 1 日，诗 2 首《污》《春天的迷梦》刊于《新时代》第 3 卷第 2 号，署名"惠留芳"。

11 月 1 日，诗歌《Ballad》刊于《新时代》第 3 卷第 3 号，署名"拾名"。

12 月 1 日，译诗 2 首《当我死时》（Christina Rossetti 原著）、《夏天最后的一朵蔷薇》（Thomas Moore 原著）刊于《新时代》第 3 卷第 4 号，署名"留芳女士"。

1933 年

1 月 1 日，短篇小说《燕儿》、诗歌《我看见光亮》刊于《新时代》第 3 卷第 5—6 号，署名分别为"惠留芳""留芳"。本月，云裳编，虞岫云、惠留芳、沈紫曼等作《女友们的诗》（诗集）由新时代书局出版发行。

2 月 1 日，诗 2 首《玉麟》《给我的母亲》刊于《新时代》第 4 卷第 1 号，署名分别为"惠留芳""拾名"。

3 月 1 日，短篇小说《残酷的仁慈》，署名"惠留芳"，诗 3 首《时间与金钱》《失眠时》《人生的历程》，署名"拾名"，刊于《新时代》第 4 卷第 2 号。本月，诗 4 首《望》《哭诉的对象》《怀失去了的一只时计》《在沪杭车站上》刊于《现代学生》第 2 卷第 6 号。

4 月 1 日，诗歌《将睡熟时》，署名"惠留芳"，故事长诗《相思树》、书信《拾名的信》，署名"拾名"，刊于《新时代》第 4 卷第 3 号。

5 月 1 日，短篇小说《广壳子》、诗歌《夜的颂歌》，署名"拾名"，诗歌《别上海》，署名"惠留芳"，刊于《新时代》第 4 卷第 4—5 号。

6 月 1 日，诗歌《寄莉莉》刊于《新时代》第 4 卷第 6 号，署名"拾名"。

7 月 1 日，中篇小说《杜君曼》刊于《新时代》第 5 卷第 1 号，署名"拾名"，后于8月、9月、11月、12月在《新时代》第5卷第2号、3号、5号、6号连载后文。15日，散文《尼采的超人哲学》刊于《文艺座谈》第1卷第2号，署名"拾名"。本月，评论《初中国文教学经验谈》刊于《中华教育界》第21卷第1号，署名"祝世德"，次月同刊续登下篇。

8月1日，诗歌《葬》刊于《新时代》第5卷第2号，署名"拾名"。

9月1日，诗2首《剑吟》《Villanelle》刊于《青年界》第4卷第2号，署名"拾名"。

10月1日，诗3首《储蓄》《倦》《杨妈》（故事长诗），诗论《拾名论诗》刊于《新时代》第5卷第4期，署名"拾名"。诗歌《乱后》刊于《青年界》第4卷第3号，署名"拾名"。本月，诗歌《偿还》刊于《现代学生》第3卷第1号，署名"拾名"。

11月1日，诗歌《五老峰》刊于《新时代》第5卷第5号，署名"拾名"。

12月1日，诗2首《古意》《平淡的故事》刊于《青年界》第4卷第5号，署名"拾名"。诗2首《怀念》《云与树》刊于《新时代》第5卷第6号，署名"拾名"。

1934 年

1月1日，短篇小说《梦》、长诗《梧桐词》、散文《影像集后记》刊于《新时代》第6卷第1号，署名"拾名"。本月，诗集《影像集》由新时代书局出版发行，署名"拾名"，收诗情况不详。

2月1日，短篇小说《杜祥生》刊于《新时代》第6卷第2号，署名"拾名"。

4月，诗歌《更变》刊于《青年界》第5卷第4号，署名"拾名"。

6月，诗2首《偶然曲》《有悼》刊于《青年界》第6卷第1号，署名"拾名"。评论《杜甫的三吏三别》刊于《新中国杂志》第1卷第6号，署名"拾名"（本期《新中国杂志》预告下期有"拾名"文《李白诗中的夸张》，但该刊此后停刊未出）。

10月16日，诗歌《恐怖》刊于《千秋》（半月刊）第2卷第10

号，署名"拾名"。

1935 年

4月，短篇小说《恐怖》刊于《群众小说画报》第3期，署名"拾名"。15日，短篇小说《蝉》刊于《文艺》（月刊）第1卷第2号，署名"拾名"。

5月10日，诗歌《夸父追日》刊于《文艺大路》第1卷第1号，署名"拾名"。

12月，短篇小说《猪》刊于《青年界》第8卷第5号，署名"拾名"。

1936 年

1月，散文《我以为》、诗歌《白的悲哀》刊于《青年界》第9卷第1号，署名"拾名"。

5月，诗歌《给一朵小花》刊于《青年界》第9卷第5号，署名"拾名"。

8月1日，诗歌《春游》刊于《诗之叶》（双月刊）第3卷第1号，署名"拾名"。

10月，诗歌《消沉》刊于《诗林》（双月刊）第1卷第3号，署名"拾名"。

1937 年

1月1日，诗论《对于诗的新闻文学化的抗议》、短篇小说《微笑》刊于《新时代》第7卷第1号，署名"拾名"。

2月1日，短篇小说《偷鸡贼》、诗歌《尸窃》刊于《新时代》第7卷第2号，署名"拾名"。

3月1日，短篇小说《德政碑》，散文《送毛一波赴香港》《梁山伯与祝英台故事诗序》刊于《新时代》第7卷第3号，署名"拾名"。

4月1日，诗论《诗中的三个境界》、诗歌《谖草行》刊于《新时代》第7卷第4号，署名"拾名"。

6月，日记《人间日记选录》刊于《青年界》第12卷第1号，署名"拾名"。

1938 年

6 月 3 日，诗歌《前线》刊于《雷雨》创刊号，署名"拾名"。

6 月 25 日，杂文《我们的家在哪里》刊于《国论》，署名"实明"。

7 月 2 日，杂文《"念经救国"》刊于《青城》（周报）第 16 期。16 日，杂文《论"双料可怜的动物"》刊于《青城》（周报）第 18 期。本月，评论《论非战文学》刊于《国光》（旬刊）第 11 期。以上均署名"祝实明"。

8 月 6 日，散文《抗战的新都游记》刊于《青城》（周报）第 21 期，署名"祝实明"。

9 月 10 日，评论《论非战文学》刊于《国防线》（半月刊）第 6—7 期，署名"祝实明"。

11 月 28 日，纪实小说《枫秋》刊于《国论》（周报）第 7 期，署名"拾名"。

12 月 5 日，诗歌《忆庐山》刊于《国论》（周报）第 8 期。20 日，评论《论诗人：一封公开信》、时论《我们应有的建国运动》刊于《国论》（周报）第 9 期。以上均署名"祝实明"。

1939 年

1 月 16 日，散文《沉香木与白狐裘》刊于《国论》（周报）第 12 期。23 日，散文《谈谈"寒衣曲"》刊于《国论》（周报）第 13 期。以上均署名"祝实明"。

3 月 13 日，诗歌《梦》刊于《国论》（周报）第 16 期，署名"祝实明"。

4 月 6 日，散文《白的悲哀：忆庐山》刊于《国论》（周报）第 18 期，署名"祝实明"。本月，文学评论集《文学与战争》由国论社出版发行，署名"祝实明"，系"国论丛书"之一，章节有"第一章　释题，（一）文学底特质、（二）战争的不可避免、（三）文学与战争的关系；第二章　战争文学底内容，（一）对内战争的文学、（二）对外战争的文学；第三章　作家对战争的态度，（一）关于对内战争者、（二）关于对外战争者；第四章　余论，（一）结论、（二）一些补充的意见、（三）我们应有的文学运动"。

1940 年

7月15日，散文《爱国诗人辛弃疾》刊于《新认识》第1卷第5号，署名"祝世德"。

8月16日，诗歌《石鼓口》刊于《抗卫》（月刊）第11期，署名"拾名"。

12月，诗2首《垦殖》《双十火炬吟》刊于《建国月刊》第5—6期，署名"拾名"。

1942 年

7月，史学专著《明季哀音录》由文通书局出版发行，署名"祝实明"。章节有"常（燕生）序、自序、流寇、思宗、弘光帝、隆武帝、鲁王监国、永历帝、明季大事略记"。

1944 年

8月，诗集《垦殖集》由文通书局出版发行，署名"祝实明"，所收篇目为：《征夫与征妇》《消沉》《成都，你不过受了重伤》《寒衣曲》《像》《被留下的孤坟》《悲捷克》《火炬吟》《垦殖》《永定河的战歌》《城破》《黄河的哭泣》《前线》《祖国吟》《亚洲兄弟歌》《后方（一）鏖战行》《后方（二）害羞行》《绥远吟》《海利·塞拉西》《关山月》《中国，你在哪里》《妖孽》《记住我》《偿还》《剑吟》《吊吴淞》《月下歌》。

又，诗集《不时髦的歌》由晨钟书局出版发行，署名"祝实明"，所收篇目为：《不时髦的歌》《长城》《牧羊人之歌》《我梦想》《有赠》《旅店行》《掘米行》《待题》《谖草吟》《冬夜》《吴季子》《春游》《给一朵小花》《献》《自慰》《人间辞》《梧桐颂》《产后》《白的悲哀》《散文诗二首·（一）择婚者》《散文诗二首·（二）南行》《行路难》《更变》《有悼》《储蓄》《报复》《旅中三首》《从前》《招领外九章》《感遇十首》。

10月，小说散文集《白的悲哀》由大文书局出版发行，署名"祝

实明"，左干臣作序，所收篇目为：《白的悲哀》《枫秋》《梦》《恐怖》
《柠檬水》。

又本年，据学术公论社丛书之一的《法国革命时代之物价问题》所
附广告内页，有"祝实明"所著《陈子昂年谱》为其第一期四种专著之
一，今不存，或未出版。

1946 年

1 月，史学专著《大禹》由晨钟书局出版发行，系"中华建国协会
丛书"之一，署名"祝实明"，章节有"卷一（禹乡），石纽村刳儿坪、
后记；卷二（禹绩），禹贡、大禹谟；卷三（禹本纪），夏本纪、夏纪；
卷四（禹赞），论语一则、孟子四则、左传一则、司马相如一则、韩愈
'对禹问'"，另附两篇杂文：《论"禹闻善言则拜"》《朋友与奴才》。

8 月 16 日，杂文《生活在战斗中》刊于《青年生活》半月刊第 4
期，署名"拾名"。

11 月 1 日，五言歌行《熊猫行》刊于《青年生活》半月刊第 8—9
期。16 日，五言歌行《警佐行》刊于《青年生活》半月刊第 10 期。以
上均署名"拾名"。

12 月 16 日，日记《记熊猫》刊于《青年生活》半月刊第 12 期，
署名"拾名"。

1947 年

1 月 11 日，杂文《儒家的战斗态度》刊于《青年中国》（周报）第
14 期，署名"祝实民"。18 日，该文在第 15 期刊出续篇。

2 月 22 日，五言诗一首《感怀》刊于《青年中国》（周报）第 19
期。本月，五言诗两首《感怀》刊于《鬼》（半月刊）第 1 卷第 8—9
号。以上均署名"祝实明"。

4 月 1 日，故事长诗《香囊集》刊于《青年生活》第 15 期，署名
"拾名"。

5 月 1 日，散文《西行笔砚录序》刊于《青年生活》半月刊第 16
期，署名"拾名"。本月，诗歌理论专著《新诗的理论基础》由商务印
书馆出版发行，署名"祝实明"，章节有"一、诗在文学中的地位；二、

新诗的特点；三、新诗的体裁；四、情调说的提出；五、内容与形式；六、艺术与人生；七、情调说与各种诗论的比较；八、新诗中的民主精神；九—十一、答客问（上、中、下）"。

6月1日，故事长诗《无双行》刊于《青年生活》半月刊第17期，署名"拾名"。

7月1日，故事长诗《种福》刊于《青年生活》半月刊第18期，署名"拾名"。

9月1日，故事长诗《庄先生的幻想》刊于《青年生活》第19期，署名"拾名"。

10月1日，故事长诗《孔雀与狐狸》刊于《青年生活》第20期，署名"拾名"。五言诗《感怀》刊于《中华时报》（日报），署名"祝实明"。25日，散文《柳宗元传》刊于《中华时报》（日报），署名"祝实明"。

11月3日—9日，回忆母亲的纪念性散文《在天上》刊于《中华时报》（日报），署名"实明"。

12月1日，故事长诗《临沂老妇行》刊于《青年生活》第21期。16日，《还乡》刊于《中华时报》（日报）。20日，诗歌《啾啾行》刊于《中华时报》（日报）。以上均署名"拾名"。

1948 年

2月1日，故事长诗《婴宁》刊于《青年生活》第22期，署名"拾名"。

6月4日，诗歌《嘉州旅夜》刊于《中华时报》（日报）。21日，诗歌《白骨行》刊于《中华时报》（日报）。以上均署名"拾名"。

8月1日—9月15日，五言诗集《感怀集》作品计31篇次（106首）陆续登载于《中华时报》（日报），署名"祝实明"。

9月12日—17日，故事长诗《东门行》刊于《中华时报》（日报），署名"拾名"。

11月19日，杂文《人性与战斗》刊于《中华时报》（日报）。

（本文原载于《现代中国文化与文学》总第36辑，2021年6月）

后 记

　　本书主要是近几年积累的文章的一个集结，它们有的在规格不一的期刊上发表过，有的没有。或许因为它们都是自己一个字一个字敲出来的，在我的眼里，它们似乎都是一样的，带着书斋里冷暖自知的温度和偶尔稍纵即逝的乐趣。正因如此，本书缺少那种整体性的编排框架，虽然此时它们集结在一起，却是来自不同的时空，在那些阅读和思考驻足的不同时间里，春风秋雾早已消失无踪。不过，作为一种属性，它们已然无形地融入彼时的标点，或仅仅一个空格断行。

　　翻着这本书，能把自己带回当时的现场吗？或者，当这本书来到你的手中，它能帮助我邀请你来到我思想的某一时刻吗？说到邀请，我想还是友善地做一番自我介绍吧。

　　本书大致按照主题类型分为四辑。

　　第一辑是当代诗人的诗评，其中亦有熟悉的师友，据说适宜的批评首先需要适宜的距离，这是可信的。古人讲究知人论世，如果说将人际交往沉淀为一份"精神文献"是可行的，那么或许我们能做的就是等待和耐心。因此在这一方面，多数时候都是把了解等成了"文债"，几年下来才会动笔。现在数量的不多，正从侧面说明还有大量的债务亟待清偿。而从另外一方面来看，对于"陌生"的或未曾认识的作者，则需要某种个人的"熟稔"，对其有尽可能多的了解是理解作者立场和情态的前提。

　　第二辑是现代汉诗的理论批评文章，作为一个业余的诗歌写作者和一个笨拙的文学研究者，这一部分主要涉及了大约十年时间的一些思考，也可以说是一个涉足者发散般的"兴奋点"，它们包括新诗的发生、语言、诗体等。这些年的一些经历如果说能形成一些经验的话，那么可能最大的就是，要始终信赖并依靠直觉，那么多的形式分析和理论驳难到最后还是服务于这个直觉的，"趣味无争辩"，我们在这方面花了太多无谓的功夫了。

第三辑收录了对民国诗人的几篇评论，朱湘、胡怀琛等在新诗史上的诗人形象一直不是很明朗，这几篇本意不是为某某说话，而是希望厘清各自内在的一些诗学脉络，充分考虑到他们各自的诗歌构件及自我机制，从而在一种整体的理解中做局部之把握；而罗塞蒂兄妹的译介等文章则是试图从一些细微的地方撕开时空的一个口子，嗅一嗅当时的文学空气，看一看趣味和时髦的小气候是如何产生和运行的。

第四辑是对一个失落诗人的挖掘——只是偶然地查到一个线索，即方敬文中曾提及的何其芳"最早的新文学朋友"祝世德是巴中人，便心想既然是同乡，或许有缘能挖掘更多的信息。这样就找到一位知情人——曾在巴中做文史工作的喻世文老人。于是也就有了一些文献整理与史料爬梳工作，虽然目前做得还不是很完整，不过，通过拾名已经窥见 20 世纪三四十年代四川文坛的一些情貌，这令人感受到了一种知识的"空"，套用一句话就是"现代文学史远未结束"，我们建构的"文学史"大厦正因为新的连接而重新塑造着自己。

在进行"新诗人"研究时，我希望自己能更多地注意到他们的自我认同，或许一本诗集就是他们对自己"新诗人"身份的一次重要确认。从诗歌与现代出版发生关系以来，诗集从来就不是一项可以清楚计算的事业。再次回到"知人论世"的立场，一个诗人在人世间的位置到底不是一个无所谓轻重的因素，置身现代性的风景，他们看着风景，我们看着他们，谁说又是一样的呢？

置身现代性的风景，就是中国文学遭遇"现代"的紧张与从容。我们曾经紧张于汉语的特立独行，紧张于公共性，紧张于科学语言的编码，我们反思过文学语言与日常语言、工具语言的纠缠路径，我们至今仍犹疑于审美现代性的可能性，三千年华夏的文学传统滋养了国人的美感，同样也遗留了历史与伦理的负担。

置身现代性的风景，也是置身每一个个体的处境，"现代"击碎了古典时代的田园迷梦，将完美、美德、秩序置于分解的工场。每一个现代人都是自由的，这也意味着身处茫茫天地之间，无所依靠和凭借，我们只能依据每一个人的理性去建构通向伊甸园的巴别塔，只能通过信任本身去创造幸运和奇迹。闻一多说，20世纪是"动"的世纪。在这世纪的动局中，个体的感情和生命始终乱哄哄的，我们真的可以找到一种文体的容器盛载这一切吗？新闻、评论、各种自媒体信息，身处大众教育和信息爆炸的时代，我们在这形形色色的"语言狂欢"里盛满了几多自动化语言，几多欲望的泡沫，又留下了几多真情？

置身现代性的风景就是一种同情。同情并不是一种不对等的情感输出方式，不是我们将其处理为知识，处理为信息，或是一种引起条件反射之物，相反，它要求一种进入，一种再出发，它要求主体的直接介入。如果说，现代性开启了时间的马达，在一种纵向上获得了它前进的方向和指南针，那么"风景"意味着一种敞开，一种横向的空间，它提醒我们必须注意到空间的延伸，一种共时性的文学。

几年以前，做新闻编辑的时候遇到一篇稿件，讲述记者清明节前探访墓园发现的细节，有人半夜赶来对着墓碑饮酒哭泣，有人隔着围墙大声唱歌却从不进来。这篇报道的文学性成为我十年新闻生涯中稀有的、来自稿件的记忆与感动。有一些遥远的事情，其实并不陌生，它们唤醒我们深层的情感与意识，让我们盯着书页或屏幕的眼睛停下来左右看一看，这是一个真实的世界，并不只靠文字和比特驱动。这几年，我放慢了脚步——从某些方向的视角来看的话，再一次回到校园，回到那个被定义为"专业"的界限之内。这是否是"奢侈而冒险的举动"呢？每当出现这样的疑问，我只能想起一句劝慰自己的话，每一个个体都有他自己的轨道和生命的节奏，我已经准备好去承受由此产生的错位的撕扯。胡兰成有一种说法，"惊险如惊艳"，好吧，那就顺势慢下来，体验这险中所寓寄的"艳"。

柏桦说文学是因为"死"产生的，如果人寿是无限的，我们就会毫不在乎。现代性塑造了一种假象，好像世界一直是浩浩荡荡勇往直前的，而我们每一个个体却必须独面属于自己的黄昏。现代性还塑造了另一种假象，观念的进步也是一直向前的，它一路收编和招安所谓的错误和落后，它像是一个自带校正扳手的庞然大物，随时处理着随机事件，每一个横撞上装甲的人，都是自己的问题。我们已经身处这样的世界，福祸相依，得之者它失之者它，这种嵌入如此之深，甚至可能感觉不到它。它已经在路上了，在它的轨道，或许避免相撞的最现实方案就是给自己留够空间，如果这样的空间是可能的，那么文学、价值、意义、美等词汇一定要比辞典里的释义丰富得多。

翻着这本书，已不止于回到当时思想的现场，还有延续昨今的某些意兴和遗憾，此足以慰。在此，感谢老师、长辈和学友的关心和鼓励，感谢四川大学出版社徐凯编辑认真热情的工作，特别谢谢我的妻子李林霞一直以来的支持和付出，谢谢两个"小棉袄"，你们的淘气和小脾气为我带来了无尽的快乐，并不时提醒着，文学就存在于那些跳跃、发体的空气中，这就已经很好了。